www.bbulmedia.com

좀비묵시록
82-08

좀비묵시록
82-08

1판 1쇄 찍음 2016년 3월 2일
1판 1쇄 펴냄 2016년 3월 10일

지은이 | 박스오피스
펴낸이 | 정 필
펴낸곳 | 도서출판 **뿔미디어**

편집장 | 이재권
기획 · 편집 | 문정흠

출판등록 | 2002년 9월 11일 (제1081-1-132호)
주소 | 경기도 부천시 원미구 소향로 17번길(두성프라자) 303호 (우) 14544
전화 | 032)651-6513 / 팩스 032)651-6094
E-mail | bbulmedia@hanmail.net
홈페이지 | http://bbulmedia.com

값 8,000원

ISBN 979-11-315-7036-4 04810
ISBN 979-11-315-6934-4 04810 (세트)

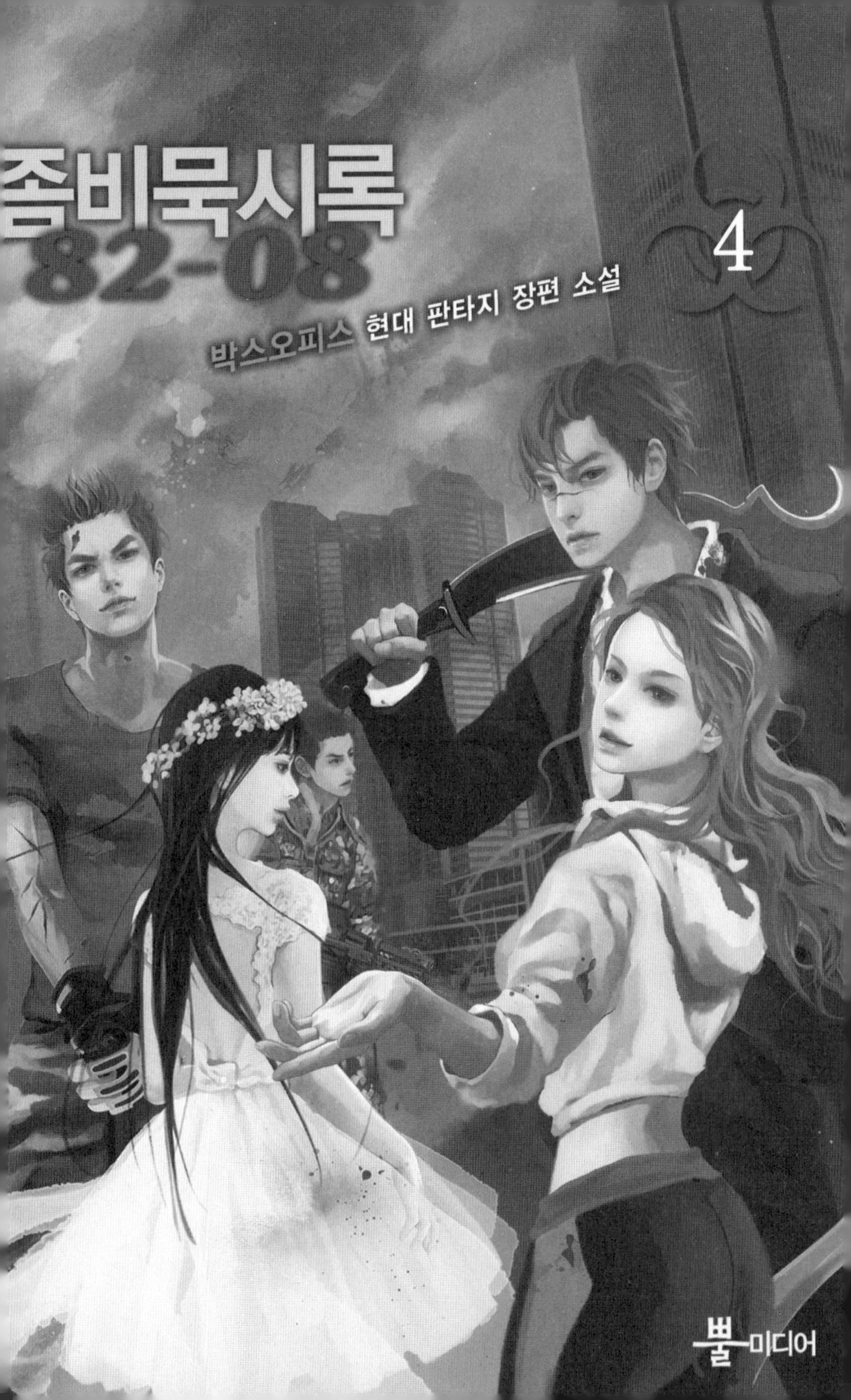
좀비묵시록
82-08
4
박스오피스 현대 판타지 장편 소설
뿔미디어

CONTENT

1장
아포칼립스

1

…어째서?

황급히 권총집을 푸는 동안 개리슨의 뇌리에는 의문부호가 떠나질 않았다. 대체 무슨 이유로 바로 몇 시간 전에 캠프 러전에서 출발한 의무병이 감염되었단 말인가.

이곳에서는 단 한 차례의 교전도, 조우도 없었다. 애초에 초고온의 화염으로 모든 걸 깨끗이 정화한 뒤 상륙했기 때문이다.

그라아아아! 그아아~!

개리슨이 그런 생각을 하고 있는 동안에도 눈동자에 흰 막이 덮인 의무병은 토사물과 침을 흩뿌리며 맹렬하게 달려든다.

타타타타타― 타타타―

개리슨이 콜트의 공이를 뒤로 젖히기도 전에 날카로운 총성이 귓가를 울린다. 그와 동시에 뛰어오던 좀비 병사는 뒤로 날아가 버렸다. 경비병들이 M27 IAR을 발사한 것이다. 5.56㎜ 나토탄에 벌집이 된 채 연기가 피어오르는 좀비 병사가 다시금 벌떡 일어난다.

"오 마이……."

경비병들과 개리슨의 입에서 동시에 탄식이 터진다. 이미 수없이 브리핑을 받았어도 온몸이 꿰뚫린 채 되살아나서 달려드는 좀비를 실제로 보는 일은 그 박력이 완전히 달랐다.

투투투투투!

경비병들은 다시 M27을 어깨에 붙이고 방아쇠를 당겼다. 얼굴에 대여섯 개의 총알구멍이 난 뒤에야 좀비 병사는 제자리에 고꾸라져 버렸다.

"무슨 일이야? 자네 괜찮은가?"

커피를 마시던 트로이 중장이 난데없는 총성에 놀라 묻는다. 개리슨은 최대한 침착함을 가장했다.

"별건 아닙니다. 그저……."

하지만 그는 말을 제대로 맺지 못했다.

병사 하나가 좀비로 변했다. 그것도 좀비들로부터 가장 안전해야 하는 이곳 베이스캠프에서…….

"대체 뭐야, 이 자식? 좀비 이빨이라도 밟았던 거야?"

좀비의 시체를 둘러싼 채 웅성거리는 병사들에게 트로이 중장이 큰 소리로 외쳤다.

"구경거리가 아니다! 전사자야! 바디 백에 담아 후송시켜!"

개리슨은 좀비 병사의 이름과 군번을 확인해야겠다고 생각했다.

아마 작전이 개시되기 전에 외출을 하고 돌아온 녀석일 테지. 어떤 막사를 누구와 함께 사용했었는지 등을 파악할 필요가 있을까?

그런 고민을 하는 동안 알람이 울렸다. 그리고 작전 본부 동쪽 벽에 설치된 모니터에는 아파치 헬기가 전하는 영상이 전달됐다.

세르반테스 거리 북동쪽의 거주 지역으로부터 남하하는 좀비 무리들이 보인다. 이미 상당수는 불태워서 허허벌판으로 만든 구역 너머까지 접근해 와 있다.

― 헤드 쿼터, 여기는 아파치 슈퍼 11! 지금 전송한 영상 확인했나?

"여기는 헤드 쿼터, 좀비의 규모는 얼마나 되나?"

모니터 앞에 앉은 병사들 중 하나가 응답을 했다.

― 많다. 800에서 1,000 사이, 펜사콜라 만으로 진행 중이다. 아파치 슈퍼 11과 12가 발포 허가를 기다린다.

"아파치 슈퍼 11, 대기하라. 상황을 보고하겠다."

무전을 마친 병사가 트로이를 돌아본다. 트로이는 흥분을 가라앉히고 고개를 끄덕였다.

"화끈하게 쓸어버리라고 해."

"발포 허가! 반복한다. 발포 허가."

— 발포 허가 확인했다.

아파치 헬기는 잠시의 틈도 주지 않고 곧바로 대인 살상용 히드라 미사일과 30㎜ 기관포를 발사하기 시작했다. 두 대의 아파치에서 연기를 뿜으며 날아가는 미사일들이 적중될 때마다 지면이 파이고 커다란 영역의 좀비들이 산산이 갈라져 튄다.

30㎜ 기관총이 훑고 지나는 자리에는 2피트 높이의 먼지기둥이 선을 그리며 솟아올랐다. 두 대의 헬리콥터가 적재하고 있던 144발의 히드라 미사일과 2,400발의 기관총 탄약을 짧은 시간 만에 모두 쏟아붓고 나자, 거리는 피어오른 연기와 자욱한 흙먼지에 휩싸여 아무것도 보이지 않게 되었다.

저런 곳에 아직도 뭔가가 살아 있을 성싶지는 않아 보일 만큼 혹독한 광경이다.

— 쿨럭! 아파치 슈퍼 11, 12. 재장전을 위해 기지로 돌아간다. 쿨럭! 쿨럭!

"허락한다. 현재 경계 위치는 아파치 슈퍼 25와 슈퍼 26이 담당하라."

적재된 무장을 텅 비운 아파치들은 상공에서 대기하던 병력과 교대한 뒤, 기지가 있는 마이애미 방향으로 날아가 버렸다.

그런 활약을 한 것이 해병대 소속의 바이퍼가 아니라 육군의 아파치라는 점이 조금 걸리기는 했지만, 트로이는 조금 전의 소동을 잊은 채 나름 만족스러운 표정으로 공중 화력전을 지켜봤다.

대당 2천만 불짜리 무기를 쓰면서 이 정도의 재미마저 없다면 무슨 맛으로 전쟁을 하겠는가. 뜻하지 않은 희생자가 하나 나오기는 했어도 작전은 순조롭게 진행 중이다.

"현재의 상황에서 가장 이른 해병 투입 가능 시간은 09시 45분입니다, 장군님. 09시 45분에 해병 1개 소대가 스트라이커 여섯 대에 나눠 타고 다리를 건넙니다. 상공에서 아파치 네 대가 네 방향을 담당하며 엄호하고, 10시 40분까지 첫 열 블록의 수색을 마치면 생존자를 구출해서 스트라이커와 블랙 호크로 후송합니다. 예정보다 세 시간 이상 빠르지만, 공군 쪽에서는 지원에 문제없다는 반응입니다."

노트북에서 눈을 떼지 않은 채 개리슨이 보고했다. 300마일이나 떨어진 곳에 떠 있는 조지 H. W. 부시 호와 벌써 의견 조율까지 마친 모양이다.

한 시간 반 뒤인가…….

트로이 중장은 그의 믿음직한 참모를 가리키며 동행했던 경호원들에게 말했다.

"세상에는 이렇게 편리한 친구도 있단 말이야. 한 가지 단점은 너무 편해서 가끔은 내 머리를 쓰는 법을 잊어먹는다는 거지. 좋아! 개리슨, 실행해!"

사각 턱을 가진 경호원들도 가볍게 웃는다. 그때까지만 해도 임시 본부 내의 그 누구 하나 이 대규모 구출 작전이 실패하리라고 생각하는 사람은 없었다.

최첨단의 무기들로 무장한 700여 명의 정예군이 이빨로 물어뜯기 위해 달려드는 좀비들 따위에게 패배할 만한 이유라고는 아무리 애를 써서 찾아보려 해도 눈에 띄지 않았던 것이다.

☢ ☢ ☢

"아파치 슈퍼 30! 아파치 슈퍼 30! 응답하라!"

불길한 징후가 다시 발현된 건 08시 50분이었다. 계속 콜록거리던 아파치 헬기의 조종사가 난데없이 비명을 질러 대다가 교신을 끊은 후, 나바레 지역의 중심부에 추락해 버렸다.

아직 본격적인 교전이 시작되기도 전에 벌써 아파치를 잃는다는 건 결코 좋은 일이 아니다. 트로이 중장을 위시한 임시 본부의 분위기는 순식간에 무겁게 가라앉았다.

무엇보다 추락을 할 이유가 없다는 게 가장 큰 문제다. 여기는 건물 옥상이라든가 나무 숲 사이에서 예고 없이 RPG가 날아오는 이라크나 아프가니스탄이 아니다. 도대체 무엇이 저 최강의 헬리콥터를 떨어뜨릴 수 있단 말인가. 게다가 교신으로 구조 요청을 할 여유도 없이…….

"아파치 슈퍼 28! 현재 30이 보이나?"

모니터 앞의 병사가 근처의 헬기들로부터 현지의 상황을 보고 받고 있다.

― 보인다. 추락했다. 화염, 연기도 없고, 움직임도 눈에 띄지 않는다. 구조대 파견을 요청한다.

"아파치 슈퍼 28, 추락하기 전에 무슨 징후가 있었나? 공격을 받았다거나 고장에 대한 논의가 있었나?"

― 없었다. 쿨럭! 쿨럭! 컥! 젠장, 이놈의 기침……. 반복한다. 그런 대화는 없었다.

"알겠다. 현재 영역을 계속 경계하라. 지금 이 시간부로 별도의 명령이 내려질 때까지 발포 허가가 주어졌다."

트로이는 굳은 얼굴로 의무대를 포함한 세 대의 스트라이커 장갑차를 현장으로 출동시켰다. 가까운 지역이므로 시속 60마일 이상의 속력을 낼 수 있는 스트라이커가 빠르게 달려간다면 20분 내에 구조 작업을 수행할 수 있을 것이다.

쿨럭, 쿨럭―!

전산을 담당하는 병사가 허리를 굽혀가며 격하게 기침을 하자, 초조하게 작전 본부 내를 배회하던 트로이가 버럭 성질을 부렸다.

"젠장! 또 기침인가? 오늘 하루 종일 너희에게서 들은 건 그 지겨운 기침 소리뿐이다! 그만 좀 해둬! 병가를 내든가! 이젠 더 못 참겠어!"

"쿠, 쿨럭! 죄, 죄송합니다! 쿨럭! 장군님!"

도저히 기침을 참을 수 없는지 입을 막은 병사의 얼굴이 빨갛게 달아오른다. 그 모습을 본 트로이는 자신의 성질을 자책하면서 금방 화를 누그러뜨렸다.

"후~ 내가 미쳤지…… 아니야, 상병. 미안해하지 말게. 그리고 의무대에 가서 약이라도 좀 먹고 돌아오게. 작전이 시작되었을 때 100퍼센트 상태로 돌아갈 수 있도록. 가서 여기 감기 환자가 많으니까 약을 충분히 달라고 말을 해."

"알겠습니다. 쿨럭, 쿨럭!"

병사는 힘겹게 경례를 마치고 컨테이너 밖으로 나갔다. 하지만 그가 떠나고 난 뒤에도 여전히 작전 본부 여기저기에서는 크고 작은 기침 소리가 끊이지 않고 들려온다. 기침을 하지 않는 건 트로이와 함께 헬기를 타고 늦게 도착한 여덟 명뿐이다.

"장군님, 이쪽으로 좀… 아무래도 이상합니다."

서편 창가에서 외부를 살피던 개리슨이 손짓을 하며 트로이를 부른다.

"왜 또 그러나? 이제 놀라는 일은 그만 있었으면 좋겠는데……."

개리슨이 가리킨 방향에는 헐크를 착용하고 막사를 건설하던 병사들 20여 명이 단체로 주저앉아 기침을 하고 있었다. 증상이 심한 녀석들은 네 발로 땅을 짚은 채 토사물을 흘리기도 한다. 저 정도가 되면 이제 감기라고 넘어갈 수준이 지나간 상태다. 게다가 아까 좀비로 변했던 그 의무병 녀석과 거의 똑같은 증상이다.

"뭐야? 무슨 풍토병이라도 유행 중인 건가? 이럴 수는 없어. 아무리 네이팜으로 문명의 흔적을 싹 쓸어버렸다고는 해도 여기는 소말리아가 아니라 플로리다란 말이야."

트로이가 이해할 수 없다는 표정을 지으며 투덜거리자, 개리슨이 전용 헬기를 호출했다.

— 쿨럭, 쿨럭! 무슨 일입니까, 개리슨 대령님?

"아… 신경 쓰지 말게. 잘못 눌러진 모양이야."

헬기 조종사가 심하게 콜록거리며 무선을 받자, 개리슨은 곧바로 연락을 끊고 조지 H. W. 부시에게 시호크 헬기를 보내달라고 요청했다.

왕복 거리가 작전 반경을 넘어서지만, 일단 도착해서 그 뒤에는 허큘리스로부터 공중급유를 받자는 논의까지 진행되었을 때, 듣고 있던 트로이가 짜증스럽다는 듯이 물었다.

"이봐, 대체 뭐하는 거야? 헬기는 여기에도 잔뜩 있어."

"장군님, 이건 아무리 봐도 단순한 감기가 아닙니다. 이렇게 빨리 예외도 없이 전염되는 감기라는 건 들어보지 못했습니다."

개리슨이 목소리를 죽인 채 속삭이며 같은 헬기편으로 이동해 온 경호원들을 불렀다. 다섯 명의 사각 턱 근육질이 다가와 명령을 기다린다.

"기지 내부지만 경호 단계를 코드 레드로 올리겠다. 절대 장군님 주변을 떠나지 마라! 안전핀을 풀어두고 위협이라고 판단되는 건 전부 쏴버려."

개리슨은 이번에도 조용히 속삭이면서 전산 장치 앞에 앉아 있는 병사들을 가리켰다.

"누구도 예외가 아니다, 그 누구도……. 알아들었지?"

경호원들은 말없이 고개를 끄덕이면서 개인화기의 안전장치를 조용히 해제했다. 대체 무슨 상황인지 알고 싶었던 트로이가 개리슨을 잡아끌려는 순간, 컨테이너 외부에서 짐승 같은 울부짖음이 들려왔다.

그롸아아아악!

옆머리를 박박 민 해병이다. 아니, 해병이었던 병사가 좀비로 변해서 괴성을 지르며 막사를 향해 돌진해 오고 있다.

"으아아아!"

투투투둑—! 투투투투—!

막사에서 휴식을 취하고 있던 해병들이 깜짝 놀라며 좀비를 향해 총을 난사한다. 기세 좋게 달려들던 좀비는 수십 개의 구멍이 뚫린 채 맥없이 고꾸라져 버렸다. 아직도 연기가 피어오르는 좀비의 시체 주변에 해병들이 웅성거리며 모여든다. 그중에 몇몇은 심각할 정도로 쿨럭거리고 있다.

"뭐, 뭐야! 왜? 네이팜으로도 청소되지 않은 좀비가 있었단 말인가?"

트로이의 질문에 대한 대답은 단체로 기침을 해 대던 육군들이 우회적으로 제시해 줬다. 머리를 감싸 쥔 채 괴로워하던 20여 명의 헐크 장착 병사가 동시에 몸을 일으키며 일제히 울어 댔다.

그와아아악! 그롸아아―!

그러고는 병사들이 모여 있는 막사 한가운데로 뛰어 들어갔다.

"이런 젠장! 뭐야?"

"이런 개새끼들!"

한꺼번에 수십 마리의 좀비들이 달려들자, 막사 내부는 지옥으로 변해 버렸다.

드르륵― 드르르륵―!

여기저기서 자동화기를 난사하는 소리가 요란하게 울리고, 비명 소리가 그에 지지 않을 만큼 크게 터져 나온다. 가장 끔찍한 것은 이 좀비들이 미군의 제식 방탄 장비를 모두 갖추고 있는데다가 외골격 갑옷인 헐크로 몇 배나 더 파워를 끌어 올린 놈들이라는 사실이었다.

퓨퓨퓨 —!

대여섯 발의 총탄을 방탄조끼와 헬멧으로 막아낸 좀비가 해병의 팔을 잡아당기자, 잘 익은 닭다리처럼 그의 어깨가 관절째 뽑혀 나간다.

끄아아악! 간절한 비명을 내지르는 해병의 목덜미에 좀비의 이빨이 사정없이 박힌다.

투투투툭— 투두두둑—!

아군과 좀비가 엉망으로 얽혀 있는 상황이지만, 선택의 여지가 없는 병사들은 앞뒤 가리지 않고 총을 난사하기 시작했다.

아무렇게나 휘두르는 좀비의 팔이 막사 기둥을 부수자, 천막이 아래로 내려앉아 그 아래의 모든 사람과 좀비가 한데 엉켜 버렸다. 그야말로 눈을 감은 채 총을 갈기는 것과 다를 바 없는 상황이 된 것이다.

누가 누구에게 당하는 것인지도 알 수 없을 만큼 혼란스러운 상황 속에서 이제 갓 스무 살을 넘긴 어린 군인들이 비명만을 남기고 죽어갔다.

"막사 15번에 좀비 출현! 막사 15번에 좀비 출현! 쿨럭! 쿨럭! 우웨에엑!"

구조를 요청하기 위해 달려가던 해병 하나는 해변의 한가운데에서 엎어졌다가 좀비가 되어 일어났다. 이미 그의 주변에는 헐크를 장착한 수많은 좀비들이 다른 막사에 남아 있는 인간들을 노리며 맹렬하게 뛰어오고 있었다.

위이이잉!

스트라이커 장갑차가 좀비들의 전진을 막기 위해 달려들었다. 장갑차의 외부에 설치된 기관총이 사정없이 총알을 발사한다. 50구경 기관총탄을 맞은 좀비들은 픽픽 날아가면서 쓰러지지만, 두어 대의 장갑차가 상대하기에는 그 수가 너무 많았다.

"끄웨에엑!"

헐크를 착용한 좀비 여남은 마리가 한꺼번에 달려들어 밀어치자 17톤에 육박하는 스트라이커가 이렇다 할 저항도 해보지 못한 채 옆으로 넘어졌다. 이동할 수 없게 된 스트라이커를 좀비들이 덮쳐 기관포탑을 부수고 해치를 억지로 비틀어 연다.

최후의 순간, 패닉에 빠진 승무원들은 그들이 가진 유일한 무기, 40㎜ 그레네이드 런처를 모두 발사해 버리는 멍청한 짓을 저질렀다.

푸슈슈슉—

콰아앙!

무작위로 날아간 그레네이드가 사방에 떨어지며 기지와 막사들을 불덩어리로 만들었다.

"줄루 코브라! 콜록! 콜록… 모든 줄루 코브라에게 고한다! 즉각 베이스로 돌아와! 쿨럭! 헤드 쿼터를 호위하라!"

애타는 목소리의 무전병이 숨넘어가게 바이퍼를 찾는다.

"아파치도 불러들여!"

개리슨이 고함을 질렀다.

"에, 콜록, 하지만 작전구역이……."

"닥치고 부르란 말이야! 그런 구역 따지지 말고!"

다리 너머부터가 육군의 관할이니, 다리 이전은 해병이니 하는 소꿉놀이를 할 때가 아니다. 개리슨은 초조한 표정으로 시계를 살폈다. 요청했던 시호크의 도착 예정 시간은 아직도 40분이 넘게 남았다. 작전 본부를 경계하던 해병들도 어느새 반 이상 좀비로 변해 버려서 컨테이너 주변에서는 필사의 총격전이 벌어지고 있다.

― 쿨럭! 쿨럭! 여기는 아파치 슈퍼 26! 쿨럭! 25와 함께 경계 구역을 넘겠다. 쿨럭! 쿨럭! 후우… 진입을 허락 바란다.

"허락한… 우… 우에에엑! 우웨엑!"

대답하던 병사가 마이크 위에 대량의 토사물을 쏟아냈다. 땀 냄새가 가득한 사내놈들하고만 45년을 보내온 트로이 중장조차도 무심코 코를 막을 만큼 지독한 악취가 풍겨져 나온다.

으으으… 고통스럽게 신음을 흘리던 병사가 몸을 벌떡 일으키며 곁의 다른 작전병을 향해 달려든다. 무장하고 있지 않던 작전병은 안간힘을 쓰며 저항해 보지만, 좀비로 변한 동료의 힘을 도저히 당해내지 못하고 팔뚝을 물어 뜯겼다.

찌이익, 살이 뜯어져 나가며 피가 솟아오른다.

"쏴!"

개리슨의 명령이 떨어지는 것과 동시에 경호원들은 기관단총을 난사해 두 병사 모두를 사살했다. 으아아— 전산실에 소속된 병사들이 일제히 뒤로 물러나며 기침을 해 댄다.

그 짧은 시간 동안 안경을 쓴 병사 하나가 또 좀비로 변했고, 개리슨이 직접 권총을 발사해서 녀석의 머리를 터뜨려 버렸다.

위이이잉!

파파파파파파팟—!

바이퍼 헬기 두 대가 컨테이너 위를 날아 지나가며 기총사격을 시작했다. 강화 장비 헐크를 장착한 채 달려들던 육군 좀비들의 몸뚱이가 반으로 잘려 나가며 고꾸라진다.

하지만 이쯤 되자 바이퍼의 조종사들 역시 얼마 버티지 못하고 변할 것이라는 예감이 든다.

"제기랄! 뭐지? 개리슨, 상황을 좀 정리해 봐! 뭐야? 우리가 노스 캐롤라이나부터 여기까지 좀비들을 데리고 온 건가?"

트로이 중장이 신경질적으로 테이블을 치면서 물었다.

"그렇지 않습니다. 캠프 러전에서는 단 한 건도 좀비 감염 사례가 보고된 바 없습니다."

"그런데 왜? 왜 저 밖의 놈들은 절반 이상이 좀비로 변해 버린 건가? 어이, 저기 저거 처리해라!"

트로이는 말하는 도중 어느새 좀비로 변해 달려드는 또 다른 전산병을 가리킨다. 경호원들의 기관총이 네 발 만에 놈의 머리를 터뜨리고 난 뒤, 개리슨이 대답했다.

"해병만의 문제가 아닙니다. 그랬다면 저렇게 많은 육군들이 한꺼번에 감염된 이유가 설명이 되질 않으니까요."

그 말은 사실이다. 트로이는 잔주름이 가득한 이마를 신경질적으로 문지르면서 생각에 잠겼다. 이렇게 한꺼번에 이만한 수효의 병사가, 게다가 하늘에 떠 있는 헬기 조종사들까지 감염되려면 그 방법은 몇 개 되지 않는다.

게다가 어젯밤까지도 캠프 러전에서 사병들과 함께 식사를 했던 자신과 개리슨이 멀쩡한 점을 감안해 보면, 가능성의 가짓수는 더욱 좁은 범위로 축소될 수 있다.

오염된 지역.

아무리 생각해도 그것밖에는 논리적인 해답이 없다. 펜사콜라의 대기는 치명적인 무엇인가에 의해 단단히 오염되어 있는 것이다.

끼이이이잉—!

콰콰콱—!

남쪽에서는 요란한 소리를 내며 급강하하던 바이퍼가 프로펠러로 흙먼지를 날리며 모랫바닥에 처박힌다. 그 충격이 채 가시기도 전에 아파치도 쓰리 마일 브리지 위로 추락하면서 대폭발을 일으켰다.

지옥이군…….

트로이의 눈가에 깊게 주름이 팬다.

탕! 타다다— 타당!

마지막까지 남아 요란한 기침 소리와 구역질로 골을 지끈거리게 하던 전산병 세 명도 좀비로 변해 총알 세례를 받은 뒤에야 잠잠해졌다. 화약 냄새가 가득한 컨테이너 안에는 이제 여덟 명만이 남았다.

"개리슨."

트로이 중장이 입을 열었다.

"좀비는 공기 감염이 되지 않는다고 했지? 내 기억이 맞나?"

"그렇습니다. 어떤 실험에서도 좀비의 구강 내 세균이 피해자의 혈관에 직접적으로 접촉한 경우에만 전염이 진행되었습니… 쿨럭! 쿨럭!"

대답을 하던 개리슨의 얼굴이 돌처럼 굳었다. 너무도 익숙한 이 기침 소리가 이제 자신의 입에서도 터져 나온 것이다. 공기 감염을 믿을 수밖에 없는 상황이 유도되고 있다.

"그 실험 중에 화염에 대한 반응도 있었나?"

트로이 중장이 평정심을 유지하며 물었다.

"소각로에서 소각한 뒤, 공기 내의 성분을 측정한 보고서를… 쿨럭! 끄으음… 본 적이 있습니다. 아무런 변화가 없었습니다. 쿨럭!"

"소각로라고 해봐야 800도 정도야. 네이팜 G는 1,600도를 초과하고. 거의 두 배나 되는 온도 차이가 나는 거지. 화학반응이 완전히 다를 수도 있었는데. 후우~ 왜 그 별로 어려울 것도 아닌 실험을 건너뛰었지?"

트로이는 땀으로 흥건히 젖은 이마를 쓸어내리며 자신을 책망했다.

쿵―!

외부에서 컨테이너를 내려치는 소리가 둔중하게 울린다. 총소리가 이렇게나 잦아든 걸 보면 이제 살아남은 병사들은 정말 얼마 되지 않는 모양이다.

"네이팜 때문에 좀비 박테리아에 변형이 왔다고 보시는 겁니까? 읍… 쿨럭, 쿨럭! 공기 감염으로?"

"그것 외에 지금의 상황을 충족시킬 만한 다른 가설이 있나? 아파치 파일럿들은 여기 땅을 밟아보지도 않았어. 2천만 달러짜리 공격 헬기의 첨단 공기 정화 장치를 통과할 만큼 강력한 박테리아들이 저 위 300피트 상공에까지 번져 있는 걸세. 횡으로는 얼마나 넓게 확산되었을지 아무도 모르지. 쿨럭! 이런 제기랄! 자네 생각은 어때?"

"…제 생각도 같았습니다. 장군님만은 감염되시기 전에 후송하고 싶었고요."

트로이까지 기침을 하게 되면서 컨테이너 안의 해병 여덟은 모두 감염이 확인되었다.

작은 교훈을 얻기 위해서 너무 큰 비용을 지불했군…….

트로이는 얼굴을 찡그려 웃으면서 시가 박스를 열었다.

"다들 하나씩 물어. 다른 병사들 보니까 이걸 피울 여유 정도는 있을 것 같군. 쿠바산이면 더 좋을 테지만, 어차피 이것도 마이애미에서 쿠바 사람들이 만든 거니까……."

친히 해병들 전원에게 불을 붙여준 뒤, 연기를 길게 내뿜으며 트로이 중장이 말했다.

"시호크에게 다시 귀환하라고 하게. 임무가 취소되었으며 절대 이 근처로 접근하지 말라고……. 쿨럭! 공연히 더 피해자를 늘릴 필요는 없지."

개리슨은 조금 더 잦아진 기침 때문에 애를 먹으면서도 무전기를 켜고 명령을 송신했다. 돌아갈 수 있는 희망이 완전히 사라지자 시가의 맛이 한결 각별해진다.

그라아아악!

컨테이너의 창틀을 깨고 헐크를 장착한 팔이 쑥 들어온다. 경호원들은 시가를 문 채 방탄 장비가 보호해 주지 않는 놈의 얼굴과 목에 총알을 박아 넣었다. 한참을 더 난리치던 좀비는 컨테이너 창문에 몸을 걸친 채 죽어버렸다.

"슬슬 대통령에게도 보고를 해야 할 것 같은데요. 쿨럭! 전화를 거시겠습니까? 쿨럭! 쿨럭!"

개리슨이 묻자, 트로이는 고개를 저었다.

"쿨럭! 쿨럭! 평생을… 후우, 강철처럼 살았는데, 콜록거리면서 마지막 장을 쓰고 싶지는 않네."

"쿨럭! 그러면……."

"정식 보고서를 전송하고 싶네. 쿨럭! 도와주겠나? 쿨럭, 쿨럭!"

"기꺼이……."

개리슨은 숨을 좀 고른 뒤, 테이블 위에 앉아 노트북을 열었다.

콰아앙—!

어디선가 또다시 대량의 화약이 폭발하며 엄청난 열기와 충격파가 전해진다.

타다탁— 타다닥—!

트로이 중장의 계정으로 펜타곤 서버에 접속한 개리슨은 바쁘게 손가락을 놀렸다. 펜사콜라 비치에 배치되었던 작전 병력이 전멸한 경위를 설명하는 동안 억울하게 죽어간 700여 명의 어린 병사들을 생각하자 분해서 눈물이 날 것 같았다.

감정을 추스른 개리슨이 절대로 좀비를 상대로 네이팜을 사용하지 말아야 하는 이유와 플로리다 주변을 오염 구역으로 지정해서 접근하지 말라는 당부까지 모두 적었을 때쯤, 컨테이너의 문이 뜯겨 나가면서 헐크로 파워를 증폭시킨 좀비들이 괴성과 함께 달려 들어온다.

탕탕탕— 드르르륵—

경호원들의 안간힘에도 불구하고 미국의 제식 방탄 장비는 너무도 훌륭하게 좀비들을 지켜내 줬다.

끄아악—! 믿기지 않는 괴력에 머리통이 뜯겨 나가며 경호원들이 비명을 지른다. 서둘러 전송 버튼을 클릭한 개리슨은 트로이의 앞을 막아서며 권총을 뽑아 들었다.

ㄹ

원래 매점이 있던 자리에서 하루에 두 번 주는 급식은 형편없고 양도 적었다. 군대식 식판에 밥과 국, 절임 반찬 두 종류가 전부인데, 그나마 매점 앞에 세워진 허리 높이의 구조물에 사물함 열쇠를 대고 나서야 받을 수 있다.

지하철 개찰구처럼 열쇠를 대야 안으로 들어갈 수 있는 구조여서 더 달라거나 다시 줄을 서서 음식을 받는 일은 허용되지 않았다.

"아, 젠장. 또 똥국이네."

임수정과 테라보다 먼저 배식을 받은 남자가 한숨을 쉬며 걸어간다. 전부 똑같은 색깔의 싸구려 트레이닝복을 걸치고서 긴 배식 줄에 서 있다 보면 자연스럽게 우울해지는 기분이다. 그리고 그 우울함은 아주 빠르고 넓게 주변으로 전염된다.

지치고 추레한 사람들이 말없이 식판을 내밀면 무뚝뚝한 병사들이 역시 아무 말도 않고 밥과 국을 퍼주고, 통조림에서 절임 반찬을 배식해 준다. 서로의 얼굴에는 '불행'이라는 글자가 커다랗게 적혀 있는 것 같다.

"안녕하세요."

테라가 식판을 올리며 군인들에게 밝은 목소리로 인사를 한다. 뚱해 있던 군인들의 얼굴에 잠시 화색이 돈다. 그녀의 목소리 때문에 남들의 이목이 더 집중되지만, 테라는 아랑곳하지 않고 밥 한 주걱, 국 한 국자, 반찬 집게 하나가 식판에 올려질 때마다 '고맙습니다'를 연발했다.

'잘 먹겠습니다'라는 인사까지 웃는 얼굴로 공손하게 하고 나서야 그녀는 식판을 들고 돌아선다. 이제 임수정의 차례가 왔다.

"…안녕하세요."

테라처럼 해보고 싶었지만, 말은 나오는데 얼굴은 여전히 웃어지지 않는다. '고맙습니다'라는 인사를 할 때는 말투가 점점 무뚝뚝해지면서 목소리가 작아지고, '잘 먹겠습니다'는 입에서 떨어지지가 않아 그냥 고개만 꾸벅하고 돌아섰다.

아, 멍청한 년…….

임수정은 자신이 한심스러워 스스로에게 귀싸대기라도 한 대 갈기고 싶었다. 그리고 그녀의 뒷사람은 또 무뚝뚝한 표정으로 말없이 식판을 내려놓는다. 테라 덕분에 잠시 밝아졌던 급식소 주변의 공기는 이내 다시 침울하게 가라앉았다.

"언니, 밖에서 먹을까요?"

테라가 임수정을 이끈 곳은 잠실구장의 내야석이다. 드문드 문 떨어져 좌석에 앉은 사람들은 보잘것없는 식사를 한 숟갈 퍼 서 입에 넣은 뒤, 넓게 펼쳐진 그라운드를 바라보며 말없이 씹 고 있다.

야구 선수들 대신 총 든 군인이 가득하지만, 그래도 콘크리트 벽을 보면서 먹는 것보다는 소화가 잘될 것 같았다.

"너, 인사 참 잘하더라. 사람들이 온통 너만 쳐다보고 있어서 더 쑥스러울 텐데……. 아우, 나는 영 못하겠어."

좌석에 앉아 무릎 위에 식판을 올려놓으며 임수정이 말했다. 하하, 가볍게 웃은 테라가 포크 숟가락으로 밥을 뜨며 대수롭지 않다는 듯 이야기했다.

"데뷔하고 처음 반년까지는 정말 인사만 하고 다녔던 것 같 아요. 어딜 가나 다 우리보다 높은 사람들뿐이어서, 모르는 사 람이 지나가면 무조건 허리부터 숙였죠. 그때 몸에 밴 거 아닐

까요?"

그 말을 하는 동안에도 그라운드를 지나가던 군인들이 그녀를 알아보고 서로 수군대며 손가락질을 하자, 테라는 팔을 번쩍 들어 열심히 흔들며 웃어준다. 그냥 고개를 숙이고 못 본 척해도 될 텐데, 어지간히 열심이다.

"하지만 벌써 톱스타가 된 지 오래됐잖아. 요즘엔 그렇게 허리 굽히고 다녔을 것 같지 않은데?"

임수정은 말을 마치고 국을 한 숟갈 떠서 넣었다. 며칠을 굶고 나서 그다음엔 건빵만 먹었던지라, 건더기도 거의 없는 된장국이 의외로 괜찮은 것처럼 여겨진다.

"실은요……."

테라는 비밀을 이야기하듯 목소리를 낮춰 말을 했다.

"저 군인 오빠들은 우리한테 친절하게 대해줄 의무가 없잖아요. 그저 여기, 잠실야구장으로 가서 구출된 생존자들을 지키고 도와주라는 명령을 받은 것뿐일 테니까. 그 의무에 친절은 포함된 게 아니거든요. 그런데도 사람들은 막연히 더 잘해줄 수는 없나 하는 기대를 하죠. 그러니까 점점 기분이 나빠지는 거예요."

임수정이 이의를 제기했다.

"하지만 우리가 낸 세금으로 운용되는 군대잖아. 물론 네가 낸 세금 액수에 비하면 나는 뭐, 명함도 못 내밀 수준일 테지만……. 그러니까 그 정도는 해줘도 되는 거 아닐까?"

테라가 웃음을 지으며 고개를 저었다.

"에이, 언니는……. 저 오빠들이 그 돈을 받았던 건 아니잖아요. 군복을 입고 있으니까 자꾸 잊게 되는데, 저 사람들도 몇 달 전에는 그냥 우리랑 똑같은 일반인이었어요. 내색은 안 하고 있지만, 언니나 제가 힘든 만큼 저 오빠들도 힘이 들고 불안할 거예요. 자유가 없으니까 어쩌면 더 힘들지도 모르죠."

"맞아, 그럴 테지."

임수정은 장교로 복무하고 있는 동생의 얼굴을 떠올렸다.

"웃는 얼굴을 보고 싶으면 네가 먼저 웃어줘라, 이건 제가 어렸을 때부터 우리 엄마가 늘 해주던 말이에요. 제가 사람들에게… 특히 군인 오빠들에게 너무 오버한다고, 꼬리 친다고 뒤에서 흉보는 사람들이 많은 것도 잘 알아요. 하지만 저는 그저 제가 먼저 최선을 다해보는 거예요. 최선을 다해서 웃어드리고 말 한마디라도 친절하게 하는 거, 지금 제가 저 오빠들한테 해줄 수 있는 건 그 정도뿐이거든요. 그리고 그건 군인 오빠들에게서 사랑을 받았던 제 의무이기도 하다고 생각해요."

그렇게 말한 테라는 먼 하늘을 바라보며 그리운 표정을 지었다.

"갑자기 엄마… 생각이 나서 그래?"

임수정이 묻자, 테라는 고개를 끄덕거리면서 눈가를 찍어

낸다.

"네… 보고 싶어요."

"너무 걱정하지 마. 건강하게 잘 계실 거야. 부모님 댁이 어디였는데?"

후우, 가볍게 한숨을 내쉰 뒤 다시 미소를 되찾은 테라가 말했다.

"미국에 계세요. 펜사콜라라고, 플로리다 동쪽에 있는 휴양지예요. 언니는요?"

3

"근데, 오늘이 대체 무슨 요일이지? 이젠 시간이 어떻게 가는 건지, 그런 감각도 없어졌네."

아침을 먹던 도중에 삼식이가 물었다. 글쎄… 모두들 골똘히 생각에 잠겨 있을 때, 우두둑거리며 생 라면을 씹고 있던 보안관이 되물었다.

"보통은 무슨 요일이 아니라 날짜를 물어보지 않냐?"

"하하, 아무거나 물어보면 어때? 좋아, 그럼 오늘이 며칠이야?"

"음, 어디 보자. 제니를 만난 지 닷새째니까……."

모든 일의 기준이 제니가 돼버린 보안관이 역산을 하며 손가락을 꼽아본다.

"정말 그것밖에 안 지났나요? 저는 오빠들이랑 벌써 꽤 오랫동안 알고 지낸 것 같은 기분인데……."

라면 봉지를 고무줄로 묶어놓고 있던 제니가 의외라는 표정을 지으며 생각에 잠긴다. 머릿속으로 계산을 하는 모양이다.

"신입, 네가 일하러 온 날이 며칠이었어?"

보안관이 물었다.

"13일……."

"그럼 13일부터 따져 보면 대충 계산되겠네. 그때 처음 좀비가 나타난 거잖아. 그다음 날 하루 종일 걸려서 아래층의 좀비들을 죽였고… 음식을 구하러 갔던 게 그날이었나, 다음 날이었나?"

"그만해, 멍청이들아! 재미도 없는 이야기 지겨워 죽겠네. 오늘 7월 19일 화요일이다! 됐지?"

신입이 답답하다는 듯 소리를 빽! 질렀다. 자신이 신뢰 받지 못한다는 걸 잘 알고 있는지, 휴대폰 전원까지 넣어서 보여준다. 삼식이는 작업반장의 다이어리를 꺼내서 볼펜으로 날짜 표시를 해두며 혼잣말을 했다.

"그럼 좀비 세상이 된 지 딱 일주일째 되는 거네."

"젠장, 이렇게 될 줄 알았으면 월급 아끼지 말고 팍팍 쓰는 거였는데……."

유빈이 분하다는 표정을 지으며 라면을 깨물었다. 평소에 밀가루 음식을 싫어하지는 않지만, 생 라면만 계속 먹고 있자니 왠지 서러워진다. 아직 다리가 다 아물지 않았고, 온몸 여기저기가 쑤셔서 더 우울해지는 건지도 모르겠다.

"만약 꽉꽉 썼으면 뭘 했을 건데요, 오빠?"

라면 봉지를 조몰락거리면서 제니가 물었다. 유빈은 생각하지도 않고 대답한다.

"삼겹살 사 먹었을 것 같은데? 수입산 말고 국산으로."

할머니한테 좋은 것도 사 드렸을 테고…….

하지만 그런 이야기는 꺼내봐야 분위기만 우울해질 것 같아서 속으로 삼켰다.

"상추도 곁들여서 시원한 소주랑… 캬아!"

상상만으로도 짜릿해지는지 삼식이는 눈을 가늘게 뜨고 입맛을 다신다.

삼겹살이라…….

보안관이 나지막이 혼잣말을 하다가 한숨을 내쉬었다.

"정육점에 있던 것들은 벌써 옛날에 다 썼었겠지. 이제는 정말 살아 있는 돼지를 잡지 않으면 못 먹는 음식이 됐네. 근데 제니, 너 뭐해? 라면 먹기 싫으면 다른 음식 줄까? 참치랑 스팸 있어."

"아니에요. 좀 색다른 방식으로 먹어보려고요. 아… 이제 좀

불었다."

라면 봉지를 봉해놓고 계속 주무르고만 있던 제니가 위쪽의 고무줄을 풀더니 나뭇가지를 꺾어 만든 젓가락을 넣어 휘휘 젓는다.

"물을 부어놨었거든요. 이제 좀 말랑해진 것 같아요. 어디, 흠흠……."

뜨거운 물도 아니고, 그저 미지근한 물을 부어놓은 뒤에 불려 먹는 라면이다. 비주얼적으로도 꽤나 끔찍하다. 하지만 제니는 맛있게 한입을 먹고, 한 젓가락 듬뿍 집어 보안관에게도 권했다.

"으음~! 생 라면보다는 나은 것 같은데? 오빠도 한 번 먹어 봐요."

"소, 손바닥에 줘. 입 닿으니까……."

보안관이 부끄러워하자 제니가 억지로 입에 가져다 댄다.

"어후, 뭐야, 애들처럼……. 괜찮아요. 그냥 아― 해요."

그, 그럼…….

새색시 같은 표정을 지으며 제니로부터 라면을 받아먹은 보안관은 황홀해진 표정으로 오물거린다. 자신만의 비법을 전수하는 제니가 눈을 빛내며 물었다.

"그쵸? 맛있죠?"

맛이 있기는…….

가끔씩 실수로 컵라면에 찬물을 받았을 때, 버리기는 차마 아까워서 그냥 씹던 그 맛이다. 하지만 그래도 제니가 직접 먹여준 라면이다. 보안관은 미소를 지었다.

"으응… 그, 그러네."

"오빠 것도 줘요. 내가 똑같이 만들어줄게요."

제니는 보안관의 라면 봉지를 뺏다시피 해서 물을 부어준다.

"그럼 나도 해줘 봐."

호기심 가득한 눈으로 보고 있던 삼식이가 자신의 라면을 내밀자, 제니가 갑자기 깔깔대기 시작했다.

"아하하하! 아니에요. 그냥 장난 친 거예요. 한입 먹자마자 깨달은 건데, 이거 진짜 못 먹을 음식이에요. 하하하!"

한참 신나게 웃던 제니가 정색을 하고 보안관의 무릎을 치며 물었다.

"그래도 제가 해준 요리니까 보안관 오빠는 같이 먹어줄 수 있죠?"

보안관은 그 한마디에 다시 기운이 솟았다.

"그럼! 국물까지 싹 다 맛있게 먹을 수 있지."

찬물에 적신 라면을 먹고 있는 제니와 보안관에게 유빈이 불쌍하다는 투로 말했다.

"말을 하지……. 매일 밤마다 불을 피우니까 물은 끓일 수 있었는데……."

"에? 정말요? 하지만 주전자가 없잖아요?"

"종이컵에 담아서 끓이면 되지, 뭐. 중간에 아무거나 쇠판 하나만 물 좀 부어서 깔아두면 불은 안 붙으니까 번거로울 것도 없어."

"그럼 오늘 밤에 끓여 먹어요! 제가 끓여 드릴게요!"

"그래그래, 제니가 끓여준 라면 좀 먹어보자. 낮에 파이프로 판을 올릴 다리 만들어 놓을게."

유빈은 선선히 대답했다. 어차피 다리가 이 모양이라 보안관을 따라 움직이지는 못하니까 시간 여유는 있다.

"나는 삼식이랑 저기에 올라가 볼게. 뭐가 있는지 좀 봐야지."

정말로 순식간에 국물까지 다 털어 넣은 보안관이 우적거리며 등 뒤를 가리킨다. 그제 밤에 괴물 한 마리가 나타났던 뒷산이다. 유빈과 삼식이는 고개를 끄덕였다.

이제 어느 정도 파악이 끝난 번화가 쪽과 달리, 뒷산은 아직 미지의 영역이다. 일을 하는 동안에도 별로 올라갈 일이 없었고, 그 너머에 뭐가 있는지조차 모른다.

무지는 곧 불안함이고, 공포다. 여기에 둥지를 틀고 지내고 있는 이상, 그 괴물이 어디에서 어떤 경로로 여기까지 왔는가 하는 정도는 알아둘 필요가 있다.

뒷산 정찰을 떠나기 전, 보안관과 제니 사이에 한차례 실랑이가 일었다. 보안관은 위험할지도 모르니 절대로 데려갈 수 없다는 입장이고, 어느새 배낭까지 메고 나온 제니는 함께 가겠다는 고집을 좀처럼 굽히지 않았다.

"좋아, 그럼 이렇게 하자. 이거 받아봐. 만약 이걸로 여기를 때려서 자르면, 그때는 두말 않고 같이 갈게."

신입과 삼식이를 마냥 기다리게 할 수는 없어서 보안관은 바닥에 놓여 있던 삽을 집어 주며 마지막 제안을 했다. 그가 가리킨 목표는 허리 높이에 붙어 있는 나뭇가지다. 바짝 말라 있는 데다가 새끼손가락 정도밖에 안 되는 굵기여서 그리 어렵지 않아 보인다.

"혹시 버드나무처럼 휘어지는 가지일 수도 있으니까 먼저 검사부터 해볼게요."

그렇게 말한 제니가 나뭇가지를 잡고 몰래 힘을 주어 누르려고 하자, 보안관이 제지했다.

"에이, 반칙하면 안 되지."

"에헤헤."

제니는 혀를 낼름 하고 웃은 뒤, 자리로 돌아가 신중한 표정으로 삽을 들어 올렸다.

"셋을 세면 내려치는 거다."

보안관이 말했다.

"어, 그런 조건은 없었잖아요?"

"이건 생존 능력 테스트니까, 스피드는 기본이지."

납득한 제니는 고개를 끄덕였다. 처음에 우습게 생각했던 것과 달리 높이 들어 올린 삽은 점점 무거워지고 있다.

"하나… 둘… 셋!"

"이얏!"

기합까지 내지르며 힘껏 휘둘렀는데, 삽날은 나뭇가지 끝을 스치고 지나서 땅을 때렸다. 다음 기회를 달라고 입을 떼려던 제니에게서 삽을 건네받으며 보안관이 말했다.

"이게 좀비였으면 넌 벌써 물린 거야."

어지간히 섭섭하게 들리는 말이지만, 동시에 냉정한 사실이기도 해서 제니는 깨끗이 포기했다.

"알았어요, 오빠. 조심해서 다녀오세요. 삼식이 오빠, 신입 오빠, 잘 갔다 와요~!"

보안관 일행에게 손을 흔들어 배웅을 한 뒤, 유빈의 곁으로 다가온 제니가 입술을 내밀고 심통을 부린다.

"오빤 왜 내 편 안 들어줬어요?"

다친 다리를 펴고 앉아서 파이프를 자르고 있던 유빈은 당연하다는 듯 대답했다.

"내가 같이 가는 것도 아닌데, 어떻게 함께 가라 마라 말을 할 수가 있어? 책임자가 보안관이니까……."

"보안관 오빠는 순 독재자예요!"

"하하, 그런 거 아니야. 걔는 네가 너무 소중하고 좋으니까 그렇게 할 수밖에 없어."

"좋아하면 원하는 걸 하게 해줘야죠."

"보안관은 그렇게 생각 안 할걸? 좋아하면 아껴주고 지켜주는 게 가장 중요하다고 말할 놈이야."

"테라였다면 그런 공주님 대접 받는 거 좋아했겠지만, 전 별로란 말이에요."

제니는 유빈의 곁에 쪼그리고 앉아 작은 돌들을 들어 땅바닥에 집어 던지면서 투정을 부렸다. 유빈이 물었다.

"그런데, 사실 너 좀 이상해 보이는 거 알아? 왜 자꾸 좀비들이 우글거리는 위험한 데를 따라가려고 하는 건지……. 너도 그제 봤잖아, 그 괴물들. 엄청 빠르고 힘도 세다고. 4층 건물에서 너랑 나 사이에 좀비가 뚝 떨어져 내렸을 땐 정말 미치는 줄 알았어. 혹시 너한테 달려들면 어쩌나 싶어서……. 너도 기억나지? 그래도 안 무서워?"

"무서워요. 하지만 저 혼자 여기 남는 게 더 싫다고요."

"왜 너만 남았어? 나도 있잖아."

"다리가 다 나으면 오빠도 보안관 오빠랑 같이 나가 버릴 거잖아요. 그럼 그때도 저랑 여기 있어줄 거예요?"

아, 그런 거였나…….

유빈은 톱질을 하던 손을 멈췄다.

"그럼 내가 다 낫거든 그때 다시 이야기하면 되지."

"사람이 부족할 때도 안 데려가는데, 오빠까지 합류한 다음에는 말할 필요도 없죠. 계속… 불안해하고 기다리다가 혼자 남겨지는 건 정말 상상만 해도 싫다고요."

"그런 일은 없어. 보안관이 돌아오면 이번엔 내가 정말 잘 말해줄게. 그리고 네가 조곤조곤 그런 이야기를 다 해주면 걔도 알아들을 거야."

"…진짜죠?"

제니가 의심스럽다는 눈초리로 유빈을 돌아본다.

"그러엄."

유빈은 최대한 믿음직스러운 표정을 지어 보이며 고개를 끄덕였다. 그 말을 듣고 기분이 조금 나아졌는지, 제니의 돌을 던지는 각도가 조금 위쪽으로 올라갔다. 하지만 그녀가 스스로를 지킬 힘이 없다는 건 확실히 걱정이 되는 부분이다.

유빈은 곁에 앉아 있는 제니의 가느다란 팔과 다리를 물끄러미 바라봤다. 저런 몸으로 괴물들과 근접전을 벌인다는 건 무리다. 그녀가 원하는 대로 당당히 몫을 하는 한 사람이 되기 위해서는 그녀에게 맞는 무기가 필요하다.

약한 힘으로도 마음대로 다룰 수 있으면서 공격력은 확실히 보장되고, 거기다가 멀리에서 공격할 수 있다면 더 좋을 것이다.

으음, 뭐가 있을까? 그런 무기가…… . 달리기는 꽤 잘하지만 근력은 약한 사람에게 최적의 무기란 뭘까…… .

유빈은 열심히 궁리하면서 다시 톱질을 하기 시작했다.

4

"덥다."

보안관이 땀을 닦으며 중얼거렸다. 막연히 나지막한 동산이라고만 생각했는데, 뒷산은 그들이 생각했던 것보다는 높았다. 10여 분 정도 올라가자 듬성했던 나무가 점점 빽빽해졌고, 조금 더 급해진 경사로를 따라 또 한 5분을 더 걸으니 로프를 쳐두고 나무로 계단을 깔아둔 등산로가 나타났다.

"계단을 깔아놨네. 이건 어디로 이어진 거지?"

로프를 넘어 등산로 안에 들어서며 삼식이가 중얼거렸다. 그들이 서 있는 곳에서는 지그재그 형식으로 죽 닦아놓은 길의 아래쪽 끝이 보이지 않았다.

"후아아~ 좀 쉬었다 가자."

신입이 숨을 헐떡거리며 주저앉아 급하게 물을 들이켠다.

"담배 하나만 줘. 휴우… 왜 이렇게 힘드냐?"

땀을 뚝뚝 떨어뜨리는 신입에게 담배를 건네며 삼식이가 말했다.

"몸을 거의 안 움직이고 계속 누워서 음료수만 마셔 대니까 그렇지. 우리가 갇혀 있는 동안에 통조림도 어지간히 먹어 치우셨더구만. 너 있지… 요새 살쪘어."

"으음, 확실히 그래 보여. 피둥피둥해졌어."

해머에 기대선 보안관도 고개를 끄덕인다. 좀비 세상이 온 다음에 몸무게가 늘어난, 정말 몇 안 되는 사람 중 하나일 것이다. 담배에 불을 붙이고 있던 신입이 발끈했다.

"지랄하지 마! 먹은 게 없어서 똥도 잘 안 나오는데 무슨 살이 쪄, 찌기는."

"놀리려는 게 아니니까 화내지 말고 들어봐. 지금은 달리기를 못하면 죽는 세상이야. 네 몸이 무거워지면 그만큼 네가 생존할 확률이 낮아지는 거라고."

삼식이의 이야기에 조금 뜨끔했는지 신입은 양손으로 자신의 옆구리를 꼬집어본다. 그러면서도 좀처럼 일어날 생각을 않는 신입에게 보안관이 말했다.

"숨 좀 돌렸으면 일어나. 해 있을 때 빨리빨리 움직여야 돼."

계단을 따라 좀 더 올라가자 널찍한 공간이 펼쳐지며 철봉이나 평행봉 같은 구식 운동 기구들이 보인다. 지붕을 만들어둔 공간 속에 헬스클럽용 기계들도 몇 가지 들어 있는 걸로 봐서는, 여길 이용하는 사람들이 꽤나 있었던 모양이다. 삼식이가 물었다.

"그날 여기서 운동하던 사람들도 적지 않았을 텐데, 다들 어디로 갔지?"

"여기는 조용했을 테니까 운동 다 하고 아무 생각 없이 산에서 내려가다가 당했겠지. 게다가 너도 뽕짝아저씨가 변한 다음에 다른 놈들이랑 합류한 거 봤잖아. 여기서 물렸더라도 아마 무리를 찾아 내려가지 않았을까? 오! 저기 있다!"

"뭐가 있어?"

깜짝 놀란 신입이 몸을 움츠리며 물었다.

"약수터! 그렇지, 산에 오면 약수터가 있어야지!"

보안관이 가리킨 방향에는 화강암으로 꾸며놓은 수돗가가 있었다.

쫄쫄쫄—

엄청 숫구치는 건 아니지만, 그래도 꽤나 많은 양의 물이 꼭지도 없는 수도를 타고 안정적으로 흘러내리고 있다. 수돗가 아래의 돌절구에 가득 고인 물에서는 파란색 플라스틱 바가지가 둥둥 떠다닌다.

"우와아!"

가장 먼저 달려간 삼식이가 삽을 내려놓고 바가지 가득 물을 퍼서 머리에 부었다.

촤아악— 촤아악—

두 차례나 물을 부어 긴 머리를 적신 뒤, 고개를 젖히며 환하게 웃는 삼식이의 모습은 마치 여름 향수의 광고 이미지 사진 같다.

개새끼… 일주일 동안 머리 한 번 제대로 감지 못했는데.

"비켜봐! 나도! 나도!"

물을 마시려던 삼식이를 밀어내며 바가지를 건네받은 신입도 뜨거워진 머리에 물을 붓고 세수를 한다. 요 며칠 동안 도통 경험해 보지 못한 차가운 물이 닿자, 온몸의 세포들이 환호성을 내지른다.

으허허~ 신음을 흘리며 바가지의 물을 퍼붓던 신입은 수도 꼭지에서 흘러내리는 물을 두 손으로 받아 벌컥벌컥 마셨다.

"죽인다! 진짜, 에비앙이 따로 없네! 어후아~ 존나 시원하다! 야, 너희도 먹어봐!"

한 바가지는 족히 될 양의 물을 한참 들이켠 다음, 신입이 보안관과 삼식이에게도 권한다. 그때, 세 사람은 거의 동시에 구청에서 설치해 둔 '먹는 물 공동 시설 안내문' 표지판을 발견했다.

〈부적합〉

색 바랜 붉은 잉크로 적혀 있는 글자는 그렇게 말하고 있었다. 먹는 물로 부적합하다고……. 충격을 받은 세 사람은 잠시 입을 열지 못한 채 멍하니 안내문만 바라보고 있었다.

"뭐야, 씨발… 왜 부적합하다는 거야?"

당황한 표정의 신입이 표지판에 적힌 사유서를 읽어본다. 코 팅된 종이 내에 습기가 차고 글씨가 번지는 바람에 또렷하게 보 이지는 않았지만, 일반 세균 검출량이 110을 넘어서 부적합하 다는 모양이다. 살모넬라균이나 대장균 항목은 불검출이라고 되어 있다.

"야… 일반 세균이 뭐야? 그리고 110이라는 게 얼마큼이야? 말 좀 해봐."

들이켠 물이 금방 다 식은땀으로 배출된 신입이 겁먹은 눈으 로 묻는다. 삼식이가 웃으며 대답한다.

"대학까지 다닌 네가 모르는데 우리가 그런 걸 어떻게 알겠 냐? 하하하."

"씨발, 그냥 추측이라도 해보라고!"

"대충 때려 맞춰보자면, 내 생각엔 아마 100이 치사량 아닐 까 싶은데? 90까지는 먹어도 죽지는 않는데, 100이 딱 되는 순 간, 끄윽! 그런데 그 100이 넘었으면… 어이구."

놀리는 삼식이와 방방 뛰는 신입을 내버려 두고, 보안관은 사 유서를 꼼꼼히 읽어봤다. 검사 일자가 이미 두 달 가까이나 지 나 있어서 신뢰도가 높지는 않지만, 별다른 위험성은 없어 보인다. 하단에 깨알만 하게 적힌 글자에는 음용 가능 일반 세균 수치가 100 이하라고 되어 있다.

"야! 야, 진정해. 마셔도 되는 물이니까 걱정하지 마."

토해보려고 입안에 손가락을 집어넣고 있는 신입을 향해 보안관이 말했다. 구원 받은 사람처럼 화색을 띤 신입이 묻는다.

"정말이야? 네가 그걸 어떻게 알아?"

"여기 발밑에 뒹구는 물통을 보면 이 동네 사람들도 이 물을 받아다 먹었다는 이야기야. 그리고 정말 위험한 물이면 구청에서 이렇게 놔두지도 않아. 아예 시멘트를 발라 버리든가 하겠지."

형형색색의 물통들을 바라보던 신입이 바가지에 물을 받아 보안관에게 내민다.

"그럼 너도 마셔."

"이 새끼, 하는 짓 봐라……. 난 물통에 물 있어."

"안전하다며? 근데 왜 못 마시는데?"

"네가 지금 바가지 내밀지만 않았으면 나도 마시려고 했어. 근데 이제는 너 때문에라도 안 마셔. 애새끼가 싸가지라는 게 좀 있어야지."

"마셔! 씨발, 너만 살겠다 이거냐?"

"아오! 이 한주먹 거리도 안 되는 게……."

들이대는 신입과 고집을 꺾지 않는 보안관 때문에 분위기가 험악해지려는 그 순간, 삼식이가 꼭지에 입을 가까이 대고 흐르는 물을 들이켰다.

후루룹~ 듣기만 해도 등까지 청량해지는 것 같은 소리다.

"푸아! 이제 됐지, 신입? 에이그, 사람들 좀 믿어봐라. 정말 너 죽을 위기인데 우리가 웃고 그러겠냐?"

신입의 머리를 헝클어뜨린 삼식이는 다시 한 번 물을 들이켰다. 시원하고 달달하기까지 하다. 아직 앙금이 다 풀리지는 않았지만 일단 사태는 일단락이 되었고, 세 사람은 다시 위를 향해 걸음을 옮겼다.

10여 분쯤 더 걷자 초등학교 운동장 절반 정도 넓이의 탁 트인 공간이 세 사람을 맞이한다.

"여기가 정상인가 보네. 우리가 올라온 건 아마 이런… 루트였던 것 같고. 와, 이 산이 이렇게 여러 군데로 연결되어 있었던 거야?"

삼식이가 표지판을 살피며 말했다. 총 연장 길이가 5킬로미터인 둘레길의 약도가 그려져 있다. 약도에 따르면 산 주위에는 북쪽부터 시작해서 남쪽까지 아파트 단지가 여덟 개나 둘러싸는 형태로 배치된 모양이다.

약도의 기준으로 보자면 그들이 올라온 길은 아마 9시 방향 정도, 그리고 조금 전 물을 마신 곳은 장미 약수터인 것 같다.

"약수터도 많구나. 하나, 둘… 여기 보이는 것만 해도 다섯 개나 되네."

　보안관도 관심을 가지고 살펴본다. 이렇게 복잡한 산이라면 문제의 괴물이 어디에서 나타났는지 짐작하기 어렵다. 해가 지기 전에 정찰을 끝낸다는 작전도 무리라는 결론에 이르렀다. 이 산에서 아래로 내려가는 방법은 길을 내놓은 것만 따져도 열네 개나 되기 때문이다.

　"좋아. 이 지도는 유용하겠어."

　삼식이가 배낭에서 다이어리와 볼펜을 꺼내 지도를 베끼기 시작한다. 그런 삼식이를 잠시 흐뭇한 눈으로 바라보던 보안관은 그 괴발개발 갈겨 대는 그림 솜씨에 이내 기대를 접고 정상의 다른 곳을 정찰하기 위해 걸음을 옮겼다. 표지판이 사방에 골고루 배치되어 있으니, 돌아갈 때 하나를 떼어 가면 될 것이다.

　보안관의 눈길을 사로잡은 것은 커다란 정자와 그 옆에 설치된 전망 망원경이었다. 저걸 이용하면 그가 아직 한 번도 가보지 못한 북동쪽 동네의 사정을 파악할 수 있다.

　"삼식아, 되도 않는 거 그만하고 일루 와봐."

　"거의 다 했는데……."

　"붙어 다니자, 위험하니까. 야, 신입. 먼저 가지 마."

　보안관은 혼자서 정자를 향해 뛰어가는 신입을 만류했다. 저 자식이 뭣 때문에 흥분해서 저렇게 열심히 달려가는지도 잘 안다. 정자 아래에 자판기가 세 대나 설치되어 있기 때문이다.

주머니에 돈도 없으면서…….

"어때, 알아볼 수 있겠어?"

"그래, 존나 잘 그렸다."

지도를, 아니, 지도를 그리려다 만든 엉망진창의 선들을 자랑스럽게 내미는 삼식이를 끌고 보안관은 정자 쪽으로 걸어갔다.

정자 옆 절벽에 설치된 전망대에는 세 대의 둥근 전망 망원경이 설치되어 있다. 높은 산에 가면 흔히 볼 수 있는 것들처럼 동전을 넣어야 렌즈를 덮고 있는 가림막이 내려가는 방식이다. 물론 육안으로도 산 주변에 아파트들이 잔뜩 늘어서 있다는 것 정도는 보인다.

"오오, 씨발. 경치 좋은데? 엇. 우웁! 저거…….”

전망대 난간을 잡고 떠들어 대던 신입이 헛구역질을 하며 고개를 돌린다. 그가 바라보던 방향에 위치한 산의 중턱에는 노년인 것 같은 남녀가 나무에 목을 맨 채 나란히 걸려 있다. 다행이라고 하면 이쪽에서는 뒷모습밖에 보이지 않는다는 점이다.

좀비들의 대갈통을 그렇게 여러 번 쪼갰어도 사람의 시체가 대롱거리는 모습을 보는 건 아직 무덤덤해지지 않는다. 물론 무섭거나 두려운 건 아니다. 일주일 전이었다면 목매달아 죽은 시체를 먼발치서 스치기만 했어도 소름이 끼쳐 며칠 동안 잠을 이루지 못했을 테지만, 지금은 그저 측은하고 안타까운 마음이 더 크다.

"보안관, 이거 봐."

삼식이가 종이쪽지 한 장을 내민다.

"그래, 알았어. 너 지도 잘 그려."

귀찮아진 보안관이 대충 대꾸하자, 삼식이가 고개를 저었다.

"지도 아니고, 찌라시야. 저기에서 주웠어."

찌라시?

보안관은 이해가 안 간다는 표정으로 돌아봤다. 삼식이가 종이에 묻은 흙을 털어낸 뒤 글자를 읽고 있다. 비에 젖지 않은 걸 보면 최근 며칠 사이에 떨어진 게 분명하다.

"서울 시내 긴급 대피소 위치 안내……."

"뭐, 정말? 대피소?"

"응, 그러네. 우와, 이런 걸 운영하기는 하는구나. 에… 시민 여러분께서는 다음 중 가까운 장소로 이동하시기를 바랍니다. 대피소는 군의 협조를 통해 안전한 잠자리와 식량을 제공해 드립니다……. 오, 졸라 좋은데? 큭큭큭, 미친 새끼들이다, 진짜. 전화도 안 되는데 전화번호는 뭐하러 써놓은 거냐? 어디 보자, 잠실야구장, 상암 월드컵경기장… 에, 이 근처는……."

삼식이가 말을 더 이상 잇지 않아 답답해진 보안관과 신입도 머리를 디밀고 함께 전단지를 읽었다.

…없다.

그들이 있는 지역에는 아예 대피소가 없었다. 가장 가까운 곳이라고 해도 광진구 대피소인데, 거기까지 가려면 한나절은 족히 걸어야 할 것이다. 좀비들이 우글거리는 거리에서 한나절의 행진. 그야말로 자살행위나 다름없다.

"씨발, 뭐야? 가난한 동네 사는 새끼들은 그냥 다 뒈지라는 거야?"

혹시 놓쳤는가 싶어 두 번이나 대피소 목록을 읽어본 신입이 툴툴댄다.

"뭐, 애초에 대피소가 그렇게 많지도 않네. 그리고 여기 보니까 계속 더 많은 대피소를 확보할 예정이니 희망의 끈을 놓지 말라는 말도 있고……. 근데 이게 여기까지 어떻게 날아왔지?"

삼식이는 아쉽다는 듯 전단지를 접어 주머니에 집어넣었다.

"뭐, 그거야 풍선에 담아서 올리면 알아서 터진 다음 퍼지니까……. 그보다 어떻게 희망의 끈을 놓지 말라는 거야? 뭘 먹고 사느냐고? 오늘이 일주일쨌데. TV에서 자기들 입으로 사태 해결까지 절대 일주일은 넘지 않을 거라고 말해놓고서 달라진 건 거의 없잖아. 개새끼들……."

보안관은 불만 어린 눈으로 멀리 보이는 빽빽한 아파트의 숲을 바라봤다.

대체 저 안에서는 얼마나 많은 사람들이 천천히 죽어가고 있는 것일까?

"남 걱정할 때가 아니지…….."

보안관이 찝찝한 마음을 털어내려는 듯 혼잣말을 하며 자판 기를 해머로 내려쳤다.

콰앙—! 콰앙—!

이제는 자판기 터는 것도 요령이 생겨서 예전보다 훨씬 작은 소리만 내고도 자물쇠를 부술 수 있어졌다.

참 좋은 재주 얻었군…….

보안관은 쓴웃음을 지으며 동전 통에 들어 있는 동전을 한 움 큼 집어 망원경이 있는 곳으로 돌아왔다. 찰칵, 500원짜리를 넣 어 돌리자 몇 킬로미터 밖의 풍경이 확대되어 눈앞에 펼쳐진다.

"으아아… 더럽게 많네."

망원경의 배율을 조정하며 천천히 방향을 돌린 보안관은 자 기도 모르게 질린다는 표정으로 탄성을 질렀다. 자동차로 꽉 막 힌 6차선 도로, 그리고 자동차보다 열 배는 됨직한 괴물들이 행 군을 하고 있다.

저것에 비한다면 그동안 번화가에서 보았던 괴물들의 무리는 애교에 불과하다. 2천? 아니, 3천? 정확한 수는 모르겠지만, 하 여간 엄청난 대군이다.

"여기도 장난 아니야. 와, 저런 건 만나면 그냥 꼼짝없이 죽 는 거겠는데?"

보안관의 손에서 동전을 받아 쥔 삼식이와 신입도 각자 망원경에 눈을 갖다 붙이며 열심히 살펴보고 있다. 잠깐 동안이지만 그들이 노원 방향으로 길게 이어진 도로를 보며 깨달은 것은 저쪽으로는 갈 생각도 하지 말아야 한다는 사실이다. 몰려다니는 좀비들의 수가 압도적으로 많다.

자신들이 있는 곳이 낮 시간에 인구가 많이 몰리는 동네가 아니어서 그나마 다행이라는 생각이 들었다. 강남이나 신촌 같은 데에서 일을 하고 있었으면 그들도 꼼짝없이 발이 묶였을 것이다.

"자, 넋 놓고 있지 말고 일어나. 하루에 몇 개씩이라도 다른 루트를 따라 내려가 봐야 돼. 이 주변이 어떤 상황인지 알아야 하니까."

둘레길 약도를 떼어 온 보안관이 실망감 때문에 축 처진 신입을 일으키며 말했다.

"어디로 갈 거야? 에이~ 여기는 음료수가 별로 안 남았네."

이왕 따놓은 자판기에서 음료수 몇 캔을 꺼내 가방에 담으며 삼식이가 물었다. 뭐만 봤다 하면 일단 챙기는 게 이제 버릇처럼 몸에 배어버렸다.

"세 군데를 생각하고 있어. 하나는 아파트 쪽, 하나는 여기, 그리고 화랑마을 쪽……. 이렇게 그냥 일반 동네로 이어진 곳이라면, 좀비들이 의외로 적을 수도 있지 않을까?"

그가 가리킨 방향은 지도로 보자면 2시와 5시, 7시 정도다.

먼저 아파트 6단지부터 살피기로 했다. 방향은 다르지만, 내려가는 길의 모양이나 난이도는 아까 올라왔던 등산로와 거의 유사한 내리막길이었다.

길을 따라 30여 분을 쉼 없이 걷고 나니, 멀리 공원처럼 꾸며진 등산로의 입구가 보인다.

몸 여기저기가 떨어져 나가서 상태가 상당히 좋지 않아 보이는 좀비 서넛이 마치 경비원이나 되는 듯 공원을 배회하고 있다. 물론 그 너머 큰길에는 훨씬 더 많은 놈들이 무리를 이루어 돌아다닌다. 혹시 좀비가 알아챌까 두려워진 세 사람은 서둘러 걸음을 멈추고 그 자리에 납작 엎드렸다.

"아파트 단지 쪽으로 엄청 들락거리네."

가방 안에서 망원경을 꺼내 보던 삼식이가 말했다. 이 이상 더 다가가는 건 무의미할 뿐 아니라 위험하다. 세 사람은 소리를 죽이며 천천히 뒷걸음질을 쳐서 왔던 길을 되짚어 올라갔다.

5

물을 끓일 때 쓸 거치대를 만들고 난 뒤, 유빈은 곧바로 제니를 위한 무기를 만들기 시작했다. 거치대 다리가 삐걱거리는 걸 보고 떠오른 아이디어가 있었다.

비슷한 크기와 무게의 단단한 돌 세 개를 주워 모으고, 빨랫

줄도 1.5미터 정도의 길이로 잘라 세 가닥을 준비했다. 빨랫줄과 묶어 연결한 돌에 청테이프를 단단히 감아서 매듭이 흔들리지 않게 하고, 그 위에 목장갑을 씌운 뒤 줄로 한 번 더 꽉 묶었다.

그렇게 돌과 연결된 빨랫줄 세 개의 반대쪽 끝을 한데 연결해 묶은 것으로 준비는 끝났다. 북미 원주민들이 쓰던 '볼라(Bola)'라는 무기다.

"어디……."

제니가 빨래를 개고 있는 동안 1층에서 준비를 마친 유빈은 혼자 산 쪽으로 가서 그가 만든 무기를 시험해 보기로 했다. 아직 효과가 확실히 보장된 게 아니라서 괜히 미리부터 제니를 들뜨게 하고 싶지 않았다.

"저 나무 정도면 괜찮을까?"

목표로 삼은 것은 5미터 정도 떨어진 나무. 두께는 사람 허벅지 정도 된다. 유빈은 길게 빼놓은 매듭을 잡고 머리 위로 빙빙 돌리다가 목표를 향해 던졌다.

원심력을 얻은 돌들이 빠르게 회전하면서 날아가다가 나무에 닿으며 휘리릭 감긴다. 처음 만들어본 것치고는 꽤나 그럴듯하다.

"좋은데? 이 정도면 좀 더 멀리에서도 되겠다."

볼라를 나무에서 풀어 온 유빈은, 이번엔 서너 발짝 뒤로 물러난 뒤 똑같이 던져 봤다. 더 정확히 표현하자면, 회전을 시키다가 적당한 타이밍에 놔주기만 하면 된다.

이번에는 조준이 조금 빗나가서 땅을 치며 떨어졌다. 그래도 크게 결함이 있는 것 같지는 않으니, 연습을 해서 감만 몸에 익히면 될 것 같다.

이 무기의 장점은 적중률이 굉장히 높다는 것이다. 한쪽의 60센티 이상 되는 긴 줄이 쫙 퍼진 채 날아가고, 그중에 어느 한 부분만 걸려도 그 뒤에는 무게추들이 알아서 감겨든다.

같은 자리에서 한 번 더 던져 보니, 이번엔 높이 조절에 실패했다. 그가 겨냥했던 것보다 훨씬 더 높은 곳에 걸린 볼라를 풀어내며 유빈은 고개를 갸웃거렸다.

으음… 이거, 거리 조절이 의외로 어려운데…….

"그거 혹시 저 줄려고 만든 거예요?"

나무에 얽힌 볼라를 풀고 있을 때, 뒤쪽에서 제니가 말을 건다. 집중하느라 그녀가 다가온 걸 몰랐던 유빈은 깜짝 놀라며 가슴을 쓸어내렸다.

"후아~! 놀랐네. 언제부터 보고 있었어?"

"오빠가 땅바닥에다 그걸 패대기칠 때부터? 줘봐요."

"아, 그거 있지… 돌릴 때 머리 조심하고, 요령이 뭐냐면…….."

유빈이 주의 사항을 말해주기도 전에 제니는 머리 위로 힘차게 볼라를 돌리다가 던졌다. 바람을 가르며 날아간 볼라는 유빈이 딱 목표로 삼았던 곳, 나무의 밑동을 정확히 때리며 휘리릭— 감긴다.

'어때요—?' 하는 얄미운 표정으로 유빈을 돌아본 제니가 얽혀 있는 볼라를 풀면서 묻는다.

"요령이 뭐라고요, 오빠?"

"아니, 뭐… 네, 잘하시네요."

기가 죽은 유빈이 힘없이 대답했다.

두 번을 더 던지는 동안에도 제니의 볼라는 거의 같은 위치에 맞고 빠르게 얽혔다. 회전하는 돌에 맞으며 나무의 껍질이 파여 나간다. 기분이 좋아진 제니가 손뼉을 쫙! 치며 미소를 지었다.

"이걸로 다리를 거는 거예요?"

"음, 맞아. 뛰어오는 놈 종아리 부근에 던지면 줄이 엉키면서 자빠지는 거지. 운이 좋으면 돌에 맞아서 뼈가 부러질 수도 있고."

"근데 이 장갑은 왜 씌워놓은 거예요?"

"아… 그건 돌끼리 서로 부딪치면 깨질 수도 있으니까 충격을 줄이려고. 안에다가 청테이프도 말아놨으니까 어지간해서는 괜찮을 거라고 생각해."

"차라리 목을 노려보면 어떨까요? 돌에 맞아서 죽을 수도 있고."

제니가 풀어 온 볼라를 쉬지 않고 되던지며 묻는다. 신통방통하게도 이번엔 정말 사람의 머리 높이에 맞혔다.

"사람이라면 기절을 하든가 아파서 쓰러지겠지만, 괴물들은 그 정도로 안 돼. 이건 싸워서 죽이라는 무기가 아니라, 네가 도망갈 시간을 벌 수 있도록 발을 묶어놓으려는 거니까. 그렇게 자빠뜨리기만 해도 보안관을 훨씬 편하게 해줄 수 있을 거고."

대답 없이 한 번 더 볼라를 던져 명중시킨 제니가 상기된 얼굴로 말했다.

"자, 이제 그럼 오빠가 한 번 뛰어와 봐요. 내가 맞힐게."

깜짝 놀란 유빈이 눈을 똥그랗게 뜨고 가만히 쳐다보자, 제니가 등을 떠민다.

"빨리요. 연습을 해야 실전에서 써먹을 수 있죠. 실감도 나게 좀비처럼 우에에~ 하고 뛰어오세요."

"아니, 아니… 큰일 나. 그거 정말 무기라고. 그리고 나… 지금 다리도 이 모양인데……."

유빈이 정색을 하자 제니가 또 웃음을 터뜨렸다.

"하하하, 이렇게 자꾸 속아 넘어가니까 놀리죠. 후후, 고마워요, 오빠! 보답으로 내가 뭐해줄까요? 뽀뽀?"

바짝 들이대는 제니의 얼굴 때문인지, 순진한 사춘기 소년도 아니면서 고작 뽀뽀라는 단어에 심장이 빠르게 뛴다.

너 바보냐? 놀리는 걸 빤히 알면서 뭘 두근거리고 그래…….

그럼에도 얼굴이 빨갛게 달아오른 유빈은 어깨를 감싸는 제니를 뿌리쳤다.

"어휴, 그만 좀 놀려~! 너 왜 자꾸 나 괴롭혀어~"

"어, 괴롭히는 거 아닌데? 자, 이러면 믿어요?"

제니가 눈을 감고 고개를 살짝 뒤로 젖힌다.

아아…….

유빈은 그날 처음 보았다, 말로만 들었던 악마가 어떻게 생겼는지. 악마는 일주일째 화장을 안 하고 있어도 얼굴에서 빛이 나고, 입술 주변에서 은은한 복숭아 향기가 풍겨 나온다. 그리고 풍성한 갈색 머리로 심장을 휘감아서 오뚝한 콧날로 후벼 판다.

눈을 감고 있는 제니의 속눈썹이 파르르 떨리자, 유빈의 가슴 속에서도 뭔가가 정신없이 흔들렸다. 매일 죽음의 공포와 맞서는, 건강한 이십 대 남자에게 그건 너무 큰 유혹이었다.

하하! 이 녀석, 장난이 너무 심한데, 라고 대응해야 멋지다는 건 알지만, 저 붉은 입술을 갖고 싶은 욕망이 유빈의 혀를 꼼짝 못하게 얼려놓았다.

놀리는 걸까, 아니면 진짜 허락해 주는 건가? 만약 그렇다면 왜? 연예인들에게 이 정도는 보통인 걸까?

유빈의 복잡한 머릿속은 터지기 직전까지 내몰렸다. 제니가 눈을 감은 시점에서부터 시간이 얼마나 흘렀는지도 모르겠다.

몇 초밖에 지나지 않은 것 같기도 하고, 영원히 멈춰 버린 것처럼도 느껴진다.

"후~"

유빈이 이러지도 저러지도 못한 채 자신의 머리통을 감싸 쥐고 한숨을 내쉬었을 때, 저벅거리는 발소리와 함께 돌아온 보안관이 산 위쪽에서 외친다.

"제니야, 유빈아! 갔다 왔어!"

"어, 보안관 오빠! 이거 봐요! 유빈 오빠가 나한테 무기 만들어줬어요!"

범죄의 현장이라도 들킨 것 같아서 얼굴이 빨개진 유빈과 달리, 제니는 곧바로 돌아서서 활짝 웃으며 볼라를 들어 보인다.

"…바보."

장난스럽게 얼굴을 찡그린 제니가 손가락으로 유빈의 어깨를 쿡, 찌르며 작게 속삭인 뒤, 곧바로 표정을 바꿔 환하게 웃으며 보안관 일행을 향해 뛰어 올라갔다.

"어어! 올라오지 마! 그 주변에 함정 많으니까 조심해!"

지쳐 있는 삼식이나 신입과 달리, 서둘러 언덕을 내려오며 외치는 보안관의 목소리에서는 반가움에서 얻은 에너지가 뚝뚝 묻어난다.

제니가 보안관 일행에게 볼라 시범을 보이며 박수를 받고 있는 동안, 유빈은 목 뒤까지 흠뻑 적신 땀을 씻어내고 헛기침으로 목소리를 가다듬었다.

"큼, 큼, 어땠어? 뒷산 올라가 보니까, 뭐 좀 건질 게 있었어?"

"음, 뭐… 그럭저럭. 좋은 소식, 나쁜 소식. 어떤 거부터 들을래?"

"좋은 소식요."

호기심이 발동한 삼식이에게 볼라를 넘겨준 제니가 재빨리 고른다. 보안관이 대답했다.

"좋은 소식은 뭐냐면… 저 위에 약수터가 꽤 많더라고. 이제 적어도 물이 없어서 죽지는 않을 것 같아."

약수터라는 말을 들은 제니가 눈을 반짝거린다. 유빈이 물었다.

"그럼 나쁜 소식은 뭐야?"

에… 보안관이 말을 고르더니 입을 열었다.

"사방 어디를 돌아봐도 번화가에 있는 것보다 좀비들이 더 적은 곳은 없다는 것. 달아날 구멍이 안 보이더라. 그리고… 산으로 가려져 있어서 눈에는 안 보이지만, 좀비들이 의외로 가까운 곳에 모여 있다는 거."

보안관의 설명을 들으면서도 유빈은 자꾸 조금 전의 일이 생각나서 마음이 어지러웠다. 사실 이렇다 할 사건은 아무것도 없었고 나쁜 일은 하지도 않았지만, 그렇다고 해서 제니와 나눴던 대화를 사실대로 털어놓을 수도 없다.

비밀을 품고 있다는 죄책감 때문에 보안관의 얼굴을 똑바로 쳐다보기가 힘이 든다. 그건 오랜 기간 동안 이 친구들을 알고 지내면서 아직 한 번도 느껴보지 못한 감정이었다. 아직도 열기가 다 가시지 않은 것 같은 얼굴을 쓸어내리며 유빈은 생각했다. 이 이상은 제니와 비밀을 만들지 말아야겠다고……

6

"저기는 뭔데 사람이 저렇게 모여 있지?"

3루 쪽 외야석이 웅성거리는 걸 보며 임수정이 물었다. 쉘터 내 규칙은 기본적으로 사람들이 많이 모여 소란을 피우는 걸 금지하고 있어서 그런 북적임이 더 눈에 확 띈다. 근처에 경비병들이 있는데도 아무런 제지가 없는 것을 보면, 아마 묵인해 주는 모양이다.

"저도 어제 들은 이야긴데… 저기가 시장이래요."

테라가 대답해 준다. 임수정은 어이가 없다는 표정을 지으며 웃었다.

"시장? 하하, 아니, 뭘 팔아? 가진 게 있어야 팔 것도 있는 거지."

"그냥, 이것저것 서로 필요한 게 다르니까 저렇게들 하나 봐요. 왜, 전에 제가 이야기했었잖아요. 콘돔이랑 건빵이랑 바꾸기도 한다고요. 뭐, 그런 거겠죠."

"맞다, 그랬었지……."

사람들은 어떤 상황에서든 더 나은 삶을 살아보려고 하는구나…….

임수정은 그 강인한 생명력에 감탄하면서 고개를 끄덕였다.

"언니도 가보실래요?"

임수정은 고개를 저었다. 그녀에게 현재 절실한 것은 신발이었지만, 모두가 다 단벌 신발인 상황에서 자신의 발에 맞는 신발을 구한다는 건 애초에 무리라고 여겨져 깨끗이 포기하고 있었다.

물론 화장실을 갈 때마다 발에 꽉 끼는 테라의 샌들을 빌려 신고 가야 하는 게 조금 불편하고 미안하긴 하지만, 테라는 단한 번도 싫은 내색을 하지 않았다.

"우리도 테라 아니었으면 애들 주스라도 하나 얻어 줘볼까 하고 저기 기웃거리고 있었을걸? 테라 덕 단단히 보고 있는 거지, 뭐."

함께 지내는 애 엄마 하나가 끼어들자, 주변에서 모두 '맞아, 맞아' 하며 고개를 끄덕인다. 테라가 난감하다는 듯 이마에 손을 얹으며 부끄러워한다.

"아휴~ 그런 말씀 마세요. 그거 다 군인 오빠들이 준 건데요."

그녀들이 그런 대화를 나누고 있는 상황에서도 시장은 여전히 분주하게 돌아가고 있다. 물건의 가짓수도 제한적이고 대부분 보잘것없는 상품들뿐이어서 무슨 장사가 될까 싶지만, 그래도 일단 그 장소에 발을 들이민 사람들은 꽤나 진지하게 흥정까지 해 가며 거래를 위해 애를 썼다.

모든 사람들이 가장 원하는 물건은 물론 술이다. 그러나 애초에 가지고 있는 사람도 거의 없고 군에서 따로 지급을 해주지도 않아, 실제 거래는 거의 일어나지 않았다. 주방에서 빼돌린 맛술이라며 가끔 매물로 나오는 조그만 병에 담긴 수상한 액체가 거의 전부였다.

실제로 시장을 지배하는 최고 인기 품목은 담배였다. 군인들에게서 얻은 담배 한 개비는 하루에 한 봉지씩 제공되는 건빵과 같은 값어치를 가진다. 배고픔과 맞바꾼 귀한 상품은 외야석 귀퉁이에 마련된 조그만 흡연 구역에서 재와 연기만을 남기고 그저 몇 분 만에 사라져 버리지만, 그래도 담배를 원하는 수요는 꾸준하다.

콘돔이나 의무대에서 하루에 두 알까지만 지급해 주는 진통제도 인기 상품이었고, 초코파이를 원하는 사람들도 많았다.

적응력과 상술이 뛰어난 몇몇은 단 며칠 사이에 담배 열 갑이 넘는 자산을 긁어모은 경우도 있었다. 가진 거라곤 몸뚱이밖에 없는 젊은 여자애들이 뭉쳐서 기업처럼 움직이며, 군용 물품의 주요 공급 수단이 되었기에 가능한 일이다.

덕분에 쉘터의 1루 쪽 여자 화장실은 은밀한 거래의 장소로 변질되어 버렸고, 망을 보는 여자애들은 다른 사람들의 접근을 애초에 차단한다.

아무리 엄격한 통제를 한다고 해도 담배 몇 개비만으로 매춘이 가능한 상황에서 모든 군인들의 일탈을 막아낼 수는 없다. 그런 탓에 상부에서는 이를 알면서도 묵인해 주는 분위기다.

건빵을 팔아 콘돔을 사고, 몸과 담배를 바꾸고, 그렇게 모은 담배를 시계나 금붙이, 작은 핸드백과 교환하여 저금한다. 이 쉘터 기준에서 보자면 막대한 자산가인 테라와 함께 지내는 덕에 물건들에 굶주리지 않는 임수정으로선 이해할 수 없는 행동들이었다. 하지만 저들에게는 나름 절실하고 치열한 생존 활동인 것이다.

끼이이잉—

바깥에서는 여전히 요란한 소음을 내며 공사가 진행 중이다. 인천에서부터 한강을 거슬러 올라온 군인들은 중장비까지 동원해서 도로를 끊고 철책을 세워, 주변의 아파트 단지로부터 운동장 주변을 격리시키기 위해 애를 썼다.

하지만 여의도 상공에서 이미 규모 여섯 짜리 좀비들의 압도적인 위용을 목격한 임수정의 눈에는 힘겹게 설치한 장벽들이 아주 하찮고 보잘것없게만 보인다.

실제로 올림픽로 방향에서는 몇 차례나 힘겨운 방어전이 벌어졌고, 그때마다 군인들은 외부로 나가 다시 새로운 진지를 구축해야 했다.

쿠쿠쿠쿠—

한쪽에서는 모터 소리가 끊이지 않는다. 1미터 직경의 플라스틱 관을 한강에 직접 연결해서 물을 끌어오는 양수기가 작동하며 내는 소음이다.

"답답한가 봐요……. 그러면 거기 만남의 벽에 가보지? 거기 가서 사람들이 써놓은 거 한참 읽다 보면 시간 금방 가던데."

"그래요. 혹시 알아? 아는 사람이 편지 써놨을 수도 있잖아."

난간에 기대어 멍하니 바깥 경치를 보고 있는 임수정에게 일행인 아기 엄마들이 권한다.

"만남의 벽요?"

임수정이 물었다.

"응. 여기 말고 반대편으로 가다 보면 거기 벽 한쪽에 전부 편지를 붙이게 해놨어요. 두 사람도 혹시 누구 기다리는 사람 있으면 가서 편지도 써놓고 오고 그래요."

아기 엄마들이 가리킨 방향은 1루 쪽 내야석이었다. 반가운 얼굴을 만날 가능성은 지극히 희박해 보이지만, 호기심이 생기는 것도 사실이다. 임수정은 테라의 잘린 발가락을 한 번 살핀

후 물었다.

"우리도 가볼까? 거기까지 걸어가도 괜찮겠어?"

"네. 그래요, 언니. 저도 구경해 보고 싶었어요."

임수정과 테라는 야구장 잔디 위를 가로질러 건너편 스탠드를 향해 걸어갔다. 접수대에서는 조금 전 헬리콥터를 타고 도착한 새로운 생존자들이 나란히 늘어서서 등록을 하고 있었다. 이름을 묻는 접수 담당자의 질문에 가장 앞에 서 있던 노년의 사내가 공손히 대답한다.

"아, 예… 육만배입니다."

이 사람들도 이제 격리되겠구나…….

임수정은 육만배라는 노인의 얼굴을 힐끔 돌아보고 약간이나마 연민의 감정을 가졌다. 살아난 건 다행이지만, 격리실에서 보내는 시간들은 끔찍하리만큼 지루하고 비참하다.

혹시 아는 사람이라도 끼어 있을까 싶어 생존자들을 훑어본 뒤, 별다른 수확을 얻지 못한 임수정과 테라는 1루 관중석 위로 올라갔다.

그 주변을 서성이는 워낙 사람들이 많아서 만남의 벽이 어딘지는 쉽게 찾을 수 있었다. 길게 늘어선 내야석의 앞쪽, 예전 치어리더들이 춤을 추던 위치에 커다란 나무 구조물이 설치되어 있다.

"날짜별로 편지를 붙이게 해놓았네……."

임수정은 고개를 끄덕이며 스테이플러로 고정되어 있는 수많은 편지들을 읽기 시작했다. 가장 최초의 편지는 7월 15일에 붙여진 것으로, 아내와 아이들에게 자신이 구조되었음을 알리는 내용이다.

붙어 있는 쪽지들은 대부분 편지라기보다는 자신의 이름과 찾는 사람의 이름, 그리고 현재 자신이 야구장의 어느 구역에서 지내고 있는지를 써놓은 메모에 가까웠다. 7월 15일자를 다 읽고 난 임수정이 한숨을 가볍게 내쉬며 중얼거렸다.

"참 세상 좁게만 살았나 보다, 나는. 어떻게 이 많은 사람들 중에 아는 이름이 하나도 없어."

벽에 바짝 붙어 찬찬히 메모들을 살피던 테라가 대답했다.

"하지만 여기 있는 사람들 전부 다 합해도 몇 천 명 정도이니까요, 뭐."

몇 천이라……

임수정은 새삼 자신의 행운을 절감했다. 서울의 인구를 천만이라고만 잡아도 잠실에 머물고 있는 생존자들은 5천 대 1의 경쟁을 뚫고 살아남은 사람들이다. 그리고 그중에 자신도 끼어 있다. 확률이 그쯤 되면 아는 사람이 전혀 없다는 것도 이상한 일이 아니다.

이제 홀로 남았다……. 그런 생각을 하고 있으니 갑자기 사무칠 만큼 고독감이 밀려온다. 외롭고 낯선 사람들이 모여 있는 이곳에서 콘돔이 인기 있다는 사실도 이해할 수 있을 것 같다. 마음속에 뻥 뚫린 상실감을 그렇게라도 매우지 않으면 견디기 힘든 거다.

살아남은 사람들이 남긴 사연에는 그들의 아픈 감정이 고스란히 담겨 읽는 이들에게도 전해진다. 이틀 분량까지 읽고 난 뒤, 임수정은 눈물이 날 것 같아 한숨을 내쉬며 고개를 돌렸다. 테라는 눈물이 글썽해져서도 여전히 열심히 쪽지들을 읽고 있다. 임수정이 물었다.

"누구 특별히 찾는 사람 있어?"

"네……. 근데 기대는 사실 안 해요."

"누군데?"

"…제니요."

"아, 그렇지. 그런데 왜 기대를 안 해?"

"제니가 여기 왔었다면 군인 오빠들이 분명히 저한테 이야기를 해줬을 테니까요."

말은 그렇게 하면서도 테라는 여전히 미련을 버리지 못하고 한없이 그리운 표정으로 편지들에서 눈을 떼지 않는다.

"아, 여기 계셨네요. 임수정 씨 맞죠? 한참 찾았습니다."

누군가 다가와 그녀의 이름을 불렀다. 임수정은 깜짝 놀라 소리가 나는 방향을 돌아보았다. 손에 비닐봉지를 든 군인 한 명이 멋쩍게 웃으며 다가온다. 모자에는 다이아몬드가 하나 박혀 있다.

지금 내 이름을 부른 게 맞나? 테라가 아니라 내 이름을? 대체 누구지?

임수정은 기억을 더듬으며 소위의 얼굴을 살폈다.

아⋯⋯.

임수정은 고개를 끄덕였다. 처음 이곳에 왔을 때 헬기 조종사로부터 그녀를 인계 받고 서류 작업을 도와준 군인이다.

"아, 예. 안녕하세요. 그런데 무슨 일로⋯⋯."

소위는 씩 웃으면서 비닐봉지를 내민다.

"이거⋯ 슬리퍼입니다. 사이즈가 대충 비슷한 걸 찾아서 가져왔습니다. 신어보세요. 새 물건이 아니라 좀 그렇지만, 암만 그래도 맨발보다야 낫지 않겠습니까?"

"이걸 주시려고 일부러⋯⋯. 이 보답을 어떻게 해야 하죠?"

적잖은 감동과 함께 부담감이 느껴져서 임수정의 목소리가 떨렸다. 하지만 군인은 해맑은 얼굴로 웃는다.

"하하, 보답이라니, 무슨 그런 말씀을 다 하십니까. 대민 지원이 제가 맡은 일이고, 당연히 할 일을 하는 건데요. 신어보세요. 맞습니까?"

임수정은 슬리퍼를 바닥에 놓고 발을 넣었다. 약간 헐렁한 듯 맞는다. 사실 이 정도 호의를 받았으니 사이즈는 문제가 되지 않는다.

"네, 편하게 잘 맞아요. 정말 감사드립니다."

"와아~ 언니, 정말 잘됐어요, 감사합니다!"

테라는 덩달아 기뻐하며 소위에게 인사를 한다.

"다행입니다. 아, 그리고 다음에도 또 필요한 게 있으시면 저기 지원 센터로 오시면 됩니다. 그럼……."

공손히 허리를 숙이는 임수정과 테라 때문에 당황한 듯, 소위는 진땀을 흘리며 서둘러 자리를 떠났다. 유난히 믿음직스러운 그의 뒷모습을 보면서 임수정은 생각했다.

'이 지경이 되었어도 세상이 완전히 끝나 버린 것은 아닐지도 몰라…….'

ㄱ

좀비들의 습격이 밤낮을 가리지 않고 이어지기 때문에 삼척발전소 방어 부대에서는 화력 공백을 최소화하기 위해 삼교대로 나누어 취침을 한다. 오후 9시부터 다음 날 오전 5시까지, 오전 5시부터 오후 1시까지, 그리고 오후 1시부터 오후 9시까지.

여덟 시간의 취침이 보장된다고 하면 꿈같은 이야기겠지만, 좀비들이 쳐들어올 때마다 기상해야 하기 때문에 실제로 잠을 잘 수 있는 것은 네댓 시간에 불과하다. 햇살이 가득한 1시부터 9시까지의 오후 취침조를 선호하는 병사들은 아무도 없지만, 사흘에 한 번씩 취침 시간대를 바꾸기 때문에 특별히 불만이 일지는 않았다.

게다가 다들 워낙 지쳐 있었기 때문에 막상 대학원 건물을 빌려 쓰는 임시 생활관 내에 들어가기만 하면 커튼 사이로 비쳐 드는 빛 속에서도 병사들은 금방 깊은 잠 속으로 빠져들곤 했다. 그날 진우의 분대는 오후 취침조였다.

"응?"

원자력 대학원 건물, 위민관 202호에서 곤하게 잠들어 있던 진우가 깜짝 놀라 몸을 일으킨 것은 오후 네 시가 막 지난 시점이었다. 겁먹은 표정으로 팔에 돋은 소름을 쓸어내리고 있는 진우를 향해 불침번을 보던 병사들이 물었다.

"왜 그래, 인마?"

"저… 혹시 무슨 소리 들리지 않았습니까?"

긴장해서 묻는 진우에게 불침번들이 피식거리며 말했다.

"새끼… 악몽 꿨나 보네……. 조용히 하고 얼른 다시 누워. 다른 사람까지 깬다."

"그래. 뭐, 무서워도 어쩌겠냐? 좋은 생각하고 빨리 자라, 이병."

그런가……. 뭔가 기분 나쁜 소리를 들었다고 생각했는데, 꿈이었나…….

진우는 주위를 한 번 돌아보고 나서 조용히 베개에 머리를 댔다. 그래도 여전히 심장이 빠르게 뛰어서 도무지 잠을 이룰 수 있을 것 같지가 않다.

끄으응~ 끄으응~

천장에 달린 시스템 에어컨이 돌며 시원한 바람을 내뿜고 있
는데도 야전침대에 누워 잠들어 있는 병사들은 대부분 식은땀
을 흘리며 괴로운 잠꼬대를 내뱉고 있다. 그토록 끔찍한 매일을
보내고 있으니 악몽을 꾸지 않는 병사는 단 한 사람도 없다고
해도 과언이 아닐 것이다.

"하암~ 뭐야, 쟤들?"

"아마 좀비 나오는 꿈 꿨나 봅니다."

203호 입구에 서서 따분하게 하품을 하고 버티던 불침번들도
202호에서 주고받는 대화에 관심을 보이며 고개를 기웃거린다.
얼른 시간이 지나야 교대를 하고 나도 좀 자는데… 라는 생각을
하면서 찌뿌듯한 허리를 조금씩 펴던 때, 안쪽에서 부스럭거리
는 인기척이 느껴진다.

"응?"

203호 불침번들은 동시에 고개를 돌렸다. 내무반 내 서열 2위
인 윤 상병이 벌떡 일어나서 비틀거리며 걸어 나온다.

"윤 상병님, 무슨 일이십니까?"

"혹시 아파서 깨셨습니까?"

두 명의 불침번 중 일병 계급장을 단 쪽이 물었다. 철조망에
걸려 찢어졌던 윤 상병의 허벅지에 눈길이 갔다. 윤 상병은

막아서는 두 병사를 귀찮다는 듯 밀쳤다.

"아, 씨발. 체했나? 우웁, 좀 토하고 와야 할 것 같다……."

그의 이마에서는 굵은 땀이 뚝뚝 떨어져 내린다. 일병이 금방이라도 쓰러질 것 같은 윤 상병을 부축해서 화장실까지 데려갔다.

"욱, 우욱, 우웨에엑, 아으~ 으, 우웨엑."

변기를 보자마자 곧바로 쏟아내기 시작한 윤 상병의 토사물에서는 지독한 악취가 풍겨져 올라왔다. 그 소리와 냄새만으로도 속이 뒤집어지는 것 같아 동행한 일병은 등을 돌리고 몰래 코를 막았다.

젠장, 문이라도 좀 닫고 토하지…….

일병이 속으로 욕을 퍼붓는 동안, 다른 내무반에서도 병사 하나가 불침번을 대동하고 화장실을 찾아왔다.

"윽!"

악취에 놀란 그들이 반사적으로 팔을 들어 코를 가린다. 일병은 자기가 괜히 창피한 것 같아 시선을 피했다.

그리고 몇 초 지나지 않았을 때, 화장실 안쪽에서 그 소름 끼치는 소리가 들려왔다.

그롸아악!

"이런……!"

급하게 고개를 돌리며 일병의 머릿속에 떠오른 생각은 '속았다!' 였다.

속았다……. 이 개자식이 아까의 교전에서 좀비에게 물어 뜯겨놓고 엉뚱한 소리를 했구나. 왜 다른 사람들이 몰랐을까…….

일병이 뒤를 돌아보는 것보다 빠르게 비명이 들려왔다.

끄아아악! 소변을 보려던 이병이 팔뚝을 움켜쥐고 쓰러진다. 윤 상병은 하얗게 변한 눈을 번뜩이며 주둥이에 피를 잔뜩 묻힌 채 그 곁에 서 있던 옆 내무반 불침번을 덮쳤다.

"으와악!"

불침번이 워커발로 윤 상병의 배를 후려 찼지만, 힘이 모자랐다. 윤 상병은 불침번을 깔아뭉개며 아가리를 쫙쫙 벌린다. 깔려 있는 불침번은 두 손으로 윤 상병의 목을 밀고 버티면서 소리를 질렀다.

"야! 씨발, 이것 좀!"

공포심에 얼어붙어 있던 일병은 그 말에 정신을 차리고 무기가 될 만한 것을 허겁지겁 찾았다. 대걸레! 일병은 손잡이를 바투 잡고 윤 상병의 머리통을 후려갈겼다.

퍼억! 퍼억!

두 차례나 머리통을 맞고도 여전히 윤 상병은 밑에 깔린 불침번의 광대뼈를 향해 이빨을 드러내고 있다. 야이, 개새끼야—! 다급한 불침번이 필사적으로 외친다. 그제야 일병은 자신의 공격이 왜 효과가 없는지 깨달았다. 너덜너덜한 걸레가 충격을 반 이하로 줄여준 것이다.

"뭐야? 웅? 뭐야? 어! 이런 씨바알~!"

일병이 대걸레의 술 부분을 떼어내기 위해 안간힘을 쓰고 있는 동안, 고성과 욕설에 놀란 병사들이 하나둘씩 내무반 바깥으로 얼굴을 내밀다가 기겁을 한다.

"비상! 비사앙!"

누군가 벽을 두드리며 모든 병사들을 깨웠다. 하지만 그런 소동들이 좀비 아래 깔려 있는 불침번을 구해주지는 못한다. 어느새 윤 상병은 불침번의 얼굴 바로 앞까지 접근해 있다.

끄으으, 용을 쓰며 밀어내는 불침번의 손톱이 좀비로 변한 윤 상병의 살갗을 벗겨낼수록, 둘의 사이는 점점 더 가까워진다. 일병은 대걸레를 집어 던지고 좀비의 측면으로 돌아가 목을 움켜 감았다.

"놔, 이 씨발 놈아!"

아래에 깔려 있던 불침번은 윤 상병의 중심이 뒤로 들린 틈을 놓치지 않고 배를 걷어차며 간신히 빠져나왔다.

쿠웅!

밀쳐진 윤 상병이 뒤로 넘어갔고, 덕분에 일병은 좀비를 뒤에서 끌어안은 채 깔린 형국이 되었다.

그롸아아악!

윤 상병이 거세게 몸부림을 칠수록 일병의 얼굴은 사색이 되었다. 목을 꽉 두르고 있는 자신의 팔에 금방이라도 좀비의 이빨이 닿을 것 같다. 팔에 힘이 조금이라도 느슨해진다면… 그 순간, 자신은 죽는 것이다. 그러는 동안에도 윤 상병은 여전히 놀라운 힘으로 버둥거린다.

"이… 이것 어떻게……."

자신이 구해준 불침번을 향해 일병이 애원한다. 불침번도 돕고는 싶지만, 어떻게 공격해야 좋을지 좀처럼 방법을 찾기 어렵다.

"머리 치워!"

총알도 없는 빈총을 들고 달려 나온 병사들이 바닥에 깔린 일병에게 소리쳤다. 그러고는 일병이 미처 준비할 틈도 주지 않고 총을 거꾸로 잡고 휘둘러 윤 상병의 얼굴을 박살 냈다.

콰작—!

개머리판에 맞은 윤 상병의 코뼈가 주저앉고 이가 부러진다.

"한 번 더!"

병사가 총을 높이 치켜들었을 때, 윤 상병의 억센 손이 그의 다리를 잡아당긴다. 병사는 중심을 잃고 쓰러지며 총으로 일병의 얼굴을 때렸다.

으아아! 난데없이 날벼락을 맞은 일병이 눈을 움켜쥐고 비명을 지른다. 그 틈에 일병의 팔에서 풀려난 윤 상병은 넘어져 있던 병사를 향해 몸을 날렸다.

"어딜! 이 개새끼야!"

윤 상병의 머리통을 향해 병사들의 공격이 쏟아져 내린다.

콰직! 콱! 콱!

주변을 빙 둘러서 있던 병사들이 계속해서 개머리판으로 두들겨 대자 마침내 윤 상병은 더 이상 움직이지 못하고 머리통이 박살 난 채 쓰러져 버렸다.

"후우~ 후우~"

윤 상병이 처참한 몰골로 널브러진 이후에도 공포심 때문에 한참 동안 더 머리통을 깨부수던 병사들은, 마침내 조금 진정이 되어 숨을 몰아쉬며 놈의 시체를 노려보았다. 그들의 개머리판마다 윤 상병의 피와 뇌수가 튀어 있다.

"야, 너 눈 괜찮아? 보여?"

순식간에 눈두덩이 퉁퉁 부어올라 보라색으로 변한 일병에게 병사들이 묻는다.

"아, 예… 보이긴 합니다. 아으~"

"그만하길 다행이다. 제길, 진짜 먹물을 뽑을 뻔했네. 어디… 너는?"

병사들은 안도의 한숨을 내쉬며 불침번을 향해 고개를 돌렸다.

"저도 괜찮습니다. 다행히 물리기 직전에 저 일병이 도와줘서 살았지 말입니다."

웃으며 말하는 불침번의 뺨에는 한 줄기 피가 흐르고 있었다.

거칠게 뜯겨져 나간 살점……

이건 누가 봐도 물린 상처였다. 흥분한 나머지 자신이 물렸다는 사실도 인식하지 못하고 있었던 것이다.

"아… 씨발… 야, 그 자리에 앉아."

병사들은 상황을 저주하면서 굳은 표정으로 불침번을 향해 명령했다. 불침번은 영문을 모르겠다는 얼굴로 당황해하며 묻는다.

"왜… 왜들 그러십니까? 저, 저는 괜찮습……."

자기 얼굴에서 다른 병사들의 시선이 향한 곳을 더듬던 불침번은 말을 더 잇지 못했다. 자기 손바닥에 묻어 나온 피와 따끔한 얼굴의 상처를 느꼈기 때문이다.

"어… 어, 나 이거, 저… 저, 저 이제 어떻게 됩니까? 죽습니까? 예? 으흐흑."

불침번이 무릎을 꿇고 쓰러지며 오열한다. 전투 도중도 아니고, 내무반에서 휴식하던 도중에 이런 상황을 만난다는 것은 너무 억울하다. 어느새 주변에는 수십, 수백의 병사들이 모여들어 그를 중심으로 빙 둘러서 있다.

"야이, 씨발! 이 개새끼! 이 개새끼 때문에! 내가 왜!"

불침번은 이미 죽어 자빠져 있는 윤 상병의 다리를 마구 후려치며 울부짖었다.

"야, 오 일병! 진정해! 안 변할지도 모르잖아!"

그와 같은 내무반에서 생활하는 고참들이 불침번을 진정시켜 보려고 애를 썼지만, 그들도 이미 자신의 입에서 내뱉어지는 말을 믿지 못하고 있었다. 이미 정신이 반쯤 나간 오 일병은 엎드려서 통곡을 해 댔다.

"뭐야? 왜 이 난리야? 비켜서, 이 새끼들아!"

당직병들을 거느리고 달려온 당직사관이 병사들을 헤치며 호통을 친다.

얼굴이 찢긴 채 울부짖고 있는 일병, 군복을 입은 채 대가리가 터져 죽은 좀비, 좀비의 허벅지에는 아직도 피가 맺힌 상처가 있다……

상황을 목도하고 잠시 멍하니 서 있던 당직사관이 소속 분대장의 뺨을 후려갈기며 욕설을 퍼부었다.

"내가 이 새끼야, 외상자 확실히 보고하라고 했지! 이런 등신 같은 새끼!"

분대장의 배를 걷어차 넘어뜨려 버린 당직사관은 허리에 두 손을 짚은 채 하늘을 향해 한숨을 내쉬었다.

"후우우~ 야! 다들 자기 생활관으로 돌아가. 그리고 너, 화장실로 가서 일단 물로 좀 씻어봐. 내가 볼 땐 물린 게 아닌 거 같다."

"저… 정말입니까?"

눈물과 콧물, 피로 범벅이 된 오 일병이 떨리는 목소리로 묻는다.

"그래, 인마. 쇠붙이나 뭐에 뜯긴 모양인데. 얼른 씻어."

누가 들어도 거짓말 같은 이야기지만, 간절했던 오 일병만은 당직사관의 말을 믿었다.

그가 후들거리는 다리를 겨우 일으켜 아직도 악취가 진동하는 화장실 안으로 걸어가자, 당직사관이 당직병들에게 눈짓으로 신호를 보냈다. 당직병들은 고개를 끄덕인 뒤, 권총집을 풀며 오 일병의 뒤를 따라 들어가서 화장실 문을 닫았다.

그곳에 있던 모든 병사들은 자신이 보고 있는 게 뭘 의미하는지 알고 있었다.

전우 살해.

너무도 끔찍한 이야기다. 하지만 그들 중 감히 그 누구도 말려보려는 엄두조차 낼 수 없었다. 그만큼 좀비는 두렵고 끔찍한 존재였다. 변하기를 기다렸다가 확인을 마치고 손을 쓰기에는 너무 위험부담이 크다.

타앙! 탕! 탕!

목을 조르는 것 같은 무거운 침묵을 깨고 화장실 문 안쪽에서 총소리가 울렸을 때, 병사들은 하나같이 침울한 표정이 되어 고개를 떨궜다.

조금만 빨리 도왔더라면… 하는 자책부터 다음은 나일지도 모른다는 두려움까지. 실로 수많은 감정과 생각이 복잡하게 얽혀 그들의 가슴을 파고든다.

"흑! 흐으윽!"

누군가 소리 죽여 울음을 터뜨리자, 몇몇 병사들도 눈물을 흘리기 시작했다.

"야! 너, 너, 너, 남아서 여기 치우고, 나머지는 신속하게 생활관으로 돌아간다! 빨리!"

당직사관이 이를 악물고 명령을 내린다. 병사들은 떨어지지 않는 무거운 걸음을 억지로 옮겼다. 과연 그렇게 처리하는 길밖에는 다른 방법이 없었던 것일까? 모든 것이 너무나 혼란스럽다.

그리고 그 혼란스러움 속에서 윤 상병에게 맨 처음 팔을 물렸던 병사는 모두의 기억 속에서 완전히 잊혀 있었다. 물어뜯기는 광경을 바로 눈앞에서 목도했던 일병조차도 문제의 그 이병에 관한 일을 까맣게 망각하고 있었던 것이다.

"멍청한 새끼들……."

건물 밖으로 나와 눈에 덜 띄는 구석으로 걸어간 당직사관은 분을 채 삭이지 못한 듯 담배에 불을 붙이며 씩씩거렸다. 조금 전 사람의 머리통을 날려야 했던 당직병들도 기분이 더럽기는 매한가지였다.

그건 단순히 좀비를 사살하는 것과는 다른 차원의 문제다. 다들 말이 없는 무거운 분위기가 흐르자, 당직사관이 힘없이 말했다.

"어이, 너희도 속 터질 텐데, 한 대씩 피워라. 계급장 생각하지 말고……."

빈말이 아니라는 걸 증명이라도 하려는 듯, 당직사관은 직접 담배를 물리고 불까지 붙여줬다.

"후우우~"

그들 셋은 조용히 담배를 빨아댔다. 다들 소주 한 잔이 너무도 그리운 심정이었다. 그때, 당직병 중 하나가 바닥에 떨어진 핏자국을 보았다.

"어라?"

"왜 그래?"

허리를 굽히고 핏자국을 쫓는 당직병에게 당직사관이 물었다.

"이거 보십시오. 뭐가 좀 이상합니다."

그의 말처럼 점점이 떨어진 핏방울들이 건물 뒤편으로 이어진다. 그들은 긴장된 표정으로 핏자국을 따라 걸어갔다. 에어컨 실외기는 웅웅— 울리면서 청각을 마비시키고, 거기에서 뿜어져 나오는 열기와 먼지 가득한 냄새는 다른 감각마저 흐린다.

심상치 않은 분위기를 느낀 당직사관은 권총을 꺼냈다. 하지만 이미 늦었다.

그롸아아아—

자판기 사이에 숨어 있던 좀비는 당직사관을 향해 번개같이 달려들었고, 그의 총알은 허공을 갈랐다.

콰드득!

좀비의 이빨이 당직사관의 경동맥을 물어뜯자, 피가 분수처럼 솟아올랐다.

끄으으윽, 당직사관이 목을 움켜쥐고 쓰러졌지만, 좀비는 여전히 그의 목에서 이빨을 빼지 않고 더 깊숙하게 박아 넣는다.

찌지직, 당직사관의 목이 찢겨 나간다.

타앙! 탕! 탕! 탕!

당황한 당직병들이 욕설을 내뱉으며 발사한 총알은 좀비의 등과 당직사관의 얼굴에 맞았다. 눈이 관통당한 당직사관은 즉사했고, 첫 번째 먹이가 숨을 거두자 좀비는 곧바로 몸을 돌려 당직병들에게 달려들었다.

타앙!

당직병들은 열심히 방아쇠를 당겨보지만, 좀처럼 머리를 명중시키지 못했다. 아무것도 모른 채 세면대에 얼굴을 박고 있던 일병을 뒤에서 쏠 때보다 훨씬 더 손이 떨렸기 때문이다.

으아악! 좀비를 밀쳐 내려다가 손가락을 잘린 당직병이 비명을 지르며 내무반 안쪽으로 뛰어 들어간다. 마지막 남은 당직병은 부들거리는 두 손으로 권총을 꽉 잡고 방아쇠를 당겼다.

철컥—!

빈 약실을 때리는 소리에 병사의 가슴은 얼어붙는 것 같았다.

그와아악—

좀비는 어느새 그를 깔고 앉아 어깨를 물어뜯고 있다.

왜? 왜 총알이 없지?

병사는 이해할 수가 없었다. 분명히 총알이 더 남아 있어야 한다. 그런데 왜? 좀비의 이빨이 핏줄을 찢자 뜨거운 피가 솟아

오른다. 지독한 고통을 지나 의식이 가물거리는 속에서야 비로소 그는 깨달을 수 있었다.

아까 화장실에서의 처형… 그때 사용한 세 발의 탄환…….

"커어억!"

마침내 병사는 단말마를 내뱉으며 숨을 거뒀다. 크게 떠진 채 멈춰 버린 그의 동공에 내무반 건물을 향해 뛰어 들어가는 좀비의 뒷모습이 비쳤다.

2장

빈집털이

1

새로운 하루.

태양은 하늘 높이 올라서 뜨겁게 내리쬐고 있고, 가끔씩 적당히 부는 바람은 땀을 식혀주고 사라진다. 모험을 하기에는 더없이 기분 좋은 날이었다. 잊을 만하면 한 번씩 들려오는 저 울부짖음만 빼면…….

다친 유빈을 제외하고 보안관, 삼식이, 신입, 그리고 제니까지 네 사람은 부지런히 벌판을 가로질러 걸어갔다. 오늘 그들이 계획하고 있는 것은 빈집털이다.

철책을 하나 더 가지고 가서 유빈이 올려놓은 철책과 합친 다음, 그걸 타고 옥상을 돌면서 빈집들만 골라 들어가 필요한 것들을 훔쳐 오는 것이다.

이제 편의점에서 가져온 먹을 것들은 거의 다 떨어져서 오늘 아침엔 제니와 유빈이 구해 왔던 마른 멸치와 설탕물을 먹었다. 모두가 배낭 속에 먹을 것을 가득 담아 가지고 유빈이 기다리고 있는 복지 센터로 돌아갈 수 있기를 바라고 있다.

"삼식이 오빠는 뭘 찾으면 제일 좋을 것 같아요?"

역 건물로 들어가며 제니가 물었다. 그녀가 메고 있는 등산 배낭에는 어제 유빈이 만들어준 볼라 두 개가 달랑거리며 걸려 있다. 산에서 길어 온 물로 간단하게나마 목욕을 해서 그런지, 제니는 평소보다 더 기분이 좋아 보인다.

겨우 페트병 세 개 분량의 물이 사람을 이렇게 행복하게 해줄 수 있다니, 그녀와 함께 물을 길어 왔던 보안관은 제니의 미소를 보면서 뿌듯한 보람을 느꼈다.

"으음, 글쎄… 뭐, 먹는 거겠지. 김치? 김치가 있으면 라면 먹을 때 좋을 것 같아. 너는?"

소박한 희망을 밝힌 삼식이가 되물었다.

"저는 커피! 커피 못 마신 지 일주일도 넘었네요. 후우~ 한 1년은 못 마신 것 같아요. 보안관 오빠는 뭐 먹고 싶어요?"

"나는 이제 소원을 이뤄서 먹는 걸로는 더 바라는 거 없고, 약국 앞에 떨어뜨리고 온 야구 배트나 다시 주워 올 수 있으면 좋겠어."

플래시를 밝히며 앞장서서 걷던 보안관이 진심 어린 목소리로 대답한다. 제니가 의외라는 표정으로 물었다.

"소원을 이뤘다고요? 무슨 소원?"

"제니가 끓여주는 라면 먹는 거."

"하하하! 아, 뭐야……. 어떻게 그런 말을 표정 하나 안 변하고 해요?"

제니가 보안관의 등짝을 치며 웃는다. 보안관은 여전히 아주 진지한 얼굴이다.

"아니, 정말이야. 너랑 테라 나오는 라면 광고 볼 때마다 생각했었는데, 제니가 끓여주는 라면 맛은 어떨까… 하고."

"생각만 한 게 아니라 만날 혼자서 중얼거렸지. '제니가 끓여주는 라면 먹고 싶다' 그러면서……."

삼식이가 끼어들어서 폭로하자, 제니는 더 기분이 유쾌해졌다.

"그럼 오늘은 냄비랑 젓가락도 훔쳐 가서 정식으로 라면 끓여줄게요. 어제 그거는 그냥 미지근한 물만 부은 거였잖아. 알았죠, 오빠? 라면 꼭 찾아야 돼요."

제니가 바짝 달라붙어서 말을 걸자, 보안관은 수줍게 고개를 끄덕였다.

"자, 이제 신입 오빠 차례네요. 오빠는 뭐 먹고 싶어요?"

"으, 응? 나? 뭐 먹고 싶냐, 이런 말이지? 으음, 나는… 팥빙수. 날씨도 이렇게 덥고 하니까."

한참이나 고민을 하던 신입이 겨우 내놓은 대답은 굉장히 사치스러웠다. 다른 세 사람은 잠시 팥빙수를 상상하고는 아득한 꿈처럼 멀어진 그 음식 때문에 풀이 죽어버렸다.

얼음을 얼려서, 곱게 갈아서, 신선한 우유와 연유, 과일, 팥을 올린다……

전기가 끊긴 지금은 도저히 무리다. 며칠 전만 해도 그런 게 고작 칠팔천 원이면 먹을 수 있는 음식이었다니, 믿어지지 않을 지경이다.

휴우우우~ 네 사람은 나란히 한숨을 쉬면서 역의 옥상 문을 열고 나섰다.

"뭐… 겨울에 먹으면 되겠네."

여전히 팥빙수를 떨쳐 내지 못한 삼식이가 혼잣말을 하면서 망원경을 꺼냈다. 때마침 번화가 도로에는 좀비들의 행진이 한창 진행 중이었다. 다른 방향에서 온 놈들과 합쳐진 것인지, 그 규모가 전에 없이 크다.

"현재 시각 1시 27분!"

시계를 확인한 삼식이는 재빨리 망원경을 좌우로 움직이며 그 무리를 특징지을 수 있는 특이한 놈을 찾았다. 그사이에 제니는 가방에서 볼펜과 수첩을 꺼내 시간을 적어 넣었다.

놈들 전부가 비바람과 먼지를 잔뜩 뒤집어쓴데다가 잿빛 피부는 온통 피범벅이 된 채 썩어가고 있어서, 이젠 얼핏 보기에는 다 똑같아 보인다.

"음, 쟤로 할까? 금발 머리, 형광 분홍색 폴로 티. 저런 놈은 흔하지 않겠지."

삼식이가 엄청 뚱뚱한 좀비 하나를 지목해서 특징을 불러준다. 망원경을 건네받아 녀석의 모습을 확인한 다른 셋도 고개를 끄덕였다. 무리가 워낙 커서 골목을 지나는 시간도 예전의 몇 배나 걸렸다. 20분 가까이 좀비들이 걷는 걸 계속 보고 있자니 속이 매슥거리는 기분이 든다. 놈들이 지나가 버린 거리는 마치 밀걸레로 밀고 간 듯, 텅 빈 것처럼 보였다.

"자, 이제 몇 분 간격으로 다음 놈들이 오느냐… 그게 문젠데……."

좀비 네 마리만 서성거리는 텅 빈 거리를 보며 보안관이 초조하게 중얼거렸다. 제니와 처음으로 함께 나온 터라 느껴지는 책임감이 남다르다. 게다가 며칠 전 옥상에 갇혀본 적도 있어서 더 조심스러웠다.

"사람이 넷이니까 아무리 짧아도 20분은 있어야 돼. 안 그러면 저 건물로 올라가고 내려오고 할 때 시간이 부족해."

삼식이가 담배에 불을 붙이면서 말했다. 신입과 두 사람이 나눠 피우고 있는 담배도 이제 바닥을 드러냈다. 담배 연기를 뿜던 신입이 놀라 캑캑거린다.

"캑! 쿨럭! 네 명? 나, 나도 저기로 가라고? 우리는 얌전히 여기서 망이나 보는 게 더 도와주는 거일 것 같은데. 그렇지, 제니야?"

"아뇨. 전 갈 건데요? 그러지 말고 오빠도 같이 가요. 하나라도 더 훔쳐서 담아 와야죠."

당황한 신입은 아무 대답도 못하고 제니의 얼굴과 철책이 올려진 건물만 번갈아 쳐다봤다. 체면 때문에 무서워서 싫다는 말은 못하겠고, 그렇다고 따라가자니 좀비들과 마주칠 생각만 해도 다리가 후들거린다.

"저… 저기 3층 건물이라서 나는 못 올라갈 것 같은데……."

신입이 겨우 생각해 낸 핑계는 그거였다. 하지만 제니는 여전히 미소를 지으면서, 그러면서도 말투만은 엄청 단호하게 말했다.

"에이, 저도 유빈 오빠가 받쳐 줘서 올라갔어요. 오빠도 그렇게 하면 돼요."

"저기를? 으으음……."

식은땀을 삘삘 흘리는 신입의 어깨를 삼식이가 탁, 치며 달랬다.

"괜찮아. 다 올라갈 수 있어. 나랑 보안관이 당겨줄 테니까."

결국 신입은 얼결에 함께 거리까지 가는 걸로 결정이 나버렸다.

이건 위험하다…….

신입은 마음속으로 오늘 좀비들이 엄청 빠른 간격으로 지나가 주기를 기도했다. 그러면 도저히 내려가기에는 무리라고 고집을 피우다가 일단 돌아가야지. 그리고 다시는 따라오지 말아야지…….

아까 삼식이가 20분은 필요하다고 했으니, 그전에만 좀비들이 나타나 주면 된다.

빨리 와라, 빨리!

신입은 피가 마르는 것 같은 심정으로 번화가 골목을 노려보고 있었다. 그런데…….

"하아암~ 이상해. 왜 안 오는 거지?"

아무리 기다려도 다음 좀비 무리가 모습을 드러내지 않자, 삼식이는 크게 하품을 하면서 기지개를 켰다.

시계가 가리키는 시간은 2시 38분. 아까 놈들이 골목 끝으로 사라져 버린 지 거의 50분이나 지났다. 제자리에서 어슬렁거리는 네 놈만 제외하면 좀비가 아예 눈에 띄지 않는다.

간격이 긴 건 마음에 들지만, 그다음 놈들이 언제 올지 모르면 움직일 수가 없다. 늘 보이던 놈들이 갑자기 눈에 띄지 않으니까 그것 역시 사람을 상당히 불안하게 만든다.

점점 말수가 줄어든 네 사람은 초조한 심정으로 기다리고, 기다리고, 또 기다렸다. 그래도 여전히 새 좀비 떼는 나타나지 않는다.

"안 올 건가 봐. 아까 그놈들이 마지막이었던 거야."

세 시가 넘어갔을 때, 삼식이가 판정을 내렸다. 보안관이 물었다.

"그게 뭔 소리야? 안 오다니? 그럼 어디로 갔는데?"

"그야, 사람들 많은 곳으로 갔을 테지. 여기는 이제 더 먹을 게 없어졌으니까."

"먹을 게 없긴 왜 없어? 저 건물들에 들어 있던 사람들은 먹을 게 아니고 마실 거냐?"

"저걸 봐. 길에 아무도 없잖아."

삼식이가 텅 비어 있는 거리를 가리킨다. 보안관이 여전히 모르겠다는 표정을 짓자 삼식이가 하는 말의 의미를 깨달은 제니가 보충 설명을 해준다.

"좀비가 한 시간 반이 넘게 한 마리도 안 나타나고 있는데 아무도 집 밖으로 나오지 않잖아요. 살아 있는 사람이 있다면 궁금해서라도 나와보겠죠. 아무 가게라도 들어가서 먹을 것도 가져올 테고요. 그 말이죠, 삼식이 오빠?"

"그, 그런가?"

보안관은 거리로 시선을 돌렸다. 제니의 설명을 듣고 보니 이상하기는 하다. 좀비가 몇 마리 안 되니 아무리 겁이 많은 사람들이라 해도 창문 밖으로 고개 정도는 내밀 것 같은데…….

어기적거리며 걷는 네 마리를 제외한다면, 번화가 거리 전체를 통틀어서 움직이는 것이라고는 일전에 제니가 걸어놓은 커튼 깃발이 바람에 펄럭이는 정도뿐이다.

"그럼 저 안에 있던 사람들은 다 죽었단 말이야? 왜? 굶어서?"

"일주일을 굶어도 죽지는 않을걸? 하지만 물은 이야기가 좀 다르지."

"비가 왔었잖아? 빗물이라도…….”

'빗물이라도 받아서 마시면 될 거 아냐?' 라고 하려던 보안관은 말을 중간에 삼켜 버렸다. 하긴, 서울 빗물을 마시면 큰일 난다고 했던 건 자신이었다. 아마 물이 간절한 생존자들은 다급한 마음에 창문을 통해 빗물을 받아 마셨을 것이다.

하지만 그게 도시 사람들의 약한 장을 뒤흔들어 복통과 설사를 일으켰을 테고, 오히려 더 탈수증상이 심해져서 결국엔… 저 건물들을 관으로 삼아 숨을 거두었을지도 모른다.

"자, 이제 어떻게 할래? 지금 내려가 볼까?"

삼식이가 물었다. 보안관이 대답하기 전에 신입이 다급하게 끼어든다.

"서, 성급하게 굴지 말고! 한 시간만 더 기다려 보자! 응? 한 시간만!"

"한 시간이라……. 뭐, 그래 봐야 네 시 조금 넘을 테니까 해는 충분하겠네. 어때, 다들 같은 생각이야?"

삼식이의 질문에 보안관이 고개를 끄덕였다. 사실 지금으로서도 충분히 안전해 보이기는 하지만, 돌다리도 두들기라고 했으니까……. 이 정도로 희망적인 상황이니 한 시간을 기다리는 것도 즐거울 것 같다.

"오빠, 어디 먼저 갈 거예요? 한 시간 뒤에?"

햇빛을 막기 위해 후드를 푹 눌러쓰고 있는 제니가 잔뜩 들떠서 물었다. 보안관은 잠시 생각을 정리했다. 이제 남의 집을 노릴 필요도 없다. 번화가 가득 늘어선 가게들 전부 다 그들이 탈탈 털어주기만을 기다리고 있는 것이다.

"당연히 저기지."

보안관이 가리킨 것은 골목의 끝에 위치한 커다란 슈퍼였다. 삼식이도, 제니도 모두 동의한다는 의미로 비장한 표정을 지으면서 고개를 끄덕였다.

슈퍼!

이미 한참 전에 약탈당해서 음식이라고는 거의 남아 있지 않은 편의점 따위와는 격이 다르다. 저 안에만 가면 정말 모든 것이 있다. 그들이 젖과 꿀이 흐르는 슈퍼를 상상하면서 신나게 수다를 떠는 동안 마침내 또 한 시간이 지나 버렸다.

네 사람은 두근거리는 가슴을 진정시키면서 역 아래로 내려와 철책을 건너고 지하 통로를 달렸다.

뛰어오는 네 마리는 보안관이 해머 2호를 한바탕 휘두르는 것만으로 모두 쓰러뜨릴 수 있었다. 문제는 그다음이다.

혹시나 하는 마음에 보안관은 여전히 해머를 꽉 쥐고 선봉에 섰지만, 더 이상 그들의 앞을 막아서는 위험은 아무것도 없었다.

휘이잉~

바람이 불어오는 텅 빈 거리를 감격에 찬 표정으로 몇 발짝 걸어가던 삼식이가 갑자기 두 손을 번쩍 들어 올리면서 외쳤다.

"만세! 자유다~!"

"만세! 하하하! 만세!"

제니도 펄쩍펄쩍 뛰며 기뻐했다. 보안관과 신입도 웃었다. 모든 것이 축복이라도 받은 듯 빛이 나는 것 같다. 아직도 사방에 시체가 뒹굴고 있는 거리가 그렇게 아름답게 보일 거라고는 생각도 해본 적 없었다.

2

"후우우~ 좆도."

정문 도로 위 초소에서 경계 근무를 하는 동안 김 상병의 입에서는 계속 가벼운 욕설과 한숨이 흘러나왔다. 사수가 그렇게 하고 있으니 진우의 기분도 좋을 리 없다. 어제 제대로 잠을 이루지 못했기 때문에 몸도 마음도 아주 지친 상태였다.

"씨발……."

김 상병이 또 혼잣말을 한다.

"어떻게 그렇게 다 보는 데서 쏴 죽이냐? 어휴."

어제의 기억이 다시 머릿속에 떠오르는지, 김 상병은 진저리를 치며 고개를 숙였다. 진우는 아무 대꾸도 하지 않았다. 찬란한 햇살마저 짜증스럽게 느껴진다.

생활관 내부에서 좀비와 육박전을 벌여야 했던 어제, 첫 감염자를 포함해서 전부 아홉 명이나 되는 병사들이 세상을 하직했다. 어차피 좀비들과 싸우면서 전우들이 픽픽 죽어 나가는 걸 일주일 내내 보았던 터라 사망자가 나왔다는 사실 때문에 특별히 동요하는 병사는 없었다.

하지만 그중 다섯 명이 아직 살아 있던 상태에서 아군의 총에 의해 즉결 처분을 당했다는 게 문제였다. 게다가 언제 변해 버릴지 모른다는 조바심 때문에 두려웠던 보초병들은 모든 병사들이 지켜보고 있는 가운데, 울면서 끝까지 복도를 떠나지 않으려 버티던 외상자들을 사살해 버렸다.

'정말 멍청한 결정이었어.'

진우는 그 명령을 내린 놈에게도 똑같은 짓을 해주고 싶었다. 아마 그 자리에 있던 모든 병사들의 생각도 크게 다르지 않았을 것이다. 아군 사살을 직접 목도하게 만든다는 건, 어깨를 나란히 하고 같은 방향을 향해 총을 겨누고 있는 동료들 간의 신뢰에 아주 커다란 균열을 일으키는 짓이다.

병사들은 더 이상 다른 분대의 병사들을 믿지 않게 되었고, 방향이 명확하지 않은 불만과 분노가 모두의 가슴속에서 부글부글 끓어오르고 있었다.

"보급 왔다! 애들 운반 작업 나오니까 신경 좀 더 써라!"

이 병장이 초소 주변을 돌며 병사들을 독려한다. 진우는 목청껏 대답했다. 다행히도 아직까지는 이 분대 내부에서의 반목이나 갈등은 없다.

위이이잉~

월남전에서도 활약했을 것 같은, 낡고 커다란 헬기 세 대가 정문 도로 위로 내려서고 프로펠러가 천천히 움직임을 멈추자, 미리 게이트 밖에서 대기하고 있던 병사들은 열심히 달려 나와 빠르게 짐을 내리기 시작한다. 진우는 등 뒤의 헬기와 병사들을 힐끗 돌아보고 다시 전방에 시선을 고정시켰다.

근처 주유소에서 유류를 자급하는 루트까지는 개척이 되었지만, 원자력발전소 방어 병력을 위한 보급은 거의 대부분 공중을 통해 이루어진다. 발전소 상공에서의 비행이 금지되어 있기 때문에 보급 헬기는 발전소 전방 500미터 떨어진 도로에 착륙하는 것이 원칙이다.

세 대의 헬기에서 탄약과 식량, 의약품 따위의 보급 물자들을 내리고 트럭에 실어 옮기는 것은 물론 진우나 김 상병 같은 사병들이 담당하고 있다.

보급품 운반 작업에 투입되면 가끔 조종사들로부터 바깥소식을 전해 들을 때도 있다. 바깥세상 소식에 목마른 병사들은 아주 사소하고 보잘것없어 보이는 정보에도 큰 관심을 기울였다.

"애기들아, 미안한데… 조금 서두르자. 우리가 요새 스케줄이 워낙에 꽉 차서 그런다. 젠장, 무슨 한류 스타도 아닌데 기상해서 취침할 때까지 분 단위로 할 일이 정해져 있어."

중년의 헬기 조종사가 기지개를 켜며 소대원들을 재촉한다. 정말 어지간히 바쁜지, 처음엔 매일 들르던 보급 헬기들이 오늘은 이틀 만에 찾아왔다. 조종사의 얼굴도 몰라볼 만큼 핼쑥해져 있다.

"네!"

병사들은 우렁찬 대답과 함께 작업의 속도를 높였다. 무거운 탄약 박스나 전투식량을 나르고 있노라면 이제 적어도 빈총으로 굶어가며 싸우지는 않아도 되겠구나 하는 안도감이 든다. 하지만 이 작업을 다 마친 뒤에 얼마 쉬지도 못하고 바로 또 경계근무에 투입되어야 한다는 걸 알기에 미리부터 몸이 쑤셔온다.

이놈의 지휘부는 아마도 인간의 체력을 무한대로 상정해 두고 있는 모양이다. 하루하루 시간이 갈수록 육체적으로나 정신적으로 한계까지 내몰리고 있는 병사들을 생각하면 넉넉한 인력 보충이 시급한데도, 그런 기미는 보이지 않는다.

"야, 아부꾼. 불 좀 붙여봐라."

김 상병의 붙임성 덕에 그새 말을 튼 조종사가 담배를 문 채 다가와 전방을 엄호하고 있는 진우와 김 상병에게 말을 건다.

"후우~ 추웅성."

평소답지 않은 김 상병의 맥 빠진 인사에 조종사가 의아해하며 묻는다.

"어라, 이 새끼 봐라? 아침에 꼬추가 안 서디? 만날 실실 웃던 놈이 기분이 왜 그래?"

"그럴 일이 있었습니다……. 소령님, 어젠 왜 안 오셨습니까? 담뱃불 붙여 드리고 싶어 미치는 줄 알았습니다."

김 상병이 재빨리 라이터를 꺼내 불을 붙여주며 기운 없이 웃는다.

"후우~ 안마, 힘내. 요새 신나는 사람 아무도 없어. 어제 왜 안 왔냐고? 뭐 그런 걸 알고 싶어 하냐? 들으나마나 우울한 이야기지."

담배 연기를 길게 내뿜은 조종사는 다크 서클이 진하게 내려온 눈 주위를 문지르며 대답을 해준다.

"이 부근 탄약고들이 더 이상 재고를 안 내주려고 해서 이제 너희 줄 총알 가지러 영천까지 갔다 와야 해. 게다가 유류 창고도 점점 좀비들한테 털려서 밀리는 분위기고……. 이러다가 여섯 시간 비행할 기름 넣자고 왕복 두 시간 거리 오가는 거 아닌가 싶을 만큼 안 좋다. 게다가 위에서는 자꾸 같잖은 심부름…에이, 아니다. 지금 마지막 이야기는 그냥 못 들은 걸로 하고 잊어버려라. 하여간… 너희도 힘들겠지만, 우리도 요새 아주 목숨 걸고 날아다니니까."

"다니시면서 혹시 최근에 저희 부대도 보셨습니까?"

김 상병이 그렇다는 표정으로 물었다.

"너희 부대가 어디였는데?"

"그… 화천 15사 38연대……."

"화천이면 그 부근은 포병들 중심으로 재편돼서 나머지 부대들은 싹 다 폐쇄됐어."

"엑! 그럼 경계를 어떻게 합니까?"

"지뢰라도 박아뒀겠지, 뭐. 하긴 경계가 뭐에 필요해? 좀비들이 사방에서 보초처럼 돌아다니는데."

"그럼 저희 부대 병력은……."

"뭐, 그거야 다들 어디로 차출돼서 갔겠지. 인근 포병 부대로 지원을 가든가……. 화력집중을 위해서 지금 비어 있는 부대 많아. 안 그러면 다 좀비들한테 각개격파당하게 생겼으니까 어쩔 수 없지."

무심한 듯 담배 연기를 내뿜는 조종사와 달리, 김 상병과 진우의 얼굴에는 당혹감이 스치고 지난다. 전역하고 나면 다시는 강원도를 향해서 오줌도 안 싸겠다고 다짐을 했지만, 막상 자대가 없어졌다는 말을 들으니 돌아갈 집을 잃은 것 같은 상실감이 든다.

"짐은 대강 다 옮겼나……. 야, 아부꾼. 살아서 또 보자, 새끼야."

헬기를 돌아본 조종사가 담배를 비벼 끄고 떠나며 안전모를 탁, 치는 것으로 인사를 대신한다.

"넵! 소령님, 안전 운항하시길 빌겠습니다."

경례를 마치고 난 김 상병이 고개를 돌리며 한숨을 내쉰다.

"야, 박 이병. 우리 어떡하냐, 이제? 씨발, 자대가 없어졌다는 걸로 이렇게 막막해질 줄은 몰랐네."

"저도 기분이 이상하지 말입니다."

진우도 씁쓸한 얼굴로 대꾸했다. 돌아갈 곳마저 없다는 생각이 좀처럼 머리에서 떠나지를 않는다.

"어이, 근무 마치고 돌아오나?"

오후 12시 30분. 직원 기숙사 2층 창가에서 아래를 내려다보고 있던 발전소 직원 하나가 생활관으로 돌아가는 진우와 김 상병을 알아보고 인사를 건넨다. 일전에 대화를 나눴던, 그 아인슈타인 닮은 연구원이다.

쉬는 날인가 보네. 이런 시간부터…….

가볍게 목례로 답을 하자 아인슈타인은 잠시 기다리라는 손짓을 하더니, 곧바로 돌아와 김 상병에게 담배 한 갑을 던진다.

"자, 독한 거 좋아하는 친구."

"감사합니다."

빨간 말보로를 받아 든 김 상병은 웃으며 손까지 흔들어준 뒤, 분대장인 이 병장의 눈치를 살핀다. 이 병장이 아무렇지도 않다는 듯 말했다.

"괜찮아. 어차피 내무반 전체가 나눠 피울 거니까."

"어? 이 병장님, 이건 제가 개인적으로 받은 거지 말입니…….."

"압수할까?"

"아닙니다. 전우들과 꼭 나눠 피우고 싶습니다."

"나도 그렇단다."

이 병장이 능청맞은 얼굴로 김 상병의 어깨를 두드린다. 두 고참의 만담을 들으며 진우는 속으로 미소를 지었다. 만난 지 며칠 되지는 않았지만 이 새로운 분대장은 꽤 괜찮은 사람이어서, 그나마 지옥 같은 하루하루를 버텨 나가는 데 적지 않은 도움을 준다.

물론 가뜩이나 힘든 병사들을 더 한계로 내모는 일도 있다. 새로 도입된 점호 방식이 그중 하나다.

어제 그 좀비 난동이 있고 나서 부대 전체에는 새로운 생활 수칙이 내려졌다. 들리는 소문에 의하면 지휘 본부 회의에서 한 시간 만에 결정했다고 하는데, 어지간히 좆같아서 모두들 내심 이를 바득바득 갈고 있었다.

철책 외부로 나갔다 돌아오는 병사는 무조건 새로운 방식의 점호를 받아야 한다. 그리고 그 새로운 방식이란, 바로 알몸 검사다. 어떤 미친 새끼 대가리에서 나온 생각인지는 모르겠지만, 그 지랄을 할 생각만 하면 진우도 분노 때문에 머리가 끓어오르는 것 같다.

"자, 자, 빨리 개인화기 거치시키고 점호 준비해라."

그날 밤 뜯어 온 핑크 펀치 포스터가 깃발처럼 자랑스럽게 붙어 있는 생활관에 들어서자마자, 이 병장은 총기거치대의 자물쇠를 걸게 하고 늘어지는 분대원들을 다독였다.

"예에~"

힘없이 대답한 병사들은 군화와 하이바를 벗고 침상 위에 올라가 군복 위아래, 심지어 속옷까지 모두 탈의해서 옆자리에 차곡차곡 쌓아둔 다음, 벌거벗은 채 차렷 자세를 하고 섰다.

그렇게 하고 있으면 잠시 후, 당직사관이 무장한 병사 셋을 거느리고 들어와 병사들의 몸을 찬찬히 훑으며 지나간다. 맨 뒤에 선 병사가 메고 있는 커다란 배낭에 눈길이 간다. 소문에는 저 속에 헬멧이 들어 있다고들 했다.

당직사관이 생활관 끝까지 걸어간 다음, 뒤로 돌아 명령을 내렸다. 지친 표정의 병사들은 구령 소리까지 붙이면서 몸을 돌린다. 당연히 아무도 물린 사람은 없지만, 긴장한 병사들의 몸에서는 땀이 줄줄 흘러내린다.

"씨발, 룸싸롱 초이스도 이렇게는 안 하겠다. 좆같아서……."

검사를 마친 당직사관이 나가자마자 급하게 팬티를 집어 입으면서 김 상병이 투덜거린다.

"시끄럽고. 얼른 바지나 입어, 인마."

이 병장도 못마땅한 얼굴로 다시 주섬주섬 옷을 걸친다. 그의 옆자리 다른 상병도 불만이 많다.

"후우, 우리가 무슨 죄지은 것도 아니고, 왜 이런 꼴을 당해야 합니까? 좋아서 물리는 새끼도 있습니까?"

"어허!"

이 병장이 눈을 위아래로 부라리자 투덜거리던 병사들은 어쩔 수 없이 입을 다물었지만, 분한 마음은 감출 길이 없다. 밑에서 아무리 불평하고 화를 내봐도 한 번 내려진 명령은 거둬들여지지 않는다. 어디 하소연할 곳도 없다는 게 더 지랄 맞다.

"그냥 목욕탕에 왔다고 생각하자. 응? 그렇게 생각해 버리면 별것도 아니야."

상병 둘과 진우를 끌고 나와 담배를 피우면서 이 병장이 말했다. 진우는 흡연을 하지 않지만, 김 상병이 옆에 서 있기라도 하라며 억지로 데리고 왔다.

"하지만 말입니다."

김 상병이 갑자기 목소리를 낮췄다.

"만약에 우리 중에 누구 하날 지목하면 어떻게 합니까? 당직 사관이 '너 물렸네, 데리고 가', 이러면 그냥 인생 끝나는 거지 말입니다."

이 병장이 귀찮다는 얼굴로 대꾸한다.

"야, 이 새끼야. 물리면 어차피 끝장이야."

"제가 말씀드린 건 다른 상처인데 저쪽에서 물렸다고 해버리는 경웁니다. 그러면 억울하게 그냥 돼지는 거 아닙니까? 듣자 하니까 점호에서 걸리면 헬멧 씌운 다음 의무대로 데려가서 주사 한 방으로 죽여 버린다던데."

"이 새끼… 어디서 이상한 헛소문을 듣고 와서……."

이 병장이 말 같지도 않다는 반응을 보이자 김 상병이 정색을 하고 대학원 기숙사 건물 최상층을 흘겨보며 더욱 목소리를 낮춘다.

"어제 그 꼴을 보시고도 저 새끼들이 안 그럴 거라고 확신하십니까? 끌려간 다음에 어떤 처분을 받는지도 이야기 안 해주지 말입니다."

모두들 김 상병의 눈길을 따라 임시 본부를 돌아보았다.

흠, 흠, 헛기침을 하며 목소리를 가다듬은 이 병장이 분위기를 가라앉힌다.

"저기도 다 사람들이야. 그렇게까지는 안 하니까 다시는 그런 소리 입에 담지 마라. 알았어? 후우~ 이건 씨발, 독하기만 하고 맛대가리도 없네. 나머지는 네가 다 피워라."

이 병장은 말보로 레드를 김 상병의 군복 주머니에 넣어주고 가슴을 탁, 쳤다. 경고와 위로의 의미가 모두 담겨 있는 행동이었다.

3

보안관과 삼식이는 먼저 일전에 철책을 두고 왔던 3층 건물 위로 기어 올라가서 철책부터 아래로 내렸다. 이게 있으면 최악의 상황이 닥쳐 건물 옥상으로 도망친다고 해도 옆 건물로 이동할 수는 있다.

"눈에 보이지는 않지만, 창문에서 뛰어내릴 수도 있으니까 길 가운데로 가자. 제니, 넌 우리 뒤에 바짝 붙어."

보안관이 완전히 긴장을 풀지 않은 채 오른손으로는 해머를, 왼손으로는 철책의 한쪽 끝을 꼭 잡고 뻥 뚫린 거리를 앞장서서 걷는다. 제니와 삼식이, 신입도 상기된 얼굴로 그 뒤를 따른다.

신중한 말과는 달리 모두들 가슴이 두근거려서 한시라도 빨리 슈퍼를 향해 달려 나가고만 싶다. 하지만 아직은 자제해야 할 필요가 있기에 그들은 애써 욕망을 억누르며 펄쩍펄쩍 뛰어 오르려는 다리를 달랬다.

"문이 열려 있네……. 저놈들은 어떻게 됐을까?"

처음 제니와 제비가 숨어 있던 속옷 가게 2층을 바라보면서 삼식이가 중얼거렸다. 보안관과 제니도 저절로 그쪽으로 눈길이 향한다. 보안관이 해머로 내려쳤던 철제문이 환하게 열려 있다.

음침한 눈으로 자신들을 노려보던 4인조. 당시만 해도 아직 먹을 것이 없지는 않아 보였는데, 지난 닷새 동안 무슨 일을 겪었기에 스스로 문을 열고 이 좀비들이 가득한 거리로 발을 내디뎠던 것일까.

그리고 보니 그날 보안관 일행을 구조대라 부르며 길거리에 뛰어나왔던 그 많은 사람들 역시 모두 어딘가로 사라졌거나, 좀비가 되거나, 죽어버렸다는 이야기다.

새삼 끔찍한 기분이 들지만, 그 정도로 기가 죽기에는 슈퍼에서 기다리고 있을 물건들의 유혹이 너무 강렬하다.

"내일은 아침 일찍 와서 시… 청소 좀 해야겠다. 다닐 때마다 영 찜찜해서 불편할 것 같아."

자신이 머리를 박살 내 죽여 버린 좀비의 시체들을 피해 걷던 보안관이 말했다. 다른 좀비들이 줄곧 그 위를 밟고 아무렇지도 않게 걸어 다녔기 때문에 가뜩이나 흉측한 시체들은 고깃덩어리처럼 너덜너덜해져 있었다. 그런 꼴이 도로 끝 약국 앞까지 드문드문 이어져 있다.

절대 움직이지 못하리라는 걸 잘 알고 있지만, 그래도 곁을 스쳐 걸을 때면 확 달려들어서 다리를 움켜잡을 것만 같다.

"괜찮아, 제니야?"

보안관이 제니의 안색을 살피며 묻는다.

제니는 애써 웃음을 지으면서 고개를 끄덕였다.

"네… 괜찮아요. 다 죽었잖아요. 그죠?"

"응. 그래도 신경이 쓰일 테니까 다른 방향을 보면서 걸어."

"그렇게 할게요."

가끔 헛구역질을 하기는 했지만, 신입은 생각보다 잘 버텼다. 아마 셋째 날, 좀비들의 시체를 실컷 구경해서 어느 정도 면역이 된 모양이다. 그래도 여전히 이놈들의 몸에서 뿜어져 나오는 지독한 악취는 적응이 되질 않는다.

"이런 젠장. 어휴, 아까워."

약국 앞에서 두 동강이 난 야구 배트를 발견한 보안관이 아쉬움에 혀를 찼다. 생각해 보면 그날 해머만 던져 버렸어도 되는 일이었다. 다행히 잃어버렸던 해머 자루는 멀쩡히 버텨줘서 삼식이가 챙겼다.

주변에 대한 경계를 늦추지 않으며 그렇게 1분을 더 걸어가자, 드디어 슈퍼의 활짝 열린 문이 그들을 반겼다.

"자! 왔다!"

보안관과 삼식이가 철책을 바닥에 내려놓으며 주위를 살폈다. 바람 소리만 간간이 울리는 고요한 거리는 그들에게 안심하고 마음껏 쇼핑을 하시라 권하는 것 같지만, 일단 퇴각할 루트부터 정해야 한다.

단층 창고형 건물인데다가 주변의 다른 건물들과 조금 거리를 두고 지어진 터라 슈퍼의 옥상으로는 피신할 수 없다.

"여차하면 저기에 올라가는 걸로 하자."

보안관이 가리킨 것은 좁은 사거리 맞은편의 2층 건물 옥상이었다. 도시가스관이 외부로 노출되어 있어 밟고 올라가기가 편하고, 옆 건물들과의 거리도 가깝다. 철책을 건물 벽에 세우고 거기에 연결된 줄을 파이프에 묶어두는 것으로 준비는 대강 마쳤다. 이제 보물찾기를 시작해도 될 시간이다.

"잠시 여기에서 대기."

일행들을 모두 슈퍼 문 앞에 세워둔 뒤, 보안관은 몇 발짝 걸어 들어가 안쪽의 상황을 살폈다. 썩은 고기와 생선, 야채에서 풍겨져 나와 고여 있던 악취가 그를 반긴다. 하지만 좀비들의 시궁창 냄새보다는 참아줄 만했다.

창문이 없는 구조여서 대낮이어도 건물의 깊숙한 안쪽은 컴컴하다. 나란히 늘어선 높은 진열대가 빛을 차단하기 때문에 플래시가 없으면 앞을 제대로 볼 수 없을 정도다. 플래시를 켜고 잠시 안쪽을 살피던 보안관이 몸을 돌려 나왔다.

"삼식아, 너는 여기에서 망을 봐. 괜히 안에 갇히기는 싫으니까."

"엑? 나도 쇼핑하고 싶은데?"

삼식이는 너무 아쉽다는 표정을 지으며 신입을 돌아봤다. 하지만 신입은 삼식이의 시선을 외면하며 제니의 등 뒤로 숨었다.

"갖고 싶은 거 있으면 말해. 가져올 테니까. 그리고 내일은 내가 망볼게. 오늘은 첫날이니까 내가 앞장서서 가야 돼. 혹시 안에서 뭐가 나올지도 모르잖아."

"끄응… 뭐, 어쩔 수 없나. 알았어. 그러면 김치랑 담배 사다 줘. 담배는 여러 가지 담으면 돼. 골라서 피우고 싶으니까."

"그래그래, 알았으니까 이 앞에서 잘 살펴. 혹시라도 뭐가 온다 싶으면 곧바로 알려줘야 해. 알았지?"

"넵! 그럼죠."

삼식이와 딜을 마친 보안관은 철제 쇼핑 카트를 잡고 제니와 함께 슈퍼 안으로 들어갔다. 해머와 가방은 카트 안에 던져 넣고 플래시만 꺼내 챙겼다.

"이게 필요할 것 같아. 신입, 너도 하나 밀고 와."

끼리릭— 끼리릭—

철제 바퀴가 고요한 적막을 깨며 구른다. 신입이 말을 듣지 않고 빈손으로 따라오자 보안관이 다시 한 번 말했다.

"카트 끌고 오라니까?"

"아, 귀찮게 왜? 네 거에만 담아도 충분하잖아?"

"어휴, 이 답답아. 저 진열대 사이에서 만약에 뭐가 갑자기 튀어나오면 이걸 앞세우고 있다가 막으라는 말이야."

보안관의 설명을 들은 신입은 어두컴컴한 슈퍼 안쪽을 새삼스러운 눈으로 바라보더니, 곧바로 돌아가 카트를 끌고 들어왔다.

"나랑 제니는 이쪽으로 갈게. 신입, 넌 뭐 가져올래?"

"따, 따로 가자고? 같이 가지?"

"그렇게 하면 앞뒤로 길이 막혀서 안 돼. 두 방향에서 움직이면 시간도 절약되고 겸사겸사 수색도 되는 거니까."

"좀비가 나오면 어떻게 해?"

"99.99퍼센트는 안 나와. 만약 나온다고 해도 카트를 밀어친 다음에 곧바로 돌아서서 뛰면 괜찮아. 정 무서우면 너도 삼식이랑 같이 망을 봐도 되고."

"으음, 어쩌지? 그럴까……. 무서운 건 아니지만, 삼식이 혼자서 두기도 영 마음에 걸리고…….."

망설이며 주변을 두리번거리던 신입이 고개를 돌리다가 계산대 옆에 잔뜩 쌓여 있는 안주류들을 발견했다. 그 순간, 욕망이 폭발해 두려움을 날려 버린 신입은 '먼저 간다!' 라는 말을 남기고 기세 좋게 카트를 밀면서 계산대를 향해 뛰었다.

"하하, 신입 오빠 엄청 흥분했네요."

오징어 구이와 땅콩 과자 따위를 닥치는 대로 카트 안에 쑤셔 넣고 있는 신입을 보며 제니가 웃었다. 보안관도 고개를 끄덕이며 마주 웃어줬다.

'후후, 사실 엄청 흥분한 사람은 따로 있단다, 제니야……'

마치 신혼부부처럼 나란히 카트를 끌며 장을 보게 된다는 사실이 보안관의 심장을 미친 듯이 흔든다.

'오빠, 나 이거 사도 돼요?', '그럼! 우리 제니가 그게 먹고 싶었구나, 하하하!', '어머, 오늘은 꽁치 통조림이 싸네? 오빠, 저녁 때 꽁치김치찌개 끓여주면 소주 한잔할래요?' ……

머릿속에서 망상이 제멋대로 춤을 춘다. 이건 그야말로 늘 그려오던 꿈이 현실이 되어버린, 그런 상황이 아닌가.

"오빠, 무슨 생각 해요?"

보안관이 자기도 모르게 흐뭇한 미소를 지으면서 초점 없는 눈으로 먼 곳을 보고 있자 제니가 묻는다.

"응? 응! 아냐, 아무것도."

황급히 정신을 차린 보안관은 카트를 밀고 걷기 시작했다.

"냄비는 꼭 가져가야 해요. 한 두어 개 정도는 있었으면 좋겠어요."

제니가 메모를 꺼내서 플래시 불빛에 비춰보며 중얼거린다.

보안관은 행복한 목소리로 대답했다.

"그러자."

"그다음에… 라면이랑 즉석밥이랑 즉석 카레 같은 것도 챙겨야 하고……. 아, 맞다. 휴대용 가스레인지랑 가스! 그것도 있으면 좋을 것 같아요."

"응, 그러자."

"우와, 우유다!"

진열대 중간에서 멸균 팩에 들어 있는 우유를 발견한 제니가 가볍게 탄성을 내지르고는 카트에 담는다.

후후, 어린아이가 따로 없군…….

밀려오는 행복감을 만끽하면서 보안관은 그저 흐뭇한 미소만 지었다. 커피 믹스, 햄부터 과일까지. 그리고 여러 가지 통조림, 고추장 한 통, 커다란 냄비와 일회용 그릇과 식기, 라면, 간식용 과자, 초코바, 껌과 휴지, 치약, 칫솔, 비누, 샴푸, 로션까지… 쇼핑한 물건들이 카트에 차곡차곡 쌓인다. 그 어마어마한 양은 이미 가져갈 수 있는 한계에 아슬아슬하게 근접해 있다.

"이제 삼식이 오빠가 부탁한 김치랑 담배만 사 가지고 돌아가요, 돈은 안 내지만. 헤헤."

휴대용 가스레인지와 가스를 담은 뒤, 제니가 떠나기 아쉽다는 표정을 짓기에 보안관이 말했다.

"더 필요한 거 있으면 다 가지고 가자."

"아니, 안 될 것 같아요. 어차피 다 못 가져가니까. 내일 또 같이 와요."

김치는 지독한 냄새가 나는 냉장 칸 중에서도 가장 안쪽에 있었다. 썩어서 물컹거리며 줄줄 흘러내리는 생선 섹션을 지나, 썩은 야채를 넘어가 만난 김치는 발효하면서 생겨난 가스 때문에 완전히 공처럼 빵빵하게 부풀어 있었다.

"으아, 이거 먹을 수는 있는 걸까?"

보안관이 찝찝하다는 듯 두 손가락만으로 김치 봉지를 들어올리며 혼잣말을 했다. 제니는 선선히 고개를 끄덕인다.

"오히려 아주 맛있을 수도 있어요. 아! 오늘 제가 김치찌개 해드릴까요?"

제니가 나를 위해서 김치찌개를?

조금 전, 보안관이 망상 속에서 들었던 말이 거의 그대로 반복되었다.

이것은 꿈의 실현이 아닌가. 그리고 보니 소주 마셔본 지도 오래됐군······.

침이 가득 흘러나온 보안관의 입에서는 자동적으로 다음 대사가 나왔다.

"그, 그러자, 제니야. 우리 같이 소주도 한잔하고······."

"헤에~ 소주? 글쎄요······."

잠시 말꼬리를 끌던 제니가 장난스러운 표정을 지으며 물었다.

"오빠가 소주 마실 줄 아나 모르겠네~?"

으헉! 눈을 가늘게 하고 웃는 그 얼굴이란!

보안관의 심장은 또 격렬하게 두근거린다.

이, 이건 허락하는 분위기지? 제… 제니랑 대작을 하게 됐다!

"그러고 보니 오늘 같은 날은 정말 한잔해야 될 것 같네요. 그럼 우리 술 가지러 가요."

제니가 보안관의 팔을 잡고 음료수 진열대 안쪽으로 끌고 간다.

아… 이게 바로 행복의 감촉이구나……

얼결에 끌려가면서 보안관의 행복감은 1초에 두 배씩 늘어났다.

"근데, 뜨뜻한 소주도 맛이 있으려나?"

전기가 끊겨 버린 진열대 안에서 실온으로 데워진 소주를 바라보며 제니가 혼잣말을 했다. 소주의 옆에 진열되어 있던 막걸리들은 끓어 넘치거나 빵빵하게 부풀어 있었다. 보안관은 허리를 굽혀 소주병들을 집으며 말했다.

"너랑 같이 먹는데 뭔들 맛이 없겠니? 몇 병 가져갈까? 다섯 병?"

"에이, 사람이 몇인데요. 한 사람에 두 병씩 열 병! 미리 말해 두지만, 저 엄청 세요."

너는 정말 완전체구나…….

술을 집어 옆구리에 끼고 있는 제니를 보면서 보안관은 생각했다. 사실 조금 전에는 무심코 툭, 입 밖에 나와 버렸지만, 남자 넷에 여자 혼자뿐인 이런 상황에서 술을 먹자고 제안하는 건 제니 입장에서 무섭다고 느낄 수도 있는 일이다.

아뿔싸, 싶은 후회가 들자마자 저렇게 기분 좋게 OK를 해주고, 이왕 마시는 거, 속 시원하게 마시자고까지 말해주다니……. 제니의 배려심이 눈에 보이는 것 같아 보안관은 새삼 가슴이 뭉클해졌다.

"자, 이건 입가심용!"

제니가 커다란 맥주 PET병을 카트에 담는 것으로 술 쇼핑이 마무리되었다. 카트를 끌고 카운터 앞으로 가서 위쪽에 진열되어 있던 담배를 대충 쓸어 담고 나니, 아무래도 가방이 모자랄 것 같아 비닐봉지까지 왕창 집었다.

신입은 쇼핑을 끝냈을까 싶어 안쪽을 기웃거리고 있으려니, 바깥쪽에서 삼식이가 부르는 목소리가 들린다.

"신입 벌써 나와 있어. 너희도 나오면 돼."

무료함을 달래기 위해 담배를 피우고 있던 삼식이가 보안관과 제니의 카트를 보며 킥킥거린다.

"뭐야, 너희도 술이냐? 이놈들, 도대체 심각함이라는 걸 모르네. 큭크크."

삼식이의 말처럼 신입의 카트에도 술이 잔뜩 담겨 있다. 그것도 전부 양주로, 임페리얼 이상 급들만 쓸어 담은 모양이다. 그밖에는 오징어 구이, 육포, 과일 통조림 따위의 안주들과 과자, 담배뿐이다. 끼니가 될 만한 건 별로 없다.

"뭐? 뭐 어때? 어차피 이제 좀비도 없잖아! 아무 때나 자기 먹고 싶은 걸 가져오면 되는 거 아냐?"

어처구니없어 하는 다른 사람들의 시선을 눈치챈 신입이 신경질을 부리듯 변명을 한다.

하긴 저놈도 술맛이 그리웠을 테지…….

보안관은 군이 잔소리를 하지 않았다.

"하아암~ 술은 따로 들고 가야겠네. 어쨌든 빨리 가자. 유빈이도 엄청 좋아하겠다."

카트에서 가방으로 음식들을 옮겨 담으며 삼식이가 말했다.

4

"진짜?"

거리에서 좀비들이 전부 사라졌다는 이야기를 전해 들은 유빈은 도저히 믿을 수 없다는 얼굴로 몇 번이나 되물었다.

"하하하, 그래! 이 음식들이 증거잖아! 이거 봐! 이제 우리 여기에다가 찌개 끓여서 밥도 먹을 수 있어. 슈퍼에는 아직도 이런 게 엄청 많다고! 유빈아, 어때? 재벌 2세 된 기분이지?"

삼식이가 휴대용 가스레인지를 들어 올리며 자랑스럽게 말했다. 벌써 2층으로 올라간 신입은 양주 케이스 안에 들어 있던 잔에 양주를 채우고, 창틀에 걸터앉아 혼자서 세련된 도시 남자의 이미지를 연출하고 있다.

"그, 그럴 수가……. 그러면 좀비들이 대체 어디로 가버린 거야?"

유빈이 가스레인지와 냄비를 보물처럼 소중하게 안고서 물었다. 가방에서 음식들을 꺼내 정리하고 있던 보안관이 고개를 갸웃거리며 대답했다.

"글쎄다? 아마 사람들 많은 데로 이동했겠지? 뭐, 아파트나 그런 데로?"

"하지만 아파트라고 해도 일반 주택보다 사정이 그리 나을 것 같지도 않은데……."

"중요한 건 여기 없다는 거잖아요. 근데 오빠는 뭐 만들고 있었어요?"

제니가 새로 가져온 비누로 손을 씻으며 묻는다. 유빈은 자신의 발아래 널려 있는 양철판들과 동 파이프 조각들을 새삼스러운 눈으로 내려다봤다.

페인트 통에 피운 불로 조금이라도 더 쉽게 요리를 할 수 없을까 싶어 하루 종일 땀을 흘리며 뭔가를 만들던 중이었다. 하지만 대량생산된 냄비와 가스레인지를 보고 나니 자신이 만든 것들이 한없이 초라해 보인다.

"아, 아냐. 이거는 아무것도⋯⋯."

"또 취미 활동?"

제니가 개구쟁이같이 묻기에 유빈은 그냥 고개를 끄덕여서 인정해 버렸다.

"야호! 오늘은 김치찌개다!"

삼식이가 씻은 냄비와 재료들을 가지고 2층으로 올라가며 자랑스럽게 선포하자, 유빈을 놀리려던 제니가 급하게 뒤를 따라간다.

"어! 제가 끓일 건데요!"

"하하하, 안 돼."

"왜요?"

"제니, 너 요리 못하게 생겼어."

"에에? 무슨 실례의 말씀? 제가 못하는 게 있을 것 같아요, 삼식이 오빠는?"

"웅! 많이 있겠지만, 그중에서도 요리는 특히 더."

삼식이는 좀처럼 주방장의 지위를 포기하려 들지 않았지만, 제니는 간단하게 일을 마무리 지었다.

"보안관 오빠!"

짐을 정리하다 말고 뛰어 올라간 보안관이 삼식이를 붙잡아

구석으로 끌고 가자, 제니는 방글거리면서 냄비 앞에 가서 섰다.

"아야야! 하하하하! 아파! 얼마 만에 먹는 제대로 된 요리인데, 맛있게 먹고 싶단 말야! 보안관, 너도 맛있게 먹고 싶잖아?"

헤드록에서 풀려 나오지 못한 채 삼식이가 열심히 설득해 보지만, 보안관은 요지부동이다.

"내 대답을 들려주지. 난 제니가 해준 찌개가 이 세상에서 제일 맛있을 것 같아."

"그럴 리가 없잖아! 저것 봐! 야, 제니야. 물부터 끓이면 안 돼. 김치 먼저 햄이랑 같이 넣고 좀 볶아야지!"

제니가 냄비에 물을 끓이기 시작하자 삼식이의 애타는 목소리가 2층 전체에 울려 퍼진다. 가방을 마저 정리하던 유빈이 2층으로 올라오면서 물었다.

"야, 너희, 슈퍼까지 갔다 오면서 양초나 플래시, 건전지, 이런 꼭 필요한 거는 아무것도 안 가져오고, 그냥 술만 잔뜩 짊어지고 온 거야? 하다못해 베개 하나도 없는데……. 그리고 변기 뚜껑도."

그 말을 들은 보안관 일행 모두는 잘못을 지적 받는 초등학생처럼 잠깐 얼음이 되었다가, 금세 변명을 늘어놓기 시작했다.

"내일 같이 가서 가져오면 되지, 뭐."

"나는 유빈이가 켜준 그 장작불이 더 좋더라고."

"만약 지금 이 찌개 맛없어지면 다 오빠 때문에 망친 거예요!"

"그래, 맞아!"

여러 어처구니없는 말들 중 제니가 한 말이 제일 황당해서 유빈은 입을 벌리고 잠시 멍하니 서 있었다. 물 위에 익지도 않은 김치와 햄이 둥둥 떠 있다. 보아하니 이미 그 김치찌개는 맛이 있기가 힘들어 보이는 상황이다.

하아~ 유빈은 가볍게 한숨을 내쉬고 페인트 통에 든 각목에 불을 붙였다. 밤에 이 불빛이 없으면 그야말로 모든 게 암흑이 되어버리니까.

"자, 보안관 오빠. 맛봐봐요."

한 10여 분쯤 더 김치 삶은 물을 우려내던 제니가 한 숟갈을 떠서 보안관에게 권했다. 보안관은 감격스러워하며 수저를 입에 넣었다. 그러고는 잠시 말이 없었다. 무슨 말을 어떻게 해야 할지 생각하는, 복잡한 표정이었다.

"왜요? 맛이 없어요?"

제니가 조금 기죽은 목소리로 묻는다. 보안관이 황급하게 말했다.

"아, 아니, 맛이 없을 리가 없지! 맛있어! 기가 막혀! 근데… 조금 더 끓여도 되지 않을까?"

"하하하, 그것 봐, 보안관. 맛이 없지? 제니, 네가 직접 먹어봐."

포기하고 있던 삼식이가 보안관을 놀린다. 미심쩍은 얼굴로 국물을 맛본 제니도 이내 포기하고 삼식이에게 숟가락을 넘겼다.

"이게 다 유빈이 오빠 때문이야! 하는 수 없지. 오빠가 맛있게 해줘 봐요."

흥! 잘난 척하며 주방장의 권리를 넘겨받은 삼식이가 햄을 몇 개 더 뜯어 넣고 솜씨를 부려보려 했지만, 맛은 그리 나아지지 않았다. 애초에 워낙 싱겁다.

"다시다나 미원 같은 거 없으면 걔도 별수 없어."

물을 끓여 즉석밥을 데우면서 상황을 지켜보고 있던 유빈이 말했다.

아차차, 보안관은 자기가 오늘 안 가져온 게 양초만이 아니라는 걸 새삼 깨달았다. 제니가 걱정스럽게 묻는다.

"그럼 어떡해요?"

"그냥 먹으면 되지, 뭐. 어차피 다들 오랜만에 먹는 밥이라서 맛있게 먹을 거야."

유빈이 대수롭지 않게 대답하자 제니가 힘없이 중얼거렸다.

"그래도… 맛있게 만들어주고 싶었단 말이에요."

"정 신경 쓰이면 라면 스프랑 사리 좀 넣어보자."

세 번째 요리사로 나선 유빈이 냄비에 사리 두 개와 스프를 반 정도 쏟아 넣고 나서야 적어도 찌개에 근접한 음식이 만들어 졌다. 삼식이가 소주병 뚜껑을 따서 종이컵에 따라 나눠 주는 것으로 만찬의 준비는 마무리되었다.

아무도 눈길을 주지 않는데도 꿋꿋하게 분위기를 잡으며 온 더락 잔을 기울이고 있던 신입도 슬금슬금 합류해서 제니와 삼 식이 사이에 엉덩이를 끼워 넣는다.

찌개는 약한 불 위에서 보글보글 끓고 있겠다, 그 옆에는 따 끈한 쌀밥이 모락모락 김을 피워 올리며 하얀 속살을 요염하게 드러내고 있겠다, 술과 안주도 잔뜩 있겠다…….

다들 이게 바로 천국이 아닐까 싶은 기분에 실없이 웃음이 나 온다. 삼식이가 잔을 높이 들어 올리고 입을 열었다.

"건배하자. 근데 뭐라고 하지?"

삼식이의 말이 끝나기도 전에 제니가 곧장 답한다.

"고맙습니다."

"고맙습니다라니… 누구한테 하는 말?"

삼식이가 들어 올렸던 잔을 내리며 잠시 의아해하자 제니가 대답했다.

"이렇게 우리를 만나게 해준 우연과, 너무 다정한 오빠들한 테……. 그리고 무서운 걸 잘 이겨내고 있는 나에게."

그 말을 들은 보안관이 잔을 높이 쳐들면서 외쳤다.

"너무 착하고 예쁜 우리 제니에게! 그리고 내 소중한 친구들에게!"

다들 종이컵을 부딪치며 한목소리로 외쳤다.

"고맙습니다!"

첫 잔은 원샷이었다. 크으~! 비록 차갑지 않지만, 오랜만에 맛보는 소주는 자유와 풍요처럼 짜릿하게 목구멍 안쪽을 간질이고 넘어갔다. 다들 가볍게 감탄사를 내뱉고 나서 찌개를 한 숟갈씩 들이켰다.

카아~!

엉망으로 만든 건데도 일주일이 넘도록 라면만 부숴 먹던 그들에게는 충분한 삶의 맛이었다.

"죽인다! 한 잔씩 더 받아!"

삼식이는 곧바로 새 병을 땄다. 두 잔째를 마신 후에 찌개 국물에 적신 흰 밥을 먹으니, 이건 또 새로운 세계다.

세상에, 밥이 이렇게 맛이 있다는 걸 예전에는 왜 몰랐던 걸까? 커다란 냄비에 다섯 개의 수저가 쉴 새 없이 들락거린다. 모두들 땀을 뻘뻘 흘리면서도 감탄사만을 연발하며 열심히 먹고 또 소주를 홀짝거렸다.

"이렇게 모닥불 곁에서 소주 한잔하고 있으니 우리 동아리 애들이랑 엠티 갔던 게 생각나는군."

신입이 종이컵 안에 든 소주를 와인처럼 빙글빙글 돌리며 빙그레 웃는다.

엠티? 삼식이가 중얼거리자 신입이 잘난 척을 시작했다.

"아아, 너희는 잘 모르지? 대학생들은 가끔 남녀가 전부 뭉쳐서 엠티를 가거든."

"엠티는 나도 많이 가봤지. 물론 너희처럼 떼로 간 거는 아니었고, 둘이서 간 거였지만⋯⋯. 그렇구나. 대학생들이 꽤 화끈하게 노네⋯⋯. 야, 근데 그런 이야기는 제니 앞에서 좀 그렇지 않냐?"

엠티를 모텔의 약자라고만 알고 있는 삼식이가 대답했다. 삼식이가 뭘 착각하는지 알아챈 유빈이 잽싸게 만류해 보려 했지만, 제니는 귀가 밝은 척 끼어들었다.

"제 앞에서 뭐가 좀 그래요? 하하하⋯⋯."

별로 마시지 않은 것 같은데 벌써 목소리가 꼬여 있다.

"제니야, 너 괜찮아? 무리하지 않아도 돼."

보안관이 넉 잔째를 비우며 묻자 제니가 고양이 같은 표정으로 머리 위에 잔을 털며 대답했다.

"에이! 아이돌을 우습게 보지 마세요. 이 정도는 끄떡없죠! 그러는 오빠야말로 오버 페이스 하는 거 아니에요?"

보안관도 지지 않고 받아쳤다.

"하! 노가다를 우습게 보면 안 되지!"

"그럼 그런 의미에서 원샷!"

둘이 노닥이고 있는 동안 신입은 야심찬 눈으로 술잔에 입만

대면서 버티고 있었다. 그에게는 나름 원대한 포부가 있었던 것이다. 하지만 그런 마음을 아는지 모르는지, 삼식이가 다가와 어깨에 팔을 걸쳤다. 그러곤 종이컵에 찰랑거릴 정도까지 채운 소주를 내밀며 악마처럼 웃는다.

"신입, 우리 한잔하자?"

약한 모습을 보이기 싫었던 신입은 삼식이와 건배를 한 뒤, 함께 그걸 다 비웠다. 삼식이가 해맑은 얼굴로 물었다.

"한 잔 가지고는 모자라지?"

"다, 당연하지!"

그렇게 해서 종이컵 가득 세 잔을 비우고 나서 순식간에 눈동자가 풀려 버린 신입은 잠시 후 술병과 종이컵을 들고 유빈에게 다가왔다.

"야! 넌 새끼야, 뭐한다고 술도 안 마셔? 음흉한 새끼인데? 남들 다 취해 있을 때 혼자서만 맨 정신으로 뭘 하려고? 자! 받아!"

"아니, 나도 벌써 석 잔은 마셨어. 이제 그만 마시려고. 어차피 한 사람 정도는 맨 정신으로 있어야 보초 역할이라도 하지."

"어라? 요 새끼 봐라? 내가 주는 술 못 마시겠다, 이거야?"

신입이 눈을 위아래로 부라린다. 더 이야기해 봐야 시비만 생길 것 같아서 유빈은 조용히 잔을 받았다. 두어 잔 더 원샷을 주고받은 뒤에 신입은 안색이 파랗게 변해서 창가로 걸어가 버렸다.

잠시 후, 쏟아져 나온 토사물이 1층 바닥을 때리는 소리가 들린다.

우에에엑—

한참을 창문에 대고 토하던 신입은 그대로 바닥에 뻗었다. 날씨가 워낙 더워서 저대로 자게 내버려 둬도 입이 돌아가지는 않겠지만, 내일 청소하려면 골치가 좀 아플 것 같다. 유빈은 가볍게 한숨을 내쉬며 삼식이를 나무랐다.

"야, 좀 적당히 먹이지. 쟤 완전히 뻗었잖아."

"에이, 저 정도는 괜찮아. 저래 놔야 쓸데없는 생각을 못하지."

삼식이가 의미를 알 수 없는 소리와 함께 윙크를 찡긋하고 있을 때, 보안관과 제니가 술병을 흔들며 다가온다. 덩치에 비해 술이 세지 않은 보안관은 이미 꽤 취해서 얼굴이 붉게 달아올라 있었고, 제니도 그 못지않게 비틀거린다. 제니가 자기 술잔을 유빈에게 내밀면서 혀가 꼬부라진 소리로 외친다.

"자! 오빠, 내 잔 받아요! 으헤헤헤~"

한 진상을 보내 버리자 새로운 진상이 나타났다.

보아하니 다들 너무 성급하게 퍼부어 대서 곧 뻗을 것 같은 분위기라 유빈은 몇 잔만 더 받아주기로 했다. 물론 괴물 같은 삼식이는 그렇게 퍼마셔 놓고서도 아직 멀쩡하지만……

세 남자의 첫사랑 이야기나 학창 시절 추억 같은, 별것 아닌 농담에도 다들 깔깔거리며 술잔이 서너 바퀴 돌고 나자, 탈락자 2호가 나왔다. 제니 대신 유빈의 어깨라도 꼭 끌어안고 짓눌러 대던 보안관이었다.

"제니야, 진짜… 너무… 좋아……."

보안관은 그 말을 마지막으로 유빈의 무릎 위에 엎어져 잠이 들었다. 가뜩이나 큰 덩치가 축 늘어지니, 삼식이와 둘이 힘을 합해도 조금 떨어진 곳에 있는 스티로폼 위까지 옮기는 게 최선이었다.

"이제 우리도 정리하자. 너도 꽤 취한 것 같고……."

유빈의 말에 제니는 두 손을 어깨 위로 들어 올리며 단호하게 대꾸한다.

"난 하야도 안 취했지~"

'하나도'의 발음이 '하야도'로 나올 만큼 혀가 꼬부라져 있는데도 고집을 피운다. 그 모습이 재미있는지 삼식이가 낄낄대며 제니의 말을 따라 한다. 유빈도 헛웃음을 지을 수밖에 없었다.

"그래, 안 취했네. 하지만 뭐, 오늘만 날이 아니니까……."

"정말요? 정말 내일도 오늘처럼 좋아요?"

갑자기 제니가 정색을 하며 묻는다. 상투적인 말로 달래서 술자리를 마치려던 유빈은 그녀의 눈빛 때문에 순간 멈칫했다.

"그래… 좋을 거야. 걱정하지 마."

"그럼 어떻게 될 건지 얘기해 줘봐요. 내일이랑 모레랑… 그리고 그다음까지."

애는 왜 나한테 미래에 대해 묻는 걸까? 이렇게 꽉 막히고 앞이 안 보이는 상황 속에서 나 까짓 게 대체 무슨 말을 할 수 있다는 건지…….

유빈은 잠시 제니의 얼굴을 빤히 보고만 있었다. 혹시 삼식이가 도와주지 않을까 싶어서 시선을 돌려봤더니, 삼식이는 잽싸게 자리를 피하며 담배에 불을 붙인다.

"내일도 오늘이랑 똑같아. 아주 좋은 하루가 될 수도 있고, 또 그렇지 않을 수도 있고……."

유빈이 솔직히 말하자, 제니는 슬픈 표정으로 고개를 젓는다.

"그 하루하루가 쌓이면 어떻게 되냐고요. 오빠는 머리가 좋으니까 무슨 계획이 있을 거잖아요."

유빈은 속으로 한숨을 내쉬었다. 하루하루 먹을 걸 걱정하는 이 마당에 계획 따위 있을 턱이 없다는 걸 그 자신도, 제니도 잘 알고 있다. 결국 지금 술에 취한 그녀가 듣고 싶은 건 그냥 거짓말일 뿐이다.

귓가에 달콤하게 남아서 잠이 들도록 도와주는, 잘 꾸며진 이야기. 때론 그게 진실보다 더 간절하게 필요할 때도 있다. 쉰내나는 남자들 틈바구니에 혼자만 던져진 채 온갖 심리적 압박을 몰래 참아왔던 제니가 지금 그런 것처럼… 유빈은 거짓말을 하기 시작했다.

"…계획? 당연히 있지."

"오, 정말요?"

제니가 반색을 한다.

"그래. 일단 좀비들이 사라진 곳 전부를 우리 요새로 만드는 거야."

"요새? 요새를 어떻게?"

"응. 길을 다 막아서 좀비들이 몰려올 수 없게 해둘 거야. 엄청 강력한 함정도 파놓고, 또 파출소에 들어가서 무기도 확보하고, 우리만 알고 있는 미로들도 만들어놓고……. 그런 다음에 우리는 경전철 선로를 이용해서 자동차를 타고 멀리까지 정찰을 다니는 거지. 타이어만 벗겨내면 기차랑 비슷하게 달릴 수 있거든."

"정찰은 뭣 때문에 하는 거예요?"

"어딘가에 우리들처럼 살아남은 사람들이 있을 거잖아. 그 사람들을 다 구해서 이 주변에 새로 도시를 만들 거야."

"어머! 그런 사람들이 있다고?"

"그럼! 당연히 있지. 그 사람들이랑 힘을 합해서 매일 우리 요새를 1미터씩 늘려 나가는 거야. 무리하지 말고 안전하게, 아주 조금씩만."

"그동안에 그 많은 사람들이 뭘 먹어요?"

"처음엔 가게에 있는 물건들을 먹으면서 지내지만, 저기 철책 너머 벌판에다가 씨앗을 심으면 금방 자랄 거야. 엄청 넓잖아."

"근데 유빈아, 씨앗은 어디서 구해? 그리고 우리는 농사지을 줄도 모르는데."

언제부터 유심히 듣고 있었는지, 삼식이가 호기심 가득한 얼굴로 끼어들며 묻는 바람에 유빈은 말문이 막혔다.

이 새빨간 구라를 너까지 믿으면 어쩌자는 거냐. 너는 술도 안 취한 놈이…….

유빈은 여러 가지 의미를 담아서 삼식이의 어깨를 두드린 다음 말을 이었다.

"웬만한 큰 슈퍼에 가면 다 있어. 토마토랑 감자, 오이, 고추 같은 거. 봉투 뒷면에는 어떻게 키워야 하는지도 다 적혀 있고, 그 정도만 있어도 앞으로 살아가는 데 걱정은 없지."

"하하하, 강제 채식주의네."

"그래. 그렇게 하다 보면 겨울이 올 거야. 우리는 옷을 두껍게 껴입을 수 있지만, 좀비들은 그게 안 되잖아. 몇 번 눈이나 비를 맞고 찬바람을 쐬고 나면 저절로 깡깡 얼어버릴 거라고. 얼었다 녹았다를 반복하다 보면 결국 썩어서 머리고 뭐고 다 떨어져 나갈 거야."

"그때도 우리는 다 같이 있어요? 아무도 안 죽고?"

삼식이의 어깨에 머리를 기댄 채 듣고 있던 제니가 묻는다. 유빈은 고개를 끄덕였다.

"그럼, 물론이지. 아무도 다치지 않는 게 이 계획의 제일 좋은 점이야. 우린 그저 지금처럼 다 같이 맛있는 걸 먹고 따뜻하게 불을 쬐면서 기다리기만 하면 돼. 봄이 오면 좀비는 하나도 남김없이 사라져 버릴 테니까. 우린 그냥 나중에 청소만 좀 하면 돼. 꿈같은 이야기지만, 지금이 7월이잖아, 넉넉하게 계산해 봐도 채 8개월도 남지 않았어. 마음만 먹으면 정말 순식간에 지나가 버릴 만큼 짧아."

"…거짓말이죠? 그렇게 쉬울 리가 없잖아."

"거짓말 아니야. 물론 나 혼자였다면 도저히 무리겠지. 그렇지만 삼식이나 보안관, 그리고 무엇보다도 제니, 네가 있어서 그런 계획을 세울 엄두가 나는 거야. 아무리 괴로워도 네가 웃고 있는 걸 보면 절대 포기하고 싶지 않은 기분이 들거든. 앞으로 우리가 구조해 낼 다른 사람들도 마찬가지일 거라고 생각해. 왜냐하면……."

거기까지 말하고 유빈은 입을 다물었다. 어느새 제니는 안정적인 숨소리를 내뿜으며 잠 속에 푹 빠져들어 있다.

"왜냐하면 뭐?"

삼식이가 뒷이야기를 궁금해하며 입을 열려고 할 때, 유빈은 검지를 세워 입술에 가져다 대고 조용히 하라는 시늉을 했다. 자기 어깨에 기댄 채 잠이 든 제니를 뒤늦게 알아채고 삼식이가 고개를 끄덕였다.

"보안관이 알면 날 죽일 거야."

제니가 좀 더 깊이 잠이 들 때까지 기다렸다가 번쩍 안아 방에 뉘어주고 나서 삼식이가 소곤거렸다. 유빈은 피식 웃은 다음 신입을 굴려 스티로폼 위에 눕히고, 빈 술병들을 한군데 모았다. 후끈거리는 날씨 때문에 조금만 움직여도 땀이 솟는다.

"유빈아, 내일 당장 씨를 뿌려놓는 게 좋을 것 같아. 슈퍼에 가면 정말 감자 씨 있어?"

창가에 서서 담배 연기를 내뿜으며 삼식이가 물었다. 그 곁에서 무표정한 얼굴로 컴컴한 벌판을 한참 바라보고 있던 유빈은 대답 대신 조용히 중얼거렸다.

"되게 덥다. 바람이 하나도 없네."

3장
천국과 지옥

1

　여자는 슬슬 불안해졌다. 무엇보다도 대우가 너무 좋다는 게
마음에 걸린다. 아무리 구조된 사람들을 위해준다고는 하지만,
이런 상황에서 목욕에, 건강검진에, 새로 옷까지 지급해 준다는
게 가능한 일일까?

　깨끗한 스테인리스 식판 위에 놓인 정갈한 음식들을 보면서
도 불안감 때문에 좀처럼 식욕이 들지 않는다. 지금까지 구조
받은 사람 전부가 이런 호사를 누린다고 생각해 보면, 대체 며
칠 동안이나 버틸 수 있단 말인가.

"이거, 뭔가 구려."

구조되던 날, 자신에게 충고해 주던 민구의 목소리가 귓가에 울리는 것 같아 간호사는 한숨을 내쉬며 수저를 내려놓았다.

"왜 그러세요? 입맛이 없어요?"

옆 식탁에 앉은 아이 엄마가 걱정스러운 표정으로 묻는다. 간호사는 고개를 저었다.

"아~ 다른 식구들 생각나서 그러세요? 하긴……."

다 안다는 듯 고개를 끄덕이는 아이 엄마의 표정이 그녀를 열받게 한다.

이상해! 이상하다는 걸 못 느껴?

하지만 그녀는 결코 그런 소리를 입 밖으로 내지는 못했다. 이 건물의 모든 방 천장에는 CCTV가 몇 개나 달려 있어서 그들의 일거수일투족을 감시한다. 여자 열 명이 식사를 하는 이 작은 식당도 사정은 마찬가지고, 여기에는 감시인도 둘이나 붙어 있다.

"그나저나 정말 놀랐어요. 서울 한복판에 이렇게 안전한 곳이 있을 거라고는 생각도 못했었거든요."

후식까지 싹싹 긁어 먹은 아이 엄마가 웃으며 말하자, 그 건너편의 중년 여자도 고개를 끄덕인다.

"그러게요. 하느님이 도와주신 거지, 뭐."

그녀들의 말처럼 놀라운 일이기는 했다. 어제 구조된 그들은 헬리콥터로 불과 30여 분을 날아가 어느 큰 건물 옥상 위에 내려앉았고, 거기에서 고속 엘리베이터를 타고 곧바로 지하에 위치한 이 보호 시설로 이동했다. 워낙 경황이 없어서 정확한 위치를 파악하지는 못했지만, 서울의 강북 중심 어딘가라는 것만은 분명하다.

"그러고 보니… 아주머니네 애기는요?"

갑자기 생각이 난 간호사가 아이 엄마에게 물었다. 어제까지 함께 밥을 먹었었는데, 오늘은 종일 보이지 않았다.

"으응, 우리 애 검사 결과가 먼저 나와서 아이 아빠랑 같이 가족실로 옮기게 해준다고 그러더라고요. 내일 제 결과 나오면 저도 그쪽으로 가게 될 거예요. 후후후, 자기들도 나 보고 싶다고 섭섭해서 울고 그러면 안 돼요."

"어머, 잘됐다! 축하해요. 가족실이면 또 얼마나 좋아. 에그, 우리 남편도 살아 있으면 얼마나 좋을까."

"그러네. 남이랑 좁은 2인실 같이 쓰는 것보다 훨씬 낫지. 가족실이면 널찍하겠죠? 여기는 다 좋은데, 산책을 못하게 하니까 그게 좀 답답해."

"그거야 어쩔 수 없지, 뭐. 안전 때문에 지하에 있어야 한다는데."

여자들은 아무렇게나 지껄여 대고 있었다. 하지만 그런 소리들이 전부 간호사에게는 불길하게만 여겨진다. 자기 애를 남에게 내주고서도 저렇게 느긋할 수가 있다니, 도무지 이해가 가지 않는다.

이 시설은 너무도 폐쇄적이어서 언제나 사람들이 모일 수 없게 한다. 식사 시간을 제외하면 좁은 2인실을 나눠 쓰는 사람하고만 이야기를 나눌 수 있다. 그나마도 남자와 여자의 시설이 나뉘어 있어서 함께 구조되어 온 의사의 얼굴은 첫날 이후로 다시 보지 못했다.

"시간 됐습니다."

감시인이 시계를 흘끗거리며 일어나라고 은근한 압박을 준다. 식사를 마친 여자들은 일렬로 서서 자신의 방으로 돌아갔다. 한 번 수상하다는 생각이 들고 나자 병원처럼 온통 하얀색으로 칠해놓은 복도까지도 마음에 들지 않는다.

자신의 방으로 돌아간 뒤에도 간호사는 도무지 인상을 펴지 못하고 침대에 누워 숨을 쌔근거렸다.

아이 먼저 아빠와 함께 가족실로 갔다고? 그게 말이 되나?

초조한 마음이 든 그녀는 이불을 꼭 쥔 채 멍하니 벽에 시선을 고정시켰다. 그러던 중 그녀의 눈에 또 하나의 미심쩍은 구석이 발견되었다.

밥 먹지 마.

그것은 하얀색 페인트 위에 손톱으로 눌러 써놓은 글씨였다. 평소에는 그저 흰 벽으로만 보였을 테지만, 누워 있는 위치와 조명의 각도가 맞은 순간에 은회색의 글씨가 눈에 띄게 된 것이다. 간호사의 가슴이 쿵쾅쿵쾅 뛴다.

'내가 오기 전 이 침대에 누군가 있었다.'

그 사실 하나만으로도 소름이 끼치게 무서워졌다.

대체 누가 쓴 걸까? 그리고 지금 그 사람은 어디에 있는 걸까? 밥 먹지 마… 라니, 대체 이게 무슨…….

간호사는 천천히 시선을 옮겨서 다른 글씨가 더 있는지 살펴봤다.

무서워.

무서워. 침대보다 조금 낮은 높이에 쓰인 그 세 음절의 글자가 정말로 무서워서 간호사를 떨리게 한다. CCTV를 피할 수 있는 각도에서 같은 획을 몇 번이나 반복해 그어놓은 글씨만 봐도, 쓴 사람의 한이 느껴질 정도다.

이 여자는 무엇을 무서워했던 걸까? 그리고 왜 밥을 먹지 말라고 했던 걸까?

간호사는 몸을 웅크리고서 열심히 생각을 했다. 그러자 몇 개의 단어들이 떠오른다.

바름… 안정제……. 그런 건가?

간호사는 자기도 모르게 고개를 끄덕였다. 돌이켜보면 자신도 오늘 낮까지는 기분이 좋았고, 의심 따위 추호도 해보지 않았다. 그러던 것이 오늘 점심의 후식을 남긴 다음부터 달라졌고, 저녁을 제대로 먹지 않은 지금은 모든 것이 수상하다는 것을 깨달을 수 있게 됐다.

그녀들이 먹는 음식에 꽤나 많은 양의 안정제가 들어 있었던 것이다. 자기 애를 데려가도 추호의 의심 따위 없이 밝게 웃고만 있는 여자가 이제 이해된다.

'이런 젠장.'

간호사는 부들부들 떨며 지금부터 어찌해야 할지 고민하기 시작했다. 민구의 말이 맞았다. 여기는 너무 수상하고 뒤가 구린 곳이다. 간호사는 분명히 달아날 수 있는 방법이 있을 거라고 굳게 믿으며 사방을 두리번거렸다.

어떻게든 엘리베이터를 타고 다시 지상으로 올라가야 한다. 식당에서 포크를 숨겨 오면 여차할 때 무기가 될 수 있을까? 다른 여자들에게도 밥을 먹지 말고 내 이야기를 들어달라고 해볼까?

별의별 궁리를 다 해보았다. 그러나 단 한 가지, 그녀가 인식하지 못하고 있던 것은 CCTV 너머 저편에서 이 방을 들여다보고 있던 감시자의 눈이었다.

그녀의 안면에 고정되어 있던 카메라는 근육의 움직임과 동공의 확장을 컴퓨터에 그대로 전달했고, 그것을 분석한 컴퓨터는 이상 징후를 인간 감시원들에게 전달했다.

"E914065에서 수상한 움직임이 감지되었습니다. 어떻게 조처할까요?"

감시원이 무미건조한 목소리로 보고하자, 고급 양복을 입은 사내가 다가와 잠시 모니터 화면을 들여다보고 나서 말했다.

"지금은 그냥 내버려 둬. 어차피 요 며칠 내에 '검사' 할 대상이었지?"

"그렇습니다. 사흘 뒤 저녁으로 예정되어 있었습니다."

"내일 오전으로 바꿔. 아침을 안 먹으면 주사하는 것도 잊지 말고."

"네, 알겠습니다."

감시원의 손가락이 키보드 위에서 몇 번 바쁘게 움직이자, E914065의 칸에 서너 가지 주의 사항과 함께 붉은 줄이 들어갔다. 간호사의 운명은 그렇게 결정되었다.

ㄹ

새벽 6시 30분이 되자 탁상 위의 알람이 울렸다. 수용소처럼 꽉 짜인 이 보호 시설의 하루가 시작된다. 간호사는 무거운 머리를 억지로 끌어 올리면서 자리에서 일어났다. 어제 밤늦게까지 여러 가지를 고민하느라 도통 잠을 이루지 못했기 때문에 굉장히 피곤했다.

가장 첫 번째 일정은 따뜻한 물로 샤워를 하는 것이다. 처음 이 시설에 와서 샤워를 할 때에는 온몸에 따뜻한 물방울이 닿는 그 감촉이 너무 좋아 은혜롭다고까지 느꼈지만, 지금은 오히려 의혹이 든다.

왜 이렇게 사람들의 청결에 각별한 신경을 쓰는 걸까?

쏟아지는 물줄기를 맞고 가만히 서서 간호사는 한참을 생각했다.

"어휴~ 왜 이렇게 한참 걸려? 여자들끼리만 있는데 어지간히 꼼꼼히 씻네. 누가 보면 신랑님 만나러 나가려고 꽃단장하는 줄 알겠어. 호호호."

간호사가 대충 물기를 닦고 나오자 기다리고 있던 룸메이트 여자가 타박을 주며 깔깔거린다.

저런 여자에게 밥을 먹지 말라고 권하거나 같이 도망치는 건 무리야…….

간호사는 다른 사람들을 함께 데리고 이곳을 벗어날 수 없다는 걸 절감했다.

"여기 밥이 맛있어서 그런가? 살이 좀 붙은 것 같아."

"왜 아니겠어요. 저는 정말 나흘 동안 쫄쫄 굶다시피 했었거든요. 그리고 나니까 먹는 게 뭐든지 다 꿀맛이네요."

"정말이야. 여기 옷이 헐렁한 원피스라서 다행이지, 바지였으면 숨도 못 쉴 뻔했다니까. 하하하!"

오전 7시, 아침 식사 시간. 좁은 식당에 모여 앉은 열 명의 여자는 40분 동안 주어진 식사 시간 동안 마음껏 수다를 떨며 즐기고 있다. 혼자 남겨진 아이 엄마도 맛나게 음식을 먹으며 수다에 여념이 없다. 아이와 헤어지게 된 엄마들이 흔히 보이는 걱정과 상실감 따위는 보이지 않는다.

어제 저녁을 거른 터라 간호사의 배도 어지간히 고프지만, 그 글씨를 보고 난 후에는 이곳 음식을 입에 댈 수 없게 돼버렸다. 이 약이 섞인 음식을 먹고, 대체 무슨 일을 당하는지도 모를 만큼 멍해져 있고 싶지는 않다. 간호사는 숟가락으로 음식을 깨작거리기만 하면서 주변을 살폈다.

혼자 달아나는 건 분명 어려울 게 틀림없다. 조력자를 구해야 한다. 그녀와 비슷한 정도의 힘과 의지를 가진 조력자라면 더 좋을 것이다.

"아니, 자기! 이거 안 먹을 거야? 남길 거면 내가 먹는다?"

그녀의 후식을 눈독들이고 있던 파마머리가 냉큼 푸딩을 집어 가려 할 때, 간호사는 얼른 푸딩 위에 손을 대고 막았다. 파

마머리는 푸딩에, 간호사는 그 파마머리의 룸메이트에 관심이
있었다.

파마머리의 룸메이트는 이제 갓 스물 정도 된 어린 여자였고,
무슨 운동을 했는지 몰라도 꽤나 단단해 보이는 체격의 소유자
였다. 간호사가 파마머리에게 말했다.

"나도 이거 먹으려고 했었는데, 그럼 바꿔요."

"뭐랑 바꿔? 난 내 밥 다 먹었는데."

"그냥 점심 먹을 때까지 방만 바꿔줘요."

"방 바꾸지 말라고 하던데……. 그리고 방은 왜 바꾼데? 어
머, 혹시 이 친구한테 관심 있어? 호호호."

"쓸데없는 소리 하지 마세요. 나 저 언니한테 운동 좀 배우려
고 그러는 거야. 언니, 운동했었죠?"

간호사의 질문에 어린 여자가 고개를 끄덕이며 대답한다.

"헬스클럽 트레이너였어요."

"잘됐다. 나 여기서 꼼짝 않고 있으니까 너무 답답하고 소화
도 안 돼. 혼자서 할 수 있는 운동 몇 개만 좀 알려줘요. 나는 그
런 거 한 번도 안 해봤거든."

"그러세요."

어린 여자가 순순히 승낙을 해주자, 망설이던 파마머리도 한
나절 동안의 방 사용권과 푸딩의 교환을 받아들였다. 파마머리
가 탐욕스럽게 입안으로 푸딩을 털어 넣는 동안 간호사는 어린

여자를 가만히 바라보며 무슨 말로 설득을 시작해야 할지 고민했다. 하지만 이러한 그녀의 계획은 곧 아무 소용 없는 일이 돼버렸다.

"심정현 씨?"

식당 문을 나설 때, 기다리고 있던 직원 하나가 파일을 흔들면서 간호사의 이름을 부른다. 긴장하고 있던 간호사는 움찔 놀라며 대답했다.

"네?"

"잠시 진료실로 좀 와주시겠어요? 드릴 말씀이 있는데."

"…왜요? 여기서 말해봐요."

간호사의 목소리가 떨린다. 주변의 다른 여자들은 호기심 가득한 얼굴로 귀를 기울이고 있다. 직원은 파일을 넘기더니 냉담하게 말했다.

"최근에 성관계하신 게 언제죠?"

"그런 것도 알아야 해요? 사생활이잖아요?"

"성관계는 그렇죠. 하지만 성병은 다른 분들에게도 전염이 될 수 있는 거니까 저희가 관여해야 돼요. 못 느끼셨어요? 이 정도면 평소에도 굉장히 간지럽고 따끔거렸을 텐데."

어머, 어머, 성병이래. 뭐하던 애야?

주변의 여자들이 소곤거리고 킥킥대는 소리가 들린다. 간호사는 얼굴이 빨갛게 달아오른 채 직원을 노려보았다. 직원은 여전히 무표정한 얼굴로 파일을 덮으며 빤히 마주 보고 말했다.

"저더러 여기서 말하라고 하셨잖아요."

망신스러워서 아무 대꾸도 할 수 없었다. 간호사는 직원이 이끄는 대로 복도를 따라 걸었다. 의심이 가는 건 민구였다. 제대로 씻지 않고 관계를 가진 게 잘못이었을까?

젠장, 이런 이야기가 고스란히 귀에 들어갔으니 그 헬스 트레이너 여자와 가까워지는 건 쉽지 않겠는걸……

간호사는 한숨을 쉬면서도 복도의 구조를 파악하고 싶은 욕심에 열심히 사방을 두리번거렸다. 엘리베이터는 직원들이 걸고 있는 목걸이를 가져다 대야지만 움직인다.

나중에 탈출할 때에는 네년을 때려눕히고 그 목걸이를 빼앗아주마.

간호사는 여자 직원의 얄미운 뒤통수를 잡아먹을 듯 노려보았다. 물론 목걸이보다 더 큰 문제는 복도 끝마다 지키고 선 건장한 경비원들이다.

"들어가세요."

첫날 의료 검진을 받았던 방문을 열고 직원이 간호사에게 손짓을 한다. 방 안쪽에는 흰 가운을 입은 젊은 남자 의사가 가볍게 미소를 짓고 앉아 있다. 그의 책상 위에는 그녀의 파일이 펼쳐져 있다.

"어서 오세요. 거기 앉으십시오. 갑자기 이렇게 오시라고 해서 놀라셨죠?"

"기분이 좋지는 않네요."

의자에 앉은 간호사는 퉁명스럽게 대꾸했다. 의사는 여전히 미소를 지우지 않고 있다. 무뚝뚝한 표정으로 버티고 선 두 명의 남자간호사와 선명한 대조를 이룬다. 달칵, 그녀의 등 뒤로 문이 닫힌다.

"이해합니다. 성병이란 게 다 그렇죠. 하지만 치료를 받으시면 금방 완쾌됩니다. 어디 보자, '가너리어' 시네요. 예전이라면 고생 좀 하셨겠지만, 요즘은 다 약이 좋아서 금방 완쾌됩니다. 주사제 처방해 드릴게요."

묵묵히 듣고만 있던 간호사는 갑자기 의심이 들어 의사가 적고 있던 처방전을 확 잡아챘다. 처방전에 적힌 글씨를 보고 있는 그녀에게 당황한 의사가 묻는다.

"이게 무슨 짓입니까? 주세요! 본다고 알 것도 아니면서 말이야."

"제 몸에 무슨 약을 놓는지 보는 것도 문제예요? 저도 간호사였지만, 이런 항생제는 들어본 적도 없어요. X-1 10밀리그램? 이게 대체 뭐예요?"

간호사였다는 말에 의사는 갑자기 태도를 바꿔 껄껄대며 웃었다.

"심정현 씨, 간호사였어? 그래서 뭐? 아는 체하면 내가 막 벌

벌 떨 줄 알았나? 하하하! 그렇게 약은 사람이 임질에는 왜 걸렸어?"

"개소리 집어치워! 임질이라는 것도 순 다 거짓말이었잖아! 이게 대체 무슨 약 처방이냐고!"

"그거야 맞아보면 알지."

안경 너머 의사의 눈빛이 차갑게 돌변했다고 느낀 순간, 곁에 서 있던 남자들이 간호사의 양어깨를 짓누르고 팔을 잡아 제압했다. 누르는 힘이 너무 강해서 꼼짝도 할 수 없어진 간호사는 욕설을 퍼부으며 소리를 질렀다.

"놔! 이 개새끼들아! 이 지저분한 새끼들! 너희가 무슨 수작 부리려는지 내가 모르는 줄 알아? 놔!"

의사는 하품을 하며 기지개를 쭉 켜고 나서 천천히 책상을 돌아 걸어왔다.

"정말? 정말 우리가 뭘 하려는지 알아? 아닐 텐데?"

의사가 빙글거리자, 그녀를 제압하고 있던 남자들도 낄낄댄다.

"그래! 이 개새끼야! 이 버러지만도 못한……."

쫙―!

의사가 날린 따귀가 너무 강력해서 그녀는 채 말을 끝맺지 못하고 고개를 숙였다. 여전히 목소리를 높이지 않은 채 의사가 말했다.

"소리 질러봐야 귀만 아프지, 저 문밖으로 새어 나가지 않아. 그러니까 조용히 말해. 그리고 욕은 좀 자제하고. 배울 만큼 배운 년이……."

"야이, 씨발 새……."

쫘악—

두 번째 따귀가 같은 자리를 때린다. 간호사의 입에서는 피가, 눈에서는 눈물이 흐르기 시작했다.

"한 번 해보자는 거야? 환영해. 난 그런 거 좋아해. 어디, 또 욕해보서."

간호사는 말없이 의사를 노려보았다. 흥분한 그녀의 숨소리가 거칠어지자 의사는 또 낄낄거린다.

"하하, 그것 봐. 배짱도 없으면서 괜히 왜 덤벼서 매를 버느냐고. 가만히 있어야 너도 편해. 알겠어, 심정현?"

의사가 책상 위의 전화기를 누르자, 그녀가 들어왔던 것과 반대 방향의 문이 열리며 여자 직원이 권총형 주사기를 가지고 들어온다.

주사기 위에 부착된 약병은 벌써 반쯤 비워져 있다. 이미 그녀보다 먼저 누군가가 맞았다는 이야기다.

저건 누구에게 사용했던 걸까?

머리가 뒤로 젖혀진 채 간호사는 겁에 질린 눈으로 주사기를 바라보았다.

사라진 사람들, 아빠와 함께 가족실로 옮겼다던 아이…….

그녀가 정답을 찾았다고 느꼈을 때, 이미 주사기 바늘은 그녀의 목을 뚫고 들어와 문제의 약물을 투여했다. 따끔함에 이어 약이 혈관으로 퍼지면서 저릿한 통증이 느껴진다. 수면제일까 싶었지만, 몽롱하지는 않다.

"뭘 놓은 거야, 이 개새끼야!"

간호사는 한 번 더 욕설을 퍼부으며 대들어봤다. 시계를 들여다보고 있던 의사는 여전히 재미있다는 표정을 유지하며 빈정거린다.

"이제 네가 알 수도 있을 텐데, 둔한 년일세. 어이, 놔줘 봐."

그녀의 양팔을 꽉 잡고 있던 손에서 힘이 빠지자마자 간호사는 어떻게든 달아나기 위해 벌떡 몸을 일으켰다. 아니, 일으키려고 했다. 하지만 그녀의 몸은 단 1밀리미터도 움직이지 않는다.

이게 대체…….

간호사는 자신의 몸에 무슨 문제가 있는지 알아보기 위해 고개를 숙였다. 그러나 간신히 움직이는 것은 그녀의 두 눈동자뿐이다. 그 외에는 전혀… 뇌의 말을 듣지 않는다.

'대체 무슨 짓을 한 거야?'

물어보려 해도 턱이 벌어지지 않는다. 닫혀 있는 입술 사이로 혀가 입천장을 친다.

"으으으……."

두려움이 온몸을 사로잡는다. 간호사의 입에서는 신음 같은 울음소리만이 간신히 새어 나왔다. 의사가 양 손바닥을 비비며 웃는다.

"신기하지 않니? 내가 개발했어. 정신은 멀쩡한데 윗입술 아래로는 근육이 제대로 움직이지 않는 거지. 혹시 그러면 통각도 마비되지 않았을까? 그런데 그건 또 아니라 이 말씀이야."

의사가 손을 뻗어 간호사의 허벅지를 꽉 움켜쥐며 꼬집는다. 간호사는 피멍이 들 것 같은 통증을 느끼면서도 비명 소리조차 내지 못했다.

의사가 손짓을 하자 곁에 섰던 남자들은 그녀의 헐렁한 원피스를 벗겨내고 커다란 수갑을 가져와 두 손에 채웠다. 그들이 작업하는 동안 의사는 신이 나서 설명을 계속했다.

"너는 못 움직이는데 우리는 네 몸을 마음대로 조종하니까 웃기지? 근육이 경직된 게 아니라서 그래. 이건 독극물이나 그런 게 아니라 뇌만 잠깐 속이는 거거든. 아, 옷 벗기는 건 신경쓰지 마, 네까짓 거 몸뚱이 보고 싶어서 그러는 건 아니니까."

수갑이 단단히 채워지자 남자들은 그녀를 바퀴 달린 캐리어 위에 옮겨 싣고 뒷문으로 빠져나갔다. 의사는 웃는 얼굴로 손을 흔들며 잘 가라는 인사를 한다.

'이러지 마. 나를 어디로 데려가는 거야? 제발, 이러지 말

라고!'

그녀의 머릿속에 간절한 애원이 계속 떠오르지만, 소리로 전달할 방법은 없다. 그저 '으으으' 하는 간절한 신음만 흘러나오는 동안, 그녀를 태운 캐리어는 복도를 지나 스테인리스로 된 커다란 방에 도착했다.

방에는 소독약 냄새가 가득하고, 사방의 구석에는 물청소를 용이하게 해주는 긴 배수구가 있다. 방의 구석에 배치된 기묘한 모양의 도구와 수술 기구들이 신경을 긁는다. 방의 끝에 사선으로 붙은 유리창에서는 아래층의 방이 보인다.

"E914065 전달합니다."

그녀를 싣고 온 남자들이 보고하자, 방을 지키고 있던 대여섯의 사람들이 간호사의 얼굴과 파일의 사진을 대조해 보고 나서 사인펜으로 줄을 그으며 대답했다.

"E914065 전달 받았습니다."

그들은 방독면과 방균복, 수술용 장갑까지 끼고 있다. 남자들이 돌아가자 방독면을 쓴 사람들은 수갑이 채워진 그녀의 팔을 들어 올려 방 가운데에 있는 크레인에 걸었다.

철컹!

쇠사슬이 울리는 소리가 고막을 울리자 온몸에 소름이 돋아난다. 그녀는 두 팔을 위로 한 채 쇠사슬에 매여 대롱거리는 상태가 되었다. 실리콘으로 된 두툼한 패드를 쇠사슬과 수갑 위에

씌우는 것으로 준비는 대강 마쳐졌다.

"으으으으… 끄으으!"

간호사는 모깃소리 같은 신음을 내는 것으로 그녀가 할 수 있는 최대의 저항을 했다. 그러나 방독면을 쓴 사람들은 전혀 개의치 않으며 준비를 마치고 기계 장치 곁으로 가서 레버를 내렸다.

철컹~!

기이잉!

그녀의 발아래 해치가 양옆으로 열린다. 바로 아래층과 연결되어 있는 모양이다. 가로세로 1미터 정도의 커다란 구멍 사이로 아래층의 방이 보인다. 그곳 역시 온통 스테인리스로 둘러싸여 있다.

위이이이~

쇠사슬이 천천히 그녀를 아래로 내린다. 공포 때문에 그녀의 동공은 엄청나게 확장되어 있다.

"아! 잠깐만! 에이, 이런 건 다 정리를 하고 배달해 줘야지."

방독면을 쓴 남자 하나가 손을 흔들자 다른 사람이 레버를 멈춘다. 남자는 간호사에게 다가와 목덜미에서 얇은 은 목걸이를 뜯어냈다.

"이빨을 다치면 안 되니까."

남자가 은 목걸이를 흔들면서 다시 내리라는 신호를 보냈다.

기이잉—

그녀의 몸은 다시 아래로 천천히 내려졌다. 팔이 끊어질 듯 아프다. 그러나 그녀를 더 고통스럽게 하는 것은 감각이 고스란히 살아 있는 코를 통해 전해지는 지독한 악취였다.

스르륵.

건너편의 방문이 열린다. 정신병원의 안전 격리실처럼 사방이 흰 쿠션으로 덮인 방이었다. 그리고 그것이 튀어나왔다.

그라아아악!

이미 들어봤던, 그 소름 끼치는 괴성이 울릴 때, 간호사는 자신이 어떤 처지에 놓였는지를 온전히 알게 되었다. 하지만 도무지 이해할 수가 없었다.

어째서 그 힘든 과정을 거쳐 좀비들로부터 구해낸 사람들을 다시 좀비의 먹이로 던진단 말인가. 게다가 이렇게 복잡하고 많은 비용을 들여가면서까지…….

좀비가 뛰어오는 모습이 고스란히 눈 속에 담긴다. 비록 피투성이가 되긴 했지만, 좀비치고는 어울리지 않게 어지간히 고급 양복을 입고 있다.

콰드득!

좀비의 이빨이 그녀의 겨드랑이를 물어뜯는다.

끄아아악! 너무도 큰 고통이 전해지지만 비명조차 지를 수 없다. 간호사는 제발 기절할 수 있기를 간절히 기도했다. 아니면

어서 숨이라도 거둘 수 있기를……

그런 기도에도 불구하고 좀비의 이빨은 그녀의 살을 뜯어내고 피를 철철 흐르게 만들며 고스란히 통증을 전달해 준다.

쫘드득!

그라아아아악!

때르르릉!

위층에서 무표정한 얼굴의 사람들이 기울어진 유리를 통해 E914065의 죽음을 지켜보고 있을 때, 전화기가 울린다. 책임자인 중년 남자는 재빨리 수화기를 집어 들었다.

"예, 회장님."

중년 남자는 허리를 90도에 가깝게 숙인 채 전화를 받으며 인사를 했다.

― 작은 회장은 어떻게 하고 있나?

수화기 너머의 위압적인 목소리가 묻는다. 중년 남자는 E914065의 살을 뜯고 있는 좀비를 힐끗 돌아보고 나서 대답했다.

"예, 회장님. 작은 회장님 지금 막 아침 식사 시작하셨습니다."

태양 그룹 작은 회장의 아침 식사, E914065는 거의 숨이 넘어간 모양이었다. 자율신경에 의해 일어나는 경련이 그녀를 움찔거리게 만들고 있다.

— *세끼 잘 챙겨 먹어라. 몸 축나지 않게.*

회장이 명령했다. 좀비에게 음식이 필요하지 않다는 것을 이 늙은 제왕에게 설명할 수는 없을 것이다. 그랬다가는 아마 가장 먼저 그 자신이 저 크레인에 걸리게 될 테니까. 지금은 그저 시키는 대로 매일 세 명씩을 얌전히 진상하는 수밖에 없다. 중년 남자는 수화기를 든 채 연신 고개를 숙였다.

"넵, 회장님. 명심하고 있습니다."

남자의 말이 다 끝나기 전에 이미 전화는 끊겼다. 뚜우— 하고 울리는 대기음을 확인한 남자는 가볍게 한숨을 내쉬고 수화기를 내려놓았다.

"E914065, 맥박 제로. 심장 멎었습니다."

모니터를 들여다보고 있던 여자가 감정이 실려 있지 않은 말투로 보고한다. 모니터에 표시되는 것은 간호사가 찬 수갑과 연결되어 있던 측정기에서 보내오는 신호다. 여자의 보고가 없었다고 해도 위층의 사람들은 E914065가 언제 숨을 거두었는지를 모두 알고 있었다.

작은 회장 좀비가 여자의 피투성이 겨드랑이에서 입을 떼어내고 유리창 위쪽의 다른 먹잇감들을 향해 이를 드러내는 시점, 바로 그때가 E914065의 사망 시각이다.

"먹이가 죽자마자 귀신같이 흥미를 잃는군. 정말 몇 번을 봐도 신기하단 말이야."

중년 남자는 혼잣말을 늘어놓고 나서 방독면을 쓴 다음, 크레인을 올리라는 신호를 보냈다.

끼리릭—

쇠사슬이 요란한 소리를 내면서 아직도 피가 뚝뚝 떨어지는 여자의 시체를 위쪽으로 끌어 올린다. 열려져 있는 천장의 해치를 노려보며 좀비가 펄쩍펄쩍 뛰지만, 이 정도 높이까지는 닿을 수 없다.

한때는 징그러우리만큼 영악하던 작은 회장이었는데, 이제는 그저 크레인에 매달려 보려는 시도도 생각해 낼 수 없을 만큼 멍청한 괴물에 불과하다. 물론 황 회장은 그런 사실을 인정하려 들지 않지만.

황 회장은 자신의 아들을 다시 예전의 상태로, 야비한 머리를 핑핑 굴려 대던 '정상'으로 되돌릴 방법이 있을 것이라 여전히 굳게 믿고 있다.

"작업 개시! 타이머 잘 보고 서둘러서 진행해!"

E914065의 시체가 완전히 끌어 올려지고 해치가 닫히자, 중년 남자가 명령했다. 직원들은 일사불란하게 움직인다. 그들의 사방 위쪽에는 빨간색으로 된 디지털 타이머가 깜빡거린다. 여자가 사망한 시점부터 카운트다운이 시작된 것으로, 지금은 9분 20초가 남아 있음을 알려주고 있다.

10분을 데드라인으로 설정해 둔 이 시간 역시 오로지 경험으로 축적된 데이터를 통해 확보한 것이므로 정확하지 않다. 시체가 좀비로 변하는 시간을 잘못 계산했던 작업의 초창기에는 갑자기 깨어난 좀비의 공격 때문에 연구원 한 팀이 전원 몰살당하는 경우도 발생했었다.

중년 남자는 그 당시의 비디오를 직접 목도한 적이 있다. 일단 좀비로 변화하고 나면 놈들은 팔이 잘라지는 것 따위는 아랑곳하지 않고 살아 있는 인간을 공격하는 데에만 온 신경을 집중한다. 몸부림을 쳐서 두 팔목을 끊어내고, 사람들을 향해 아가리를 벌리고 달려드는 꼴은 정말로 끔찍했다.

"신체 확보!"

크레인에 고정시켜 뒀던 수갑을 풀고 E914065를 묵직한 스텐 침대 위에 가죽 허리띠로 묶어 고정시킨 연구원이 외쳤다.

다음 단계는 머리에 안전망을 씌우는 것이다. 턱의 위아래에 긴 나사못을 박아 넣은 다음, 그것을 스테인리스 파이프로 만들어진 헬멧과 연결한다.

두 명의 직원이 그 작업을 수행하는 동안 다른 직원들은 양 손목과 발목, 그리고 팔꿈치와 무릎을 침대에 달린 고정 띠에 단단히 묶어 고정시켰다. 그 두 가지 작업을 마치고 나니, 타이머는 4분이 남았다.

"마스크 클리어!"

E914065의 얼굴 전체를 가린 헬멧을 흔들어서 단단히 고정

됐는지를 확인한다. 이제 이 샘플은 턱을 벌릴 수 없고, 누군가를 깨물어 공격할 수도 없다.

헬멧의 정수리 쪽에 나 있는 둥근 구멍은 만일의 사태 때 샘플을 쉽게 파괴하기 위한 용도다. 이 구멍 안에 총구를 넣고 발사하면 가장 안전하고 효율적으로 좀비의 뇌를 파괴할 수 있다.

타이머는 3분 30초를 막 지났지만, 여기까지만 완수해도 좀비가 가진 위험성은 현저하게 줄어든다.

위이잉!

드릴을 이용하여 턱을 지나 양쪽으로 길게 늘어져 있는 헬멧의 끝부분과 늑골 사이, 그리고 스테인리스 침대를 연결하는 볼트를 박아 넣는 것이 다음 단계다.

2센티 직경의 굵은 드릴이 살과 근육, 폐를 꿰뚫는 동안에도 좀비 박테리아에 감염된 여자의 신체에서는 더 이상 큰 출혈이 일어나지 않는다. 그저 젤리처럼 찐득해진 피가 드릴 사이에 엉겨 붙을 뿐이다.

늑골과 골반에 각각 두 개씩 모두 네 개의 굵은 볼트를 넣고 침대와 단단히 고정시키는 것으로 작업은 완료되었다. 그들이 해야 할 일은 여기까지이다. 이제는 1분도 채 남겨두지 않은 시간이 완전히 지나가 버리고 난 뒤, 이 샘플이 깨어나기만을 기다리면 된다. 방독면을 쓴 직원들은 침대 머리맡에 얌전히 모여서서 타이머를 주시했다.

그으으으~!

E914065였던 좀비가 하얗게 변한 눈동자를 번뜩거리며 울부짖기 시작한 시각은 사망으로부터 32분 41초가 지난 시점이었다. 나사로 단단히 고정된 몸을 움직여 보려고 발버둥을 칠 때마다 침대가 가볍게 흔들린다.

아가리 역시 마찬가지다. X자로 교차된 네 개의 나사가 고정해둔 턱은 벌어지지 않았고, 그래서 놈의 포효는 신음에 가까운 소리만을 겨우 내고 있었다.

"32분 41초……. 평균치보다 조금 늦은 편입니다."

"사망까지 걸린 시간이랑 같이 기재해서 넘겨. 나는 그런 거 관심 없으니까. 샘플 이동시키고."

중년 남자가 건조하게 말했다.

"네."

직원들이 스테인리스 침대를 끌고 제한 구역의 복도로 빠져나가자, 나머지 직원들이 피범벅이 된 바닥을 물과 소독약으로 씻어내기 시작했다.

그나마 오늘 아침은 뜯어 먹힌 부위가 좋아서 청소에 용이해 다행이었다. 가끔 아래층의 작은 회장 좀비가 복부를 뜯어 '식사'를 하는 경우에는 쏟아져 나온 내장을 모두 정리하는 고역을 치러야만 했다.

그르르르……

이동하는 동안에도 좀비는 끝없이 그릉거리며 움직이기 위해 애를 썼다. 손잡이를 밀고 가는 직원들의 표정에는 여전히 긴장감이 가득하다. 이 괴물이 움직일 수 없다는 것을 알지만, 막연한 공포는 쉽게 익숙해지지 않는다.

"E914065 샘플화 작업 완료했습니다."

화상 인터폰에 대고 보고를 마치자, 연구실의 굳게 닫혔던 이중문이 열린다. 연구실 내부에는 조금 전 간호사의 뺨을 후려갈겼던 그 젊은 의사가 여러 조수들과 함께 비닐 가운을 쓴 채 기다리고 있었다.

"어, 수고했어. 이쪽으로 옮겨."

의사는 연구소 중앙의 조명 아래를 가리켰다. 불과 40여 분 전에 자신과 이야기를 나눴던 여자가 좀비로 변해 수술용 침대에 고정된 채 배달된 모습을 보고 있으면서도 젊은 의사의 표정에는 조금의 미안함이나 가책 따위도 드러나지 않는다. 여전히 헤실거리는 미소를 보면 오히려 즐기는 것 같기도 하다.

"자아~ 어디 보자. 어이쿠, 오늘은 겨드랑이를 드셨네. 참 매일 골고루도 잡수신단 말이야."

젊은 의사가 손바닥을 비비면서 여자의 상태를 점검한다. 사망 소요 시간과 좀비 변신 시간을 모두 꼼꼼히 훑어본 그는 E914065의 데이터를 컴퓨터에 입력하도록 지시하고, 그녀의 파일에 붙어 있던 NFC 태그를 수술용 침대에 옮겨 고정시켰다.

"그럼 저희는 가보겠습니다, 오 박사님."

침대를 이곳까지 끌고 온 직원들이 고개를 숙이고 나가려 하자, 젊은 의사가 그들을 불러 세우고 말했다.

"아, 신 차장님한테 그거 말씀드려. 샘플 중에 남자가 더 많이 필요하니까 모레 점심까지는 남자들을 고르시라고. 가능하면 나이가 젊은 순으로 해줬으면 좋겠는데. 20대부터."

"알겠습니다. 모레 점심까지 남자. 20대부터 저 연령순으로."

직원들이 메모를 하고 방을 나가자 오 박사는 안경을 한 번 치켜올린 다음 연구원들에게 물었다.

"우리도 시작해 볼까? 뭘 투입할 순서였지?"

"탄저균입니다."

"그렇군. 그럼 피하주사 먼저 시도해 보고, 5일 후까지도 경과가 나타나지 않으면 직접 폐에 넣어보는 걸로 하지. 무균 격리실에 넣어."

오 박사의 지시에 따라 연구원들은 스테인리스 침대를 아크릴 벽으로 둘러싸인 격리실에 집어넣었다.

오 박사가 오케이 사인을 내리자, 우주복처럼 생긴 일체형 방균복을 입고 격리실 내부에 대기하고 있던 인력들이 탄저균이 든 주사기를 집어서 좀비의 팔에 주사한다.

만약 이 세균이 효력을 발휘한다면 2~3일 내에 피부에 수포를 일으키고 내부 소화기관에 이상을 일으킬 것이다.

하지만 오 박사는 크게 기대하지 않고 있었다. 지난 며칠간 수십 마리의 좀비들에게 온갖 세균과 바이러스, 심지어 독극물까지 투여했어도 놈들은 여전히 아무 이상 징후 없이 그르렁거리며 침대에서 움직여 보려고 애를 쓸 뿐이다.

좀비를 무력화시키는 세균을 찾아내는 것은 저 망나니 작은 회장을 원래대로 돌리는 것만큼이나, 아니, 어쩌면 그보다 몇 배나 더 중요한 과제였다.

이미 백신이나 치료법이 발견된 질병의 세균을 공중에서 살포해 좀비를 모두 한 방에 죽여 버리고 치료제로 나머지 생존자들을 살릴 수만 있다면, 태양 그룹의 영향력은 지구 전체에 미치게 된다.

만약 그것만 발견한다고 하면 황 회장도 좀비가 돼버린 후계자의 치료에 조금 더 여유를 가지고 기다려 줄 수 있을 것이다. 물론 연구 총책임자인 그의 지위가 덩달아 확고해지리라는 것은 의심할 필요도 없다.

연구 윤리 규정을 여러 차례 위반했다는 이유로 학계에서 퇴출당한 오 박사에게는 그것이 복수의 길인 동시에 자신의 가치를 입증하는 방법이기도 했다.

"좆도 모르는 개새끼들이……."

"네?"

윤리 위원회 늙은이들을 회상하던 오 박사의 입에서 자기도 모르는 사이에 욕설이 새어 나오자, 곁에 서 있던 여자 연구원이 깜짝 놀라 묻는다. 오 박사는 대충 웃으며 얼버무렸다.

"아, 후후후, 네 욕 한 거 아니야. 놀라지 마."

오 박사가 다시 신호를 보내자, 격리실 내부 인력들은 좀비를 침대째 들어서 투명한 관 속에 옮겨 넣고 밀폐 뚜껑을 닫았다. 태양 그룹 제1연구실에서 투약 실험한 87번째 좀비 E914065는 이제 살균 과정을 거쳐 보관실로 옮겨질 것이다.

3

"나가자."

오전 10시가 되자 이 병장이 입술에 키스했던 손을 벽에 붙은 포스터에 가져다 댄 뒤, 가장 먼저 생활관 밖으로 나갔다. 분대원들은 계급순으로 쭉 늘어서서 그와 똑같은 행동을 한 뒤, 서둘러 걸음을 옮겼다.

주유소에서 가져온 핑크 펀치의 포스터는 모두에게 일종의 부적처럼 사용되고 있다. 제나나 테라, 혹은 둘 다에게 손 키스를 남기면서 그들은 무사하게 돌아와 다시 그녀들의 환하게 웃는 얼굴을 볼 수 있기를 기도했다.

실제로도 아직 이 내무반이 새로 꾸려진 뒤로는 단 한 명의 희생자도 발생하지 않았고, 분대원들은 그 작은 기적을 핑크 펀치의 가호라고 믿기 시작했다.

포스터 납치 계획을 처음 세운 김 상병은 덩달아 영웅 대접을 받았고, 외출 전후에는 다들 그녀들의 얼굴에 손 키스를 남기는 것이 내무반의 전통처럼 굳어지는 중이다.

"다섯 개씩이야."

건물 현관에서 탄창을 지급해 주는 병사들이 오늘의 탄약 보급량을 말해준다. 첫 이삼 일 동안에는 30발들이 여덟 개씩을 지급받았는데, 다시 다섯 개로 줄어들었다. 물론 기갑부대의 지원이 있어서 예전처럼 많은 총알이 필요하지는 않았지만, 오늘처럼 외부로 작전을 나갈 때는 조금 불안하다.

"야, 우리는 더 줘야 돼. 경계 근무가 아니라 단독 작전 나가는 거란 말이야. 야전에서 총알 모자라면 어떻게 싸우라고?"

"안 됩니다. 개인 보급량을 확실하게 통제하라고 했습니다."

이 병장이 투덜거려 봐도 소용이 없다. 어차피 더 이상 탄창의 개수를 세지도 않을 거면서 뭣 때문에 이렇게 빡빡하게 구는지, 국방부 윗대가리들의 머릿속은 도무지 알 수가 없다. 보급병들이 융통성을 발휘하지 않자, 이 병장은 김 상병에게 눈을 찡긋한 다음, 갑자기 소란을 피우기 시작했다.

"너 같은 상병 새끼한테 결정해 달라고 묻는 게 아니잖아! 이 계급도 모르는 새끼야! 위에다가 물어보고 오란 말이야! 이 고

문관 같은 놈이 고참 말을 개똥으로 알고! 넌 이 씨발, 뭘 꼬나봐? 일병 놈의 새끼가 확……."

이 병장은 워커발로 책상을 차고 팔을 휘저으며 때리려는 시늉을 했고, 다른 병사들이 다급하게 끼어들어 과장된 몸짓으로 그와 보급병들 사이를 갈라놓고 말리는 척을 했다. 그 틈에 김 상병은 예술적인 손놀림으로 탄창들을 집어서 군복 면 티 안에 넣었다.

평소라면 티가 날 테지만, 전술 조끼가 가려주는 지금으로서는 감쪽같다. 김 상병은 몇 개를 더 집어서 진우에게 건네기도 한다. 진우는 조마조마한 마음으로 건빵주머니 안에 탄창들을 쑤셔 넣었다.

"에헤이, 우리 이 병장님! 성격 참!"

작업을 다 마친 김 상병이 끼어들어서 만류하자, 이 병장은 미리 준비했던 가짜 난동을 마치고 보급병들에게 간단한 사과까지 한 뒤 돌아섰다.

"몇 개나 꼬불쳤냐?"

장갑차를 향해 걸어가며 이 병장이 물었다.

"열 개는 되는 것 같습니다."

탄창으로 불룩해진 배를 내밀며 김 상병이 자랑스럽게 대답했다. 다리를 자극하는 탄창들을 느끼면서 진우는 생각했다. 이 여벌의 탄창들이 필요하지 않으면 좋겠다고…….

"서둘러! 뛰어, 빨리!"

정문 앞 도로에서 하사관이 소대원들을 독려한다. 구보 속도를 높인 병사들은 전방에서 그들을 기다리고 있던 각각 두 대씩의 장갑차와 트럭 앞에 정렬해 섰다. 진우의 분대는 예의 그 소위가 모는 장갑차에 앞에 모였다.

그날 밤의 사건 이후 조금은 겸손해진 소위가 그들을 내려다보며 가볍게 눈인사를 건넨다. 그는 아직까지도 철제 보호대를 착용해 부러진 코뼈를 보호하고 있다. 소위가 간략한 임무 설명을 해준다.

"지금부터 우리는 본 발전소로부터 북서쪽으로 12킬로미터 떨어진 삼척 시청으로 이동한다. 현재 그곳은 방어 병력 2개 소대와 구출된 민간인 생존자들이 함께, 갑자기 진로를 바꿔 몰려든 규모 삼의 좀비들에 의해 고립되어 있는 상황이다. 707특임대가 현장에서 합류해 작전을 지휘할 예정이므로, 우리의 임무는 그들을 지원하는 것이다. 알아들었나?"

"옛, 알겠습니다!"

"알아들었으면 탑승한다!"

병사들은 신속하게 차에 올랐다. 늘 일단 승차부터 하고 임무 설명은 현장에 도착한 뒤에나 듣던 터라 이 정도만 해도 대단한 발전인 것처럼 느껴졌다.

"출발!"

장갑차장이 포탑을 탁탁, 두드리는 것으로 작전은 시작되었다.

기리리릭—

요란한 무한궤도 소리와 함께 K21 장갑차들이 먼저 출발해 선두에 서고 트럭이 그 뒤를 따랐다.

"707이면 엄청 잘나가는 애들인데, 굳이 저희들까지 부르는 이유를 모르겠지 말입니다."

출발한 지 10여 분이 지났을 때, K-3 사수 정 상병이 가장 먼저 침묵을 깨고 입을 열었다. 병장은 하이바 뒤쪽에 손가락을 넣어 목덜미를 긁적거리면서 대수롭지 않게 대답했다.

"그거야 뭐… 암만 특임대라고 해도 쪽수 앞에 장사 없는 거지. 지금 사방에서 지원해 달라고 난리일 텐데, 삼척에 몇 개 분대나 파견이 나왔겠어? 걔들이 좀비 잡고 길 트는 동안 우리더러 방패가 돼라, 뭐, 이런 이야기인 거야."

"후훗, 특임대가 얼마나 잘났는지는 모르지만, 저희도 좀비랑 산전수전 다 겪어봤지 말입니다. 꿀릴 거 하나도 없습니다."

김 상병이 옷섶에서 탄창을 꺼내 하나씩 나누어 주며 잘난 척을 한다. 이 병장은 그런 김 상병의 머리통을 탁, 쳤다.

"너는 인마, 총알이나 제대로 맞추고서 그런 말을 좀 해. 만날 하늘 위로 쏘아 올리는 놈이."

"에이, 그거야 이 총이 후져서 그런 겁니다."

김 상병은 조금도 기죽지 않고 너스레를 떤다. 진우는 그렇게 뻔뻔한 김 상병과 능글거리는 이 병장의 모습이 좋았다. 그들이 여유를 부려주는 덕에 분대원들은 매일 목숨이 걸린 전투에 투입되어야 하는 상황 속에서도 스트레스와 두려움을 조금이나마 덜어낼 수 있었다.

"그런데 규모 삼이면 그렇게 많은 것도 아니지 않습니까? 고작해야 몇 백 마리인데, 그 정도로 2개 소대 병력이 고립이 됩니까? 게다가⋯ 이런 말 하면 좀 웃기지만, 고작 두 개 소대를 구하려고 특임대까지 떠준다는 것도 조금 이해가 안 됩니다."

정 상병이 다시 질문을 던진다.

"⋯그러게? 정말이네. 뭐지?"

이 병장이 이해할 수 없다는 표정을 지으며 고개를 갸웃거리고 있는 동안, 장갑차는 별다른 어려움 없이 30여 분을 달려 목적지 부근까지 도달했다.

중간에 겪은 가장 큰 사건이라야 무리에서 떨어져 나와 도로를 배회하던 얼빠진 좀비 한 마리를 만난 것뿐이다. 녀석은 장갑차를 향해 달려들다가 무한궤도 아래 깔려 25톤 장갑차의 무게를 한 몸에 받아내며 산산조각이 나버렸다.

동해대로를 따라 계속 북상하던 장갑차의 행렬은 삼척 시내로 이어진 진입로를 지나서도 조금 더 올라간 후에 강원대학교 삼척 캠퍼스 정문 쪽으로 방향을 꺾었다. 캠퍼스 내의 4차선 도로를 5분 정도 더 서행한 후, 드디어 선두의 K21이 멈춰 섰다.

"전원 하차!"

장갑차장의 명령과 함께 후면 해치가 열렸다. 장갑차 밖으로 빠져나온 분대원들을 맞은 것은 강원대학교의 후문과 따가운 햇살이었다. 꽤 급격한 경사로 아래 두 갈래로 나뉜 넓은 도로가 보인다.

그라아아—

가끔씩 엔진 소음을 뚫고 날아오는 좀비들의 울부짖음과 소총의 연사 소리가 여기가 한가한 놀이터가 아니라는 것을 알려주고 있었다.

4

투두두두두—!

차에서 내려서서 사주경계를 하며 가만히 기다리기를 10여 분. 마침내 남쪽 상공에서 두 대의 블랙 호크가 날아와 착륙했다. 프로펠러 바람을 날리며 등장한 것은 마스크부터 고글, 헬멧까지 온통 검은 장비에 MP5 기관단총, 광학 장비가 주렁주렁 달린 화려한 개인화기, 그리고 권총으로 무장한 707특임대였다.

"…쩐다."

꿀릴 것 없다고 큰소리를 치던 김 상병이 그들의 모습을 보면서 가장 먼저 감탄사를 내뱉었다. 김 상병뿐 아니라 다른 병사들도 검은 옷과 특수 장비, 그리고 자신감이 가득한 육체가 뿜어내는 아우라로부터 적지 않은 위압감을 느꼈다. 그들의 배낭에 커다랗게 박혀 있는 707이라는 숫자가 그들이 가진 엘리트 의식을 고스란히 보여주고 있다.

"전체 주목!"

소위로부터 경례를 받은 지휘관이 입을 열었다.

"현재 너희가 위치한 곳은 삼척 시청의 후방이다. 시내를 통과할 경우 발생할 수 있는 불필요한 마찰을 줄이기 위해 이렇게 후방 침투를 결정했다. 전방에 보이는 도로를 따라 내려가면 바로 마주하게 되는 것이 삼척 시청이다. K21 두 대가 선봉에 서고, 그 뒤를 707특임대가, 그리고 너희! 너희 분대는 저 갈림길 왼편을 따라 내려와 시청에서 합류한다. 알겠나?"

"알겠습니다!"

"좋아. 각 분대 간 간격은 1분. 출동."

기리리리릭—

707 지휘관이 걸터앉은 장갑차가 가파르고 긴 내리막길을 따라 내려간다. 특임대는 곧바로 그 뒤를 따라 걷기 시작했다.

그라아아악—

어디선가 좀비의 울음소리가 그들을 반기는 듯 울려온다. 갈림길이 나타나자 진우의 분대는 지시 받은 대로 왼편으로 방향을 틀었다.

"젠장, 여기가 더 안 좋잖아."

이 병장이 나지막이 불평한다. 장갑차와 특임대가 간 길은 그저 뻥 뚫린 곡선 도로였지만, 그들이 명령 받은 루트는 여러 개의 빌라들이 어지럽게 늘어선, 복잡한 골목길이었다. 게다가 이쪽에는 장갑차의 지원도 없다.

"정신 바짝 차려. 너무 붙지 말고 거리를 둬."

명령에도 불구하고 분대원들은 두려움 때문에 옹기종기 모여서 등을 붙이고 서 있다. 철조망이나 장갑차의 보호 없이 거리 한가운데에 던져졌다는 생각이 들자, 엄청난 불안감이 그들을 감싼다.

"나왔다!"

선두에 서 있던 병사가 외친다. 그의 말대로 몇 마리의 좀비가 건물 사이에서 튀어나오긴 했지만, 많은 양이 아니어서 실질적인 위협이 되지는 않았다.

"박 이병!"

이 병장의 명령에 따라 진우는 K-2를 겨눠 아가리를 벌리고 다가오는 좀비들을 차례로 처치했다.

툭! 투투둑! 투둑! 툭!

진우의 총에서 이 작전 시작 이후 가장 먼저 총성이 울렸고, 그와 동시에 다섯 마리의 좀비가 머리를 잃은 채 길바닥에 나뒹굴었다.

"잠시 대기!"

이 병장은 손을 들어 분대의 행진을 정지시켰다. 혹시나 총소리를 듣고 대량의 좀비들이 달려 나오지 않을까 하는 염려 때문이었다.

타타타타타― 투투투투두―

잠시 기다리는 동안 갈림길 저쪽에서도 기관총 소리가 요란하게 울린다. 전투가 시작된 것이다.

"천천히 가자."

별다른 변화가 없자 이 병장이 전진을 명령했다. 평소라면 아무렇지도 않았을 창문 하나, 코너 하나, 세워져 있는 자동차들까지 모두 엄청난 위험 요소로 변해 그들을 위협한다.

좀비들의 울음소리가 사방에서 메아리가 되어 울리는 바람에 거리와 방향을 가늠할 수 없다는 것도 그들을 불안하게 만들었다. 병사들은 살얼음 위를 걷는 것처럼 한 발, 한 발을 내디뎠다.

"야, 뭘 그렇게 멈칫거려? 너답지 않게 왜 그래?"

건물 사이를 지날 때마다 좌우를 두리번거리며 몇 초씩 멈춰 서 있던 진우에게 김 상병이 물었다.

"아, 예. 아무것도 아닙니다."

"믿는 거라야 너 하난데, 정신 차려라."

진우는 대답 대신 고개를 끄덕였다. 코너를 세 번째 돌았을 때, 그들은 골목을 가득 메운 좀비 무리와 맞닥뜨렸다. 얼핏 보기에도 백 단위 이상, 거리는 50미터도 채 되지 않는다.

그라아아아아악!

병사들보다 먼저 낌새를 알아챈 좀비들이 미친 듯이 달려든다.

"뒤로 빠져! 뒤로!"

이 병장의 명령이 떨어지기도 전에 분대원들은 정신없이 뒷걸음질을 치며 K-2를 난사했다. 하지만 좀비가 다가오는 속도는 그들이 좀비를 쓰러뜨리는 것보다 훨씬 빠르다.

진우는 조금 전 지나오면서 눈여겨보아 두었던 빌라로 뛰어가 손잡이를 당겼다. 기대했던 것처럼 굳게 잠겨 있는 것을 확인한 후 진우는 쇠문을 향해 총을 발사했다.

투두둑—

총알에 맞아 자물쇠가 부서지자, 진우가 문을 확 당겨 열면서 소리를 질렀다.

"이쪽입니다! 이쪽!"

문이 빌라의 계단과 연결되어 있다는 것과 당장 안쪽에서 달려 나오는 좀비가 없다는 것을 확인한 뒤, 진우는 다시 앞쪽으로 뛰어가 분대원들을 엄호했다.

"옥상! 옥상까지 올라가!"

이 병장이 병사들을 독려한다. 가장 늦게까지 처져 있던 K—3 사수를 앞세운 뒤, 이 병장과 진우는 함께 문을 닫고 안으로 뛰어 들어갔다. 이 병장이 계단 위쪽을 향해 소리를 질렀다.

"위에 좀비 조심해! 매 층 지날 때마다 문 확인하는 거 잊지 말고!"

"네, 알겠습니다!"

2층 복도에 내놓은 쓰레기봉투에서는 좀비와 거의 유사한 악취가 심하게 풍겨 나왔다. 이 더운 여름에 통풍도 제대로 안 되는 곳에서 일주일 이상을 푹 썩고 있었으니 당연한 일이다.

이 병장과 진우는 2층으로 이어진 계단참에서 굳은 표정으로 현관문을 노려보았다. 당겨서 여는 문이긴 하지만, 이미 손잡이와 자물쇠가 망가진 터라서 언제 열린대도 이상할 게 없다.

그와아아악—

벌려진 문틈 사이로 들려오는 놈들의 포효가 점점 커질수록 진우가 느끼는 긴장감도 올라간다. 등 뒤와 이마로 주르륵 땀이 흘러내리고, 방아쇠에 건 손가락이 아주 가늘게 떨렸다.

"옥상 문 열었습니다!"

위쪽에서 이 병장을 향해 보고하는 것과 동시에 흔들리던 현관문이 살짝 벌어지면서 좀비 한 마리가 대갈통을 쑥 들이밀며 울부짖는다.

타앙—!

진우는 녀석의 머리를 날렸다. 그것이 신호라도 되는 것처럼 문이 왈칵 젖혀지면서 좀비들이 앞다투어 뛰어 들어왔다.

투투투투둑! 투투투둑!

진우는 K—2를 연사로 해두고 문가를 향해 열심히 갈겼다. 하나씩 조준해서 머리만 날리기에는 달려드는 놈들의 수가 너무 많고 거리가 가깝다. 이 병장도 탄창 하나를 비우는 동안 열심히 문가를 향해 소총을 난사했다.

"기관총! 정 상병!"

이 병장이 같이 후퇴하자는 신호로 진우의 어깨를 치고 일어나면서 K—3 사수를 부른다.

"3층입니다!"

"대기하고 있어! 우리 올라간다."

이 병장은 난간을 잡고 계단을 두 개씩 뛰어오르면서 크게 소리를 질렀다. 진우는 뒷걸음질을 치면서 탄창을 갈고 가능한 한 놈들을 저지하기 위해 3점사를 날렸다.

제대로 맞추기만 하면 좁은 계단은 놈들이 시체에 막혀 제대로 달려오지 못하게 해주는 꽤나 좋은 지형이다.

그롸아악—

가슴팍을 맞고 너덜너덜해진 좀비가 뒤로 넘어가면서 동료들을 안고 떨어져 준다.

"그만 쏘고 올라와, 인마!"

이 병장이 진우에게 고함을 친다. 진우는 뒤돌아서서 뛰었다. 3층 계단에서는 정 상병이 K—3를 겨눈 채 이미 대기를 완료해 두고 있는 중이다. 정신없이 두 층을 올라가 정 상병을 지나친 다음, 진우는 세 번째 탄창을 장착했다. 좀비들이 코너를 돌아 뛰어오는 모습이 눈에 들어오자마자, 정 상병은 400발 탄창을 전부 사용할 각오로 방아쇠를 당겼다.

파파파파파파파파바!

귀를 찢을 것 같은 기관총 소리가 사납게 울리며 건물 전체를 뒤흔든다. 좁은 계단은 순식간에 화약 냄새와 연기로 자욱해졌 다. 거기에 더해 좀비들의 괴성과 악취, 사방으로 튀는 뼈와 체 액이 섞여 병사들의 정신을 빼놓는다.

"옥상! 전투 준비해!"

3층 복도에서 좀비들을 모두 저지할 수 없다는 걸 절감한 이 병장은 탄창을 비우자마자 옥상으로 뛰어 올라갔다. 진우는 정 상병의 곁에 서서 무표정한 얼굴로 방아쇠를 당겼다.

파파파파파! 파바박— 파박—

쓰러뜨리고 또 쓰러뜨려도 놈들은 일말의 두려움도 없이 동 료들의 시체를 밀어 치며 열심히 계단을 뛰어 올라왔다.

"어후~ 머리 너무 아파요."

해가 중천에 떠오른 뒤에도 한참을 더 잠들어 있다가 일어난 제니는 두 손으로 머리를 감싸고 엄살을 떤다. 그 모습이 어찌나 귀여운지, 보안관은 자신의 머리도 깨질 것 같다는 걸 잊은 채 마냥 웃어준다. 너무 오랜만에 마신 술이어서 평소와 비교할 수 없을 만큼 큰 숙취가 느껴졌다.

"자, 이거 먹고 나서 진통제 먹으면 돼."

유빈은 제대로 몸을 가누지 못하고 있는 보안관과 제니, 신입에게 종이컵에 담긴 죽을 내밀었다. 즉석밥에 물을 붓고 참치 통조림을 조금 넣어 끓인, 보잘것없는 죽이지만, 좀비 세상에서는 이만하면 더없이 호사스러운 해장 음식이다.

"진통제 먼저 먹으면 안 돼요?"

제니가 어리광을 부린다. 삼식이는 고개를 저었다.

"에이, 안 돼. 빈속에 그랬다가는 속이 더 뒤집힐 거야. 그러게 왜 할 줄도 모르는 술을 그렇게 마셨어?"

"…그거야 기분이 너무 좋았으니까."

제니는 후후, 불어 식힌 뒤, 조금씩 떠서 죽을 입에 가져간다. 보안관은 벌써 두 컵째 맛있게 들이켰지만, 신입은 조용히 툴툴거렸다.

"에이, 이런 게 무슨 해장이 돼? 북어국 같은 걸 좀 끓이지."

"정 먹고 싶으면 이따가 네가 재료를 가져와. 끓여줄 수는 있으니까."

유빈은 담담한 말투로 대꾸했다.

"아, 맞다. 오늘 우리 이제 뭐해요?"

제니가 조금 부어 있는 눈을 억지로 뜨면서 유빈에게 물었다.

"특별히 바쁜 건 없는데……. 물은 너희 자는 동안 삼식이랑 나랑 길어 왔으니까."

아침에 산에 올라서 살펴봤을 때에도 산 뒤쪽의 좀비들은 별다른 변화 없이 여전히 아파트 앞을 지키고 있었다. 유빈의 대꾸에 제니는 손뼉을 치며 기뻐한다.

"그럼 우리 오늘은 다 같이 쇼핑 가요. 어제 빼먹고 안 가져왔던 것들도 다 가져오고, 그리고 옷도 새로 갈아입어요, 네? 유빈 오빠는 어제 그런 재미 하나도 못 봤잖아요."

"그러자. 나도 너 몸뻬 입은 거 더 안 보고 싶었어."

보안관이 제니의 편을 들며 마주 보고 웃는다.

이상해. 이렇게 행복한 상태로 살아도 되는 걸까?

유빈은 고개를 끄덕여 동의하면서도 갑자기 찾아온 풍요에 불안감을 털어내지 못했다.

"이제 커피 마셔요, 우리!"

죽 한 컵을 마시고 조금 기운을 차린 제니가 냄비에 물을 부어 끓이며 커피 믹스를 뜯었다.

제니가 나에게 커피를······.

보안관이 커다란 덩치로 제자리에서 빙그르 돌며 무용을 한다. 환상이 연거푸 이루어지는 통에 도무지 정신을 차리지 못하는 모양이다.

"어제 우유도 가져왔거든요. 이거랑 설탕도 조금 넣으면 더 맛있어져요. 유빈 오빠, 이것 좀 뜯어줘요."

제니가 멸균 우유팩을 내밀고 설탕 봉지를 찾아온다. 잠시 후, 끓어오르는 물을 종이컵으로 떠서 커피 믹스를 부어놓은 종이컵에 붓고, 우유 조금과 설탕을 더한 뒤 나무젓가락으로 살살 저어 다섯 잔을 만들었다.

"자아, 커피 드세요. 제니표 커피입니다~ 헤헤."

종이컵을 받아 든 보안관은 감격을 숨기지 못하고 금방이라도 와락 껴안을 것 같은 표정으로 제니를 바라보다가 콧노래를 흥얼거리기 시작했다.

♪~ 난 그대 잘 알죠. 뭘 좋아하는지.
아침마다 타줄 수 있는데~ 부드러운 밀크 커피 ~♪
♪ ~ 한 번만 내게 웃어준다면, 손 내밀어준다면~
I'm yours~ 달려갈 텐데, 아주 깊은 밤에라도 ~♪

일주일 전만 해도 귀가 닳도록 들었던 노래이지만, 까맣게 잊고 있던 핑크 펀치의 신곡, '두근두근'이다. 보안관이 덩치에 어울리지 않는 가성으로 흥얼거리자, 제니는 유쾌하게 웃으며 보안관의 등짝을 때렸다.

"하하하! 보안관 오빠, 엄청 못 불러. 내가 언제 그렇게 불렀어요?"

타박을 받은 후에도 일단 필이 올라온 보안관은 멈추지 않고 계속 흥얼거리며 커피 향기를 음미했다.

"미친놈, 신났네……."

신입이 나지막하게 중얼거리며 커피 잔을 들더니, 다시 제니에게 내민다.

"제니야, 난 설탕 좀 더 넣어줘."

"엑, 아직 마시지도 않아놓고서……."

종이컵을 받아 든 제니가 어이없어 하자, 신입이 한쪽 눈을 찡긋하며 웃어 보였다.

"훗, 기억해 둬. 난 달게 마시는 걸 좋아하니까."

"미친놈아! 네 손으로 타서 처마셔!"

보안관이 발끈해서 소리를 지르자, 신입이 곧바로 저항한다.

"아니, 어차피 타 주는 건데 가장 맛있게 마시고 싶은 것도 안 돼? 다 공평하게 한 잔씩 타 주는 거잖아!"

제니가 얼른 끼어들어서 티격대는 두 사람을 만류했다.

"자자, 싸우지 마요. 얼마 만에 마시는 커피인데……. 알았어요. 신입 오빠는 설탕 더 넣어주고……."

"그럼 난 한 잔 더 타 줘!"

보안관이 어린애처럼 유치하게 굴어도 제니는 환한 미소와 함께 고개를 끄덕여 준다. 유빈과 삼식이도 실로 오랜만에 따뜻한 커피를 음미하며 만족한 웃음을 지었다. 식후의 따뜻한 커피 한 잔이 이렇게나 좋은 거였나 하는 생각이 든다.

"오빠, 나 진통제랑 따뜻한 물 주세요."

제니가 창가로 걸어가며 유빈에게 부탁을 한다. 삼식이와 보안관 덕에 진통제는 정말 무지하게 많다. 유빈은 아스피린 두 알과 따뜻한 물이 담긴 종이컵을 가지고 걸어갔다.

"으아아~"

햇살이 가득한 창가에 기대 커피를 마시던 제니가 크게 기지개를 켜며 유빈에게 말했다.

"정말 평화롭네요."

❀　❦　❀

"올라와! 올라와!"

옥상에서 아무리 악다구니를 써봐도 3층의 정 상병과 진우는 도무지 뒤를 돌아보지 않는다. 좁은 복도 속에서 계속 기관총의 소음에 노출되어 있었으니, 듣지 못하는 것도 무리도 아니다.

파파파파파바바— 투투툭—

3층으로 통하는 계단은 좀비들의 파편으로 엉망이 되어 있었다. 아무리 머리가 터지고 내장이 다 날아가도록 총을 난사해대도 놈들은 순서를 기다려 미친 듯이 달려든다.

"정 상병! 올라가!"

답답해진 이 병장이 뛰어 내려와 정 상병의 어깨를 두드렸다.

"네에~?"

정 상병이 깜짝 놀라 돌아보며 고함을 지른다. 아마 귀가 윙윙 울려서 소리가 제대로 들리지 않는 모양이다.

"올라가라고!"

이 병장은 그보다 더 크게 소리를 지른 후, 시간을 벌어주기 위해 K—2를 연사했다. 정 상병이 철컥거리며 기관총과 탄약통을 챙겨 일어나자, 진우도 낌새를 알아차리고 후퇴할 준비를 마쳤다.

"가자!"

이 병장과 진우는 서른 발을 고스란히 쏟아부은 후에 곧바로 몸을 돌려 계단을 뛰어올랐다.

"쏘지 마! 쏘지 마!"

혹시나 기다리고 있던 병사들이 오인 사격을 할까 봐 소리를 지르며 옥상 문밖으로 뛰어나갔다. 진우까지 계단의 저지조가 모두 빠져나온 것을 확인한 병사들은 곧바로 쇠문을 닫고 에어 컨 실외기를 끌어다가 막아 세웠다.

"간격 유지해! 너! 너! 오른쪽으로 이동!"

이 병장이 병사들의 위치를 조정해 주며 전투 지시를 내렸다. 문부터 옥상 반대쪽 끝까지는 불과 10여 미터. 병사들은 부채꼴 처럼 벌려 섰다.

쿵쾅!

잠기지 않은 문이 흔들리며 요란한 소리를 낸다.

타타타타—

저 아래쪽에서는 K21의 기관총이 쉼 없이 총알을 퍼부어 대 고 있었다.

"박 이병!"

"네!"

"너까지 다섯 명이 먼저 쏜다. 절대 총알 낭비하지 말고, 문 이 완전히 열린 뒤에까지 기다려. 알았지!"

진우는 정 상병과 김 상병이 포함된 자기 팀을 돌아보고 크게 대답했다. 이 병장은 좌측의 나머지 세 명에게 명령했다.

"우리 넷은 쟤들이 탄창 갈아 끼우는 동안에만 사격한다. 알 겠어? 절대 동시에 쏘지 마라!"

"넷!"

병사들의 목소리가 긴장감에 흔들린다. 이 병장은 그런 그들을 달랬다.

"침착하게 쏴! 그럼 돼! 50마리도 안 남았다! 충분히 다 잡을
수 있어!"

아니…….

진우는 그 숫자에는 동의할 수 없었다. 계단에서 요란하게 쏴
대긴 했지만, 실제로 잡은 건 서른 놈에도 못 미친다. 추격해 오
는 속도를 줄여보려고 난사를 해서 한 마리를 잡는 데에도 대여
섯 발씩의 총알이 필요했다.

덜컥! 덜컥!

문이 흔들리며 실외기를 밀어낸다.

"야, 박 이병. 이거 챙겨라."

김 상병이 진우에게 탄창 두 벌을 건네며 말했다.

"넌 올라오면서 계속 쐈잖아."

진우는 고개를 꾸벅하고 탄창을 받아 주머니에 꽂았다.

콰장창!

옥상 문이 밀리면서 좀비들이 뛰어나온다.

그라아아악—

괴성이 울리자마자 온몸에 소름이 돋는다.

타타타타타— 타타타타타—

정 상병의 K—3가 가장 먼저 스타트를 끊었다. 그리고 김 상
병이 하늘을 향해 서너 발을 쏘아 올린다. 가장 앞서 있던 좀비

의 몸통과 머리가 산산조각 나면서 사방으로 흩어지고, 그 체액이 땅에 떨어지기도 전에 뒤에 서 있던 놈들이 박살이 난 동료의 몸을 뚫고 달려든다.

투투투둑! 투둑!

진우도 부지런히 방아쇠를 당기고, 또 표적을 옮겼다. 좀비의 뇌가 터져 나가며 회색의 단백질 조각들이 뒤이어 달려오는 좀비들의 옷 위로 튄다. 다행히 놈들이 달려 나올 수 있는 유일한 출구는 사람 두 명이 겨우 빠져나올 수 있을 만큼 좁은 문뿐이다.

"탄창!"

김 상병이 가장 먼저 소리를 치면서 탄창을 갈았다. 그에 해당하는 화력을 보충하기 위해 이 병장이 곧바로 방아쇠를 당겼다.

"아무 데나 쏘지 말고 다리라도 날려!"

이 병장이 김 상병에게 충고를 한다. 김 상병은 갑자기 깨달았다는 듯 납작 엎드려서 사격을 시작했다. 이 정도 거리에 이 각도라면 아무리 위로 날아가는 그의 총알이라도 가슴팍 정도는 맞출 수 있을 것이다.

그롸아아악—

좀비들은 곤죽이 돼버린 다른 좀비들의 시체를 걷어차며 겁 없이 달려든다. 진우는 열심히 놈들의 머리통을 날렸다. 그의 총구가 한 번씩 방향을 바꿀 때마다 10여 미터 전방에서는 머리 반쪽이 터져 나간 좀비의 시체가 땅바닥에 뒹군다.

"탄창!"

진우가 탄창을 교체하는 동안 두 명의 지원 병력이 그의 자리를 채우기 위해 쉬지 않고 방아쇠를 당겼다.

파바바바바박—

대번에 머리를 날리지는 못해도, 옆구리를 직격당한 좀비들은 총알의 힘에 의해 뒤로 고꾸라져 버린다.

그와아악—

달려들던 좀비들이 질척한 피와 뇌수를 밟고 미끄러진다. 일시에 다섯 개의 총구가 모두 바닥 쪽으로 향하면서 화력에 구멍이 생기자, 이 병장이 곧바로 K—2를 난사하며 소리를 질렀다.

"입구 비었잖아, 이 새끼들아!"

진우는 얼른 총구를 돌려 이 병장을 도왔다.

투두둑— 투둑—!

어깨와 머리가 날아간 좀비들이 맥없이 고꾸라진다. 얼마나 죽였을까. 마침내 옥상 입구가 가로막힐 만큼 좀비들의 시체가 높이 쌓이고 더 이상 움직이는 것이 없자, 이 병장은 손을 들어 발포 중지 명령을 내렸다.

"하아… 하아……."

병사들은 숨을 고르면서 탄창을 점검했다. 정 상병의 K—3는 이미 가지고 왔던 200발 탄띠 두 개를 다 쏟아부은 상태다.

"끝난 거 아니야! 조용히 기다려!"

이 병장이 병사들의 긴장을 유지시키기 위해 소리를 지른다. 하지만 굳이 그런 말을 하지 않아도 눈앞에 좀비들의 동강난 시체가 산처럼 쌓여 있는데, 총구를 내릴 만큼 배짱이 좋은 사람은 없었다.

들썩들썩, 시체 뭉치가 흔들릴 때마다 병사들은 자기도 모르게 뒤로 반 발짝씩 물러났다.

툭, 워커 뒤축에 옥상 난간이 닿으면서 더 이상 달아날 공간이 없다는 것을 일러준다.

그라아악—

시체들이 들썩거리는 안쪽에서 괴성이 울려온다. 언제 어느 방향으로 튀어나올지 모르기 때문에 모든 좀비들이 문 한 곳에만 집중되어 있던 조금 전과는 긴장감이 다르다.

툭, 데구르르르—!

흔들리던 시체 더미에서 윗부분이 반쯤 잘려 나간 대갈통이 떨어지며 병사들이 선 방향으로 굴러온다. 하필이면 엎드려 있던 자신의 코앞에 멈춰 선 대갈통을 보고 김 상병은 질겁하며 욕설을 내뱉었다.

젠장, 좀비도 무섭지만, 목이 잘린 대머리 아저씨의 머리가 자신을 빤히 쳐다보고 있는 것도 어지간히 소름이 돋는 상황이다.

"뭐야! 이 씨발, 재수 없게!"

더 참지 못한 김 상병은 벌떡 몸을 일으키며 머리통을 앞으로 걷어찼다. 그와 동시에 시체 더미가 무너져 내리고, 네 방향에서 좀비들이 달려 나온다.

그와아아아—!

"쏴!"

이 병장이 명령과 함께 가장 오른쪽의 놈들을 향해 총알을 날렸다.

투투투— 투투둑!

진우는 중앙부터 시작해 좌측으로 방향을 옮기며 머리만 조준해서 쏘았다. 김 상병이 뒤로 물러나며 정신없이 연사를 한다.

팅티팅—

총알이 옥상 문 위의 콘크리트를 쪼개며 어지러이 튄다.

겁에 질린 병사들 전부가 사격 순서에 관계없이 모두 연사로 마구 갈겨 댔지만, 명중률은 높지 않았다. 비처럼 쏟아지는 총알 사이를 뚫고, 살아남은 좀비 한 마리가 정 상병을 덮치기 위해 날았다.

"으아아!"

병사들이 모두 비명을 지르는 순간, 진우의 개머리판이 좀비의 머리통을 때려 달려드는 방향을 바꿨다.

그롸아—

옆으로 나가떨어진 좀비는 곧바로 벌떡 몸을 일으킨다.

타타타—

병사들은 일제히 방아쇠를 당겼다. 놈은 사방으로 체액과 내장을 날리며 너덜너덜해져 허물어졌다.

"끄… 끝난 건가?"

상체가 거의 남아 있지 않은 놈의 시체를 살피던 김 상병이 숨을 몰아쉬며 혼잣말처럼 묻는다. 진우는 여전히 어깨에서 개머리판을 떼지 않은 채 천천히 옥상 문 주변을 훑었다.

엉망으로 널브러진 시체들 중에는 더 이상 움직이는 놈이 보이지 않는다. 아마도 지금 해치운 예닐곱 마리가 남아 있던 녀석들의 가장 마지막 전력이었던 모양이다.

조금 전, 시체 더미를 쉽게 밀쳐내고 나오지 못했던 것만 봐도 움직이는 놈들이 그리 많지는 않았다는 걸 추측할 수 있었다. 아직도 완전히 긴장이 풀리지 않은 병사들은 겁에 질린 눈으로 총을 꽉 움켜쥔 채 전방을 노려보았다.

"씨발, 저기를 이제 어떻게 내려가냐?"

6

10여 분쯤 뒤, 마침내 이 병장이 총구를 내리면서 한숨을 내쉰다. 그의 말처럼 옥상 문 주변에는 엄청난 수의 시체들이 수북하게 쌓여 있고, 바닥에는 정체를 분간할 수 없는 찐득한 액체들이 고이다 못해 흐를 지경이었다.

물론 그 너머의 계단도 온통 조각난 시체들로 뒤덮여 있다. 가슴 위만 살아서 꿈틀거리는 놈들이 있다 해도 이상할 게 없어 보일 만큼 끔찍한 상황이어서 도무지 저 안으로는 걸어 들어갈 엄두가 나지 않는다.

"두 명씩 5분 교대로 전방 감시하고, 나머지는 쉬어. 박 이병, 윤 일병."

이 병장이 수통을 열고 물을 들이켜면서 부른다.

"네!"

"너희가 첫 번째 조다. 교대하기 전까지 긴장 풀지 마."

이 병장은 난간에 기대 후들거리는 다리를 주무르며 크게 심호흡을 했다. 다른 병사들도 이마에서 진땀을 닦아내고 제자리에 무너지듯 주저앉았다. 담배를 꺼내 물고 고개를 돌리던 김 상병이 언덕 아래를 보며 중얼거렸다.

"어, 저기도 진입 시작했습니다."

그 말에 병사들이 모두 고개를 돌린다. 707특임대가 장갑차를 넘어 좀비가 드문드문 모여 있는 시청 주차장 안으로 들어가고 있었다. 시청 건물은 엉망으로 파손되어 있고, 옥상 위에까지 좀비들에 의해 점령된 상태였다.

"저래서 헬기 레펠을 안 하고 땅개처럼 걸어갔구나."

시청 옥상의 좀비들을 보면서 김 상병이 중얼거렸다.

파방— 파방—

네 대의 샷건을 앞세운 특임대가 진을 유지하며 천천히 전진
하자, 사방에 흩어져 있던 좀비들이 차량 사이를 누비며 달려들
었다.

파방— 파방, 파방—

샷건이 발사될 때마다 A4 사이즈만큼씩 좀비의 얼굴 살점이
떨어져 나간다. 앞서서 달려들던 열 마리 남짓의 좀비들은 순식
간에 정리됐다. 김 상병이 담배 연기를 내뿜으며 감탄했다.

"헤에~ 저것만 있으면 나도 진우만큼 쏠 수 있을 것 같은데.
그런데 저건 그냥 막 연발로 나가네. 샷건이란 게 펌프질을 하
면서 쏘는 거 아냐?"

"베넬리 M4 슈퍼 90, M1014입니다. 12게이지, 세미 오토,
튜브 매거진에 일곱 발, 플러스 한 발. 미 해병도 저걸 사용합니
다."

곁에서 함께 구경하며 침을 삼키던 강 일병이 사뭇 진지하게
설명을 시작해서 모두들 그를 돌아보며 놀랐다. 시선이 집중되
자 강 일병은 평소의 수줍은 안경잡이로 돌아가서 얼굴을 붉히
며 귀를 긁는다.

"베넬… 뭐? 호오, 이 오타쿠 놈 봐라? 저 좀 아는 거 나왔다고 고참한테 막 잘난 척을 하네?"

김 상병이 강 일병을 놀리면서 어깨를 끌어안았다. 다시 유약한 모드가 된 강 일병은 그저 배시시 웃는다.

파바바바바바― 투투투투투둑―

한가한 옥상의 풍경과 달리, 아래쪽 시청 마당에서는 MP5를 든 특임대원들이 정신없이 9㎜ 파라블럼 탄을 날려서 달려드는 좀비들을 정리하고 있다.

사선으로 선 두 대의 K21 장갑차에서 기총 지원사격을 통해 우측을 정리하는 동안, 특임대원들은 12시와 9시 방향의 좀비들을 주로 처리하며 천천히 건물 내부를 향해 전진한다.

비교적 원거리는 MP5가, 근거리는 샷건이 각각 나눠서 담당하고, 두 명의 대원은 커다란 방패를 이용해 혹시 모를 근접전에도 대비하고 있다.

"확실히 능숙하네. 좀비 소굴로 들어가는데 겁내는 기미가 없어."

한동안 707과 좀비 간의 싸움을 보고 있던 정 상병이 감탄하며 중얼거린다. 쐐기꼴로 진을 이룬 채 이동하는 주변에는 좀비의 시체들이 선을 그은 듯 뻗어 있다. 얼마 지나지 않아서 특임대원들이 모두 건물 내부로 진입해 시야에서 사라져 버렸다.

"그런데 어째… 우리가 더 많이 죽인 것 같습니다? 그럼 우리는 708인가?"

김 상병이 시청 마당의 좀비 시체들과 옥상 문 주변의 시체들을 번갈아 보면서 실없는 소리를 한다. 이 병장이 김 상병의 머리통을 탁, 쳤다.

"쓸데없는 소리 하지 말고 박 이병이랑 경계 근무나 교대해. 그리고 우리도 어떻게 슬슬 내려갈 방법을 생각해야지. 여기서 살 것도 아니고."

진우는 물을 마시면서 좀비들의 시체 토막으로 엉망이 되어 있는 옥상 문을 바라보았다. 확실히… 피와 기름, 내장으로 미끄러울 저 계단으로는 내려갈 수 없다.

혐오스러운 것도 문제지만, 혹시나 시체 틈바구니에 몸이 동강 난 채 살아 있는 녀석이 있을지도 모른다는 두려움이 더 크다.

타타타타— 타타타—

시청 마당에서는 여전히 총성이 시끄럽게 울리면서 꾸역꾸역 몰려드는 좀비들을 처리하고 있었다. 특임대가 돌파하고 난 이후의 뒤처리는 보병들에게 맡겨진 모양이다.

"난간을 잡고 3층으로 들어간 다음, 거기에서 커튼이나 침대보 같은 걸로 끈을 만들어서 내려가면 되지 않겠습니까?"

정 상병의 제안에 이 병장이 고개를 끄덕인다.

"뭐, 지금 같아서는 그 수밖에 안 보이네. 누가 내려갈래?"

그런 일은 돌고 돌다가 결국 졸병에게 맡겨지기 마련이다. 진우는 지목당하기 전에 먼저 손을 드는 편을 택했다.

"그래, 박 이병이 똘똘하니까 나도 네가 하는 게 마음 편해. 그리고 또 한 명 따라가라."

"그럼 제가 함께 가겠습니다."

강 일병이 손을 들었다.

내려가는 일 자체는 간단하다. 난간을 넘어가 몸을 늘어뜨려 내린 다음, 3층의 거실에 딸린 조그만 발코니로 뛰어내리기만 하면 된다.

하지만 그건 3층에 아무도 없을 때의 이야기다. 혹시나 착지하는 순간에 유리창을 깨고 달려드는 좀비가 있다면 이쪽에서는 변변하게 저항을 할 방법이 없다.

다리를 늘어뜨린 채 잠시 뜸을 들이던 진우는 눈치를 봐서 휙 몸을 날렸다. 그러고는 곧바로 몸을 일으켜 총을 겨눴다. 다행히 안쪽에서 달려드는 좀비는 보이지 않는다.

"후우~"

잠시 가볍게 한숨을 쉰 진우는 위에서 기다리고 있는 강 일병에게 신호를 보냈다.

"내려오십시오. 괜찮습니다."

진우의 도움을 받으면서 겨우 내려선 강 일병은 상기된 표정으로 총을 고쳐 잡은 뒤, 거실 내부를 살핀다.

"이런 젠장, 커튼이 아니고 다 버티컬이네."

강 일병의 말대로 빌라에는 직물로 된 커튼이 아니라 레일에 붙은 세로 방향의 블라인드가 설치되어 있었다. 이런 걸 잡고서 아래로 내려갈 수는 없다.

투투투투둑— 파파파파파방—

시청에서는 잠시의 틈도 없이 계속 K—2의 사격음이 들려와 귀를 먹먹하게 만들고 있다.

"뭐… 괜찮아. 안방에 가면 침대 시트랑 이불은 있을 테지."

강 일병이 혼잣말을 중얼거리며 거실 베란다 문을 연다. 생각 없이 너무 빨리 움직이는 것 같아 불안했지만, 말릴 틈도 없다. 성큼성큼 거실을 가로질러 걸어간 강 일병이 두 개의 닫혀 있는 문 앞에서 진우를 향해 돌아서며 말했다.

"야, 박 이병. 이 집 있지, 대전 우리 집이랑 구조가 완전히 똑같아 보인다? 웃기지 않냐? 어떻게 이런 일이 있지? 여기가 안방이야."

그리고 그 순간, 말을 다 마치기도 전에 좌측의 문손잡이를 잡고서 돌린다. 진우는 그의 뒤에서 엄호하기 위해 다급하게 뛰었다.

"강 일병님, 2인 1조로 움직여야 하지 말입……."

순식간의 일이었다. 강 일병의 얼굴이 파랗게 질리더니, 손잡이를 놓치고 뒤로 넘어진다. 무엇 때문에 그러는지는 굳이 생각을 해야 알 수 있는 일도 아니다.

"으아아!"

강 일병의 비명이 어지럽게 울린다. 진우는 재빨리 달려가 그의 뒤에 서며 외쳤다.

"일어나십쇼! 빨리!"

그리고는 비스듬히 열리는 문 안쪽을 향해 K-2를 난사했다.

투투투투둑— 투투투투둑—

엉망으로 박살이 난 나무문의 틈 사이로 좀비의 몸통이 스쳐 보인다. 적어도 둘 이상이다.

"으흐으~"

강 일병도 가까스로 정신을 차리고 구르다시피 일어나 총을 고쳐 쥐었다.

"뭐야? 왜 발포했어?"

위쪽에서 이 병장이 깜짝 놀라 묻는 소리가 들려온다. 진우는 반쯤 열린 안방 문에서 눈을 떼지 않은 채 외쳤다.

"좀비가 있습니다!"

그롸아아아아악—!

"지원 내려간다!"

"오지 마십쇼! 사선과 겹칩니다!"

문이 활짝 당겨지면서 좀비들이 튀어나온다.

투두둑—

첫 번째 놈의 머리통이 터져 나가고 방 안쪽의 화장대가 박살이 나서 튄다. 두 번째 놈의 어깨와 가슴에 세 발을 연달아 박아 넣는 동안, 총격을 받아 허리가 끊겨 있던 세 번째 좀비가 바닥에서 빠르게 기어온다.

"으아아아아~!"

강 일병이 비명을 지르면서 난사를 한다. 사방으로 흩뿌려진 총알은 날카로운 소리와 함께 안방 유리창을 산산조각 냈고, 좀비의 머리통도 그 소란 속에 엉망으로 터져 나갔다.

강 일병은 탄창을 모두 비운 다음에도 방아쇠에서 손가락을 떼지 못했다. 진우는 깨끗하게 해치우지 못했던 두 번째 좀비의 이마 한가운데를 노려 단발에 정리했다.

하아~ 하아~ 한차례 광풍이 휩쓸고 간 빌라 내부에는 두 병사의 헐떡이는 숨소리만이 크게 울렸다.

"…미안하다. 우리 집 생각이 나서 들떴나 봐."

강 일병이 이마의 땀을 훔치며 조용히 사과를 한다. 진우는 다 안다는 표정으로 고개만 끄덕였다.

"강 일병! 박 이병! 대답해!"

옥상에서 이 병장의 애타는 목소리가 들려온다. 강 일병은 갈라진 목소리로 외쳤다.

"정리했습니다! 상황 종료입니다!"

"둘 다 괜찮아?"

"네, 그렇습니다!"

"내려간다!"

잠시 후, 뒤따라 내려온 이 병장이 엉망으로 부서진 안방과 거실을 보며 한숨을 쉰다.

"아이구, 이놈들 봐라. 야! 조준 사격을 했어야지, 이게 뭐야?"

그 말대로 바닥과 벽 전체에 걸쳐 어지러이 총구멍이 나 있고, 이미 안방 커튼은 갈기갈기 찢긴 채 유리 조각과 한데 엉켜 있다.

"이상하게 갑자기 아무것도 보이지를 않았습니다……."

강 일병이 떨리는 목소리로 대답했다. 이 병장은 그런 강 일병을 한동안 바라보고 있다가 허리를 굽혀 거실 바닥에서 뭔가를 주워 건넸다.

"이 새끼야, 안경 간수 똑바로 안 할래? 다 빠개졌잖아."

알이 다 쪼개진 안경을 받아 들고 강 일병은 좀비를 봤을 때만큼이나 두려운 표정을 지었다.

"저… 이제 2미터 앞도 제대로 안 보이지 말입니다."

"그러니까 이 자식아! 왜… 후우~"

이 병장이 성질을 내려다가 삼킨다. 안경 쓴 병사에게 임무를 맡긴 건 그 자신이라는 걸 깨달았기 때문이다. 이 병장은 불안해하는 강 일병의 어깨를 두드리며 달랬다.

"음, 큰일이긴 한데, 일단 여기서 나간 다음에 어떻게 할지 생각 좀 해보자."

강 일병은 조금이라도 더 또렷하게 보려는 듯 이마에 주름을 지으며 고개를 끄덕였다.

ㄱ

그 시각, 열네 명의 707특임대는 목표물이 있는 2층의 소강당 문 앞에 도착해 있었다. 굳게 잠긴 문 안쪽에 얼마나 많은 집기들을 쌓아뒀는지, 구조대가 왔다는 것을 알린 뒤에도 안에서는 한참 동안 문을 열지 못하고 덜컥거리기만 했다.

"가지 마십쇼! 열고 있습니다!"

다급한 군인들의 목소리가 두꺼운 문을 타고 전해진다.

그롸아아악!

두 개의 계단에서는 잊을 만하면 한 무리씩 좀비들이 뛰어 내려왔다가 쏟아지는 총알에 엉망으로 꿰뚫려 쓰러져 갔다. 두 개의 방패를 가장 앞에 세워두고 샷건과 기관단총이 나란히 서서 다가오는 놈들을 정리했다.

"이상한데? 너무 적어."

특임대의 지휘관이 주변을 둘러보며 중얼거렸다. 지금까지 그들이 정리한 좀비를 모두 더해봐도 채 70여 마리에 미치지 못한다. 이 정도라면 규모 삼이라는 보고가 허위이거나 놈들의 주된 무리가 다른 곳에 있다는 말이다.

덜컥!

마침내 소강당의 문이 열리자, 진을 친 대원들을 문밖에 그대로 둔 채 두 명의 대원만 대동한 지휘관이 방 안으로 걸어 들어갔다. 초췌한 표정의 병사들이 일제히 그를 향해 경례를 한다. 방의 구석에는 중년의 남자들이 역시 겁에 질린 얼굴로 그를 맞이했다.

"소령님, 정말 감사합니다! 얼마나 기다렸는지……."

소위 하나가 반갑게 맞으려고 호들갑을 떤다. 소령은 손을 들어 제지했다.

"왜 병력이 이것뿐이야? 2개 소대였잖아? 아, 그보다, 그거 어디 있어?"

뭐라고 설명을 하려던 소위는 소령을 이끌고 소강당의 끝으로 갔다. 거기에는 검은 천으로 덮인, 관 하나 정도 크기의 물건이 있었다. 소위가 덮고 있던 두꺼운 천을 확 들추자, 합금으로 주조된 국방색 상자가 모습을 드러낸다.

추락의 여파 때문인지 여기저기 긁혀 있는 곳은 많지만, 특별히 크게 파손된 부분은 없어 보인다. 그래도 회수하기 전에 먼저 내용물을 확인해야 했다.

'US AIR FORCE'라는 글자가 또렷한 상자의 앞에 쪼그려 앉은 소령은 한쪽 끝에 달린 컨트롤 패널을 열고, 소위를 향해 손을 내밀었다.

"암호 해제했다고 했지? 열쇠!"

소위는 머뭇거리면서 말했다.

"저 그게… 중위님이 가지고 가셨습니다."

"뭐?"

소령은 눈을 부라리며 돌아섰다.

"그게 무슨 말이야? 열쇠를 가지고 어디로 갔다는 건가?"

"보급이 늦어서 식량을 구하러 가신다고……."

너무 어처구니없는 소리여서 소령은 잠시 말을 잇지 못했다.

"…그럴 리가 있나. 여기가 최우선일 텐데 보급이 안 오다니?"

"정말입니다. 발견하자마자 이동 수단을 요청했었는데, 이틀째 아무 답도 없고 보급도 끊긴 상황이었습니다."

"그래서 현지 조달을 하러 나갔다고? 열쇠를 걸고? 이런 미친! 이 물건이 어떤 것인 줄 몰라서 그런 말을 하나?"

소위의 멱살을 쥐고 흔드는 소령의 눈에서는 불이 뿜어져 나올 것 같았다. 하지만 애초부터 미심쩍은 구석이 있기는 했다.

"큭, 그게! 당시에는… 이렇게 좀비들이 많지 않았습니다. 그래서… 쉽게 다녀오실 수 있을 줄 알았는데, 갑자기……."

"어디로 갔냐고! 그것만 말해!"

"홈플러스입니다. 여기에서 1킬로미터 정도밖에는 떨어져 있지 않습니다."

소령은 소위를 내팽개치며 한숨을 내쉬었다. 좀비들이 유난히 몰려 있던 파란색 건물. 그도 이곳으로 헬기를 타고 오는 동안 직접 목격했다. 저곳이 작전 지역이 아니라 다행이라는 농담까지 내뱉었는데…….

빠드득! 소령은 이를 갈았다. 성질 같아서는 이 멍청한 놈들을 그냥 내버려 두고 가고 싶지만, 열쇠는 필요하다. 열쇠가 어느 좀비의 위장 속에 들어가 버리기 전에 한심한 중위를 구하러 삼척 시내를 가로질러 가야 한다.

⚘　♣　⚘

진우와 이 병장이 이불보를 연결해 만든 엉성한 밧줄을 타고 겨우 땅에 내려선 분대원들은 경사로를 따라 걸었다. 조금 전, 엄청난 규모의 좀비들과 맞닥뜨렸기 때문에 꽤나 긴장한 채로 한 걸음씩을 떼었지만, 다행히 더 이상은 놈들과 만나지 않고 무사히 시청 앞까지 도착할 수 있었다.

"하아~ 이제 밥 먹고 돌아가기만 하면 되겠다."

시청 정문 앞에 멈춰 서 있는 장갑차와 병사들을 확인하고 마음을 놓은 김 상병이 한숨을 내쉬며 중얼거렸다. 오늘 그들이 짊어지고 온 메뉴는 쇠고기 콩가미가 들어 있는 3형 2식단 햄 볶음밥.

물론 지난 며칠 동안 질릴 만큼 먹어온 음식이라 설레는 마음 따위는 전혀 없지만, 평안하게 수다를 떨며 씹고 삼키는 정도가 그들에게 허락된 가장 큰 쾌락이다. 비록 허접한 초코볼 후식이 나마 맛보고 불평을 하는 동안 살아 있다는 것을 다시 감사하게 된다.

"가만있어 봐라. 어째 분위기가 영 이상하다."

이 병장이 들뜨려는 분대원들의 마음을 가라앉혔다. 정문 앞에서 웅성거리는 병사들은 아무리 봐도 점심을 먹고 돌아가기 직전의 들뜬 얼굴들이 아니다.

"야, 뭔 일 있냐? 왜 그래?"

후방에 처져 있던 다른 분대 병사들을 붙잡고 이 병장이 물었다. 상병 하나가 대답한다.

"점심도 안 먹고 곧바로 새 작전에 투입된답니다."

"새 작전? 그게 무슨 소리야? 민간인이랑 방어 부대 구하라고 해서 구했잖아?"

"그게 다가 아니랍니다. 홈플러스에도 또 뭐가 있다고 하지 말입니다."

"응? 난데없이 또 웬 홈플러스야? 그건 어딘데?"

"저기 보이는 홈플러스 말입니다."

상병이 주차장 너머의 대로를 가리켰다. 손가락이 지시하는 방향의 끝부분에 낯익은 파란색 모서리의 건물이 보인다. 그리고 동시에 그 주변을 배회하는 좀비들의 무리도 시야에 들어왔다.

거리는 1킬로미터도 채 떨어지지 않았지만, 도로를 꽉 메우며 버려진 자동차들과 블록마다 연결되어 있는 대여섯 개의 교차로를 생각하면 현기증이 나는 것 같다. 만일 4거리에서 양쪽으로부터 밀어닥치는 좀비들을 만난다면 꼼짝없이 전멸당할 게 분명하다.

"아니, 진짜……. 그럼 처음부터 저쪽에서 밀고 왔으면 되는 거였잖아. 왜 꼭 일을 두 번씩 시켜? 와… 근데 이건 무슨 총알인데 사람 몸이 이렇게 되냐?"

투덜대던 김 상병이 근처에 쓰러져 있던 좀비의 시체를 보고 감탄한다. 모로 누워 죽은 좀비의 몸뚱이는 크고 작은 여러 개의 구멍이 숭숭 뚫린 채 박살이 나 있다. 특이한 것은 원형으로 뚫린 여러 개의 작은 상처들이다. 사출구라고 하기에는 너무 작다.

"완전 걸레가 됐네. 어휴~ 등판도 그러네."

사체에 가까이 다가가 관찰하던 김 상병은 몸을 가볍게 부르르 떨었다. 정 상병이 대수롭지 않게 대꾸한다.

"산탄총에 맞았으니까 그렇겠지."

"에이, 내가 산탄총을 모르겠냐? 네가 앞쪽을 못 봐서 그런 데, 여기에 뚫린 곳은 세 개뿐이야. 들어온 구멍은 세 갠데, 나간 구멍은 장난 아니게 많다고. 어라, 이놈도 그러네?"

호기심을 느낀 병사들은 작전에 재투입되어야 하는 신세도 잊고 좀비의 시체 주변에 모여 서서 웅성거렸다. 정말 김 상병이 말한 것처럼 사입구보다 사출구가 몇 배나 많다. 몇몇 사출구에는 금색의 금속 조각이 박혀서 반짝거린다.

"신형 RIP탄인 것 같습니다. 특임대에서 MP5에 이걸 쓰나봅니다."

안경도 없는 눈으로 바짝 다가와서 인상을 찌푸리며 보고 있던 강 일병이 결론을 내렸다.

"RIP? 그게 뭔데 사람 몸뚱이가 이렇게 송곳으로 마구 쑤셔 놓은 것처럼 되냐?"

"총알 상표입니다. 탄두가 둥근 게 아니라 여덟 조각으로 쪼개지는 구리 화살같이 생겨서 목표물에 박히면 쫙 확산됩니다. 내장 파괴 총알이라고 해서 미국에서는 인기가 좋았습니다만, 구형은 96그래인짜리여서 이만한 파괴력은 안 나올 겁니다. 테플론 코팅을 한 황동인가?"

"총알 하나만 맞추면 그게 여덟 방향으로 퍼진다고? 우와~ 덤덤탄보다 더 악질이잖아. 얼굴 근처 아무 데에나 맞추기만 하면 알아서 대갈통을 작살내겠는데?"

이 병장이 감탄을 한다.

"탄자 본체도 있으니까 아홉 방향입니다. 그나저나 이 병장님, 저 안경 이제 어떻게 합니까?"

강 일병이 애원하듯 이 병장을 바라본다. 정말 큰일이기는 했다. 이대로 발전소로 돌아간다고 해도 그곳에서 강 일병에게 맞는 안경을 구한다는 건 불가능한 일일 것이다. 걱정이 가득한 얼굴로 이 병장이 한숨을 내쉬자, 잠시 고민하던 김 상병이 아하, 하며 말했다.

"가는 길에 안경 가게가 있을 거 아냐? 홈플러스 안에도 있을 거고. 거기에 수색하는 척 들어갔다가 빼 오자."

"제 도수에 맞는 안경이 없을 것 같습니다. 그… 진열되어 있는 안경들은 죄다 진짜 안경 렌즈가 끼어진 게 아니지 말입니다."

"답답한 새끼. 누가 진열된 걸 집으래? 좀비 세상이 오기 전에 누군가가 맞춰놓고 아직 안 찾아간 안경들이 있을 거 아냐. 그걸 집어 오면 되지."

"그런 걸 고르고 있을 시간은 없을 것 같은데."

이 병장이 걱정하자, 김 상병이 안심을 시킨다.

"아, 고르는 게 아니고 말입니다. 그냥 카운터 뒤쪽에 영수증이랑 같이 붙어 있는 안경은 싸그리 다 집어 온 다음, 얘한테 얼추 맞는 걸 끼면 됩니다. 다 누가 맞춰놓은 것 아닙니까? 우리 부대에 안경 쓴 애가 얘만 있는 게 아니니까 들고 가도 다 쓸모가 있을 것 같습니다."

"그 많은 걸 다 어디다가 담아?"

정 상병이 물었다.

"전투식량을 버리면 되지."

김 상병이 콧방귀를 뀌며 말했다.

"어차피 맛대가리도 없는 밥, 한 끼 안 먹는다고 큰일이 나는 것도 아니고."

ᛒ

"오빠~ 그러지 말고 같이 가요."

배낭을 멘 제니가 유빈의 손을 잡아끌며 애교 섞인 애원을 한다. 유빈은 얼른 손을 빼고 고개를 저었다.

"아니, 너희끼리 다녀와. 난 그냥 여기 있을게. 다리도 아직 다 낫지도 않았고……."

사실 그건 그냥 핑계였다. 유빈이 이렇게 완강하게 번화가로 놀러 나가는 것을 거부하는 진짜 이유는 아무 근거 없는 불안감 때문이었다.

너무 행복하게 놀러 다니기만 하면 벌을 받게 될까 두려워서, 그 혼자만이라도 복지 센터에 남아 뭔가 부지런하게 몸을 놀려 일을 해야 할 것만 같았다.

어렸을 때부터 몸에 붙은 특유의 가난뱅이 근성이라는 생각도 들지만, 갑자기 찾아온 자유와 풍요는 어쩐지 유빈을 자꾸 두렵게 만든다.

"에이, 그러면 재미없다구요. 다 같이 가서 어제 빼먹은 물건들도 챙겨 오고, 옷도 쇼핑하고 그래요. 오빠는 좀비 없는 거 한 번도 못 봤잖아요."

제니가 치대는 모습은 뭐랄까… 아찔하다. 그녀가 허리를 숙인 채 얼굴을 바짝 들이밀면 의식적으로 그러지 않으려고 해도 자꾸만 그 커다란 가슴에 눈길이 가게 돼서 유빈은 얼른 고개를 돌렸다.

비록 삼선 트레이닝복에 꽁꽁 감싸고 있다고는 해도 온 나라를 들었다 놨다 했던 볼륨과 곡선은 숨겨지지 않는다. 유빈이 굳이 함께 움직이지 않으려 하는 이유에는 제니의 치명적인 매력도 커다란 한몫을 하고 있다.

젠장, 아침마다 똥통을 비우기 위해 사다리를 내려가는 모습까지 다 봤는데도 여전히 매력적이라는 게 이해가 가지 않는다.

그녀와 함께 있는 시간이 길어질수록 유빈은 마음이 무거워진다. 너무 예쁘고 사랑스러워서 반할 것만 같은데, 그러면 안 된다는 걸 잘 알고 있기 때문이다.

애초에 맺어질 수 없는 사이이기도 했지만, 그런 마음을 먹는 게 보안관을 배신하는 것 같아서 양심의 가책을 견디기가 어렵다. 차라리 제니가 빨리 보안관과 진짜로 맺어져서 아예 포기하게 해줬으면 하는 바람이 들기도 한다.

며칠 전, 키스해도 된다고 입술을 내밀었던 그녀의 얼굴을 보고 두근거린 이후 그런 결심을 했고, 어젯밤에 술에 취해 어리광을 부릴 때 가슴이 뜨거워지면서도 그 결심은 더 확고해졌다.

이 아이는 사람의 마음을 너무 흔든다.

"아, 진짜 못 봐주겠네. 제니야, 이 새끼 손 잡아달라고 일부러 이러는 거야. 이거, 진짜 질이 안 좋은 새끼네."

제니와 유빈의 승강이가 길어지자 담배 연기를 뻑뻑 뿜고 있던 신입이 짜증스러운 표정을 지으며 말했다. 보안관은 아무 말 없이 다가와서 두 팔로 유빈을 번쩍 안아 일으켰다.

"그냥 가자, 유빈아. 제니가 저렇게 부탁하는데 고집 피울 필요 없잖아. 다리가 정 힘들면 내가 업고 갈게."

"아니, 난……."

뭐라고 더 핑계를 대보려는데 보안관의 손가락이 유빈의 양 옆구리를 간질인다. 유빈은 참지 못하고 웃음이 터졌다.

"보안관, 꽉 잡고 있어!"

신이 난 삼식이가 달려와서 허공에 떠 있는 유빈의 가랑이를 주무르며 참전한다. 얇은 몸빼 바지라서 만지기 딱 좋다.

"아! 아하하! 크~ 아… 알았어! 알았어, 갈게, 그만해. 야! 삼식아!"

결국 고문에 못 이긴 유빈이 항복을 선언하자 제니는 기세가 등등해졌고, 삼식이는 유빈을 위한 배낭을 챙겨 들고 왔다. 그 사이 유빈은 2층에 걸쳐 둔 사다리를 내려서 1층 바닥에 눕혀놓고, 사다리 맨 위 칸과 아래 칸에 작은 볼트 하나씩을 올려놓는 것으로 집을 비우기 위한 준비를 마쳤다.

이렇게 하는 이유는 간단하다. 혹시라도 그들이 복지 센터를 비웠을 때 누군가 이곳을 찾아와 2층에서 숨어 있는 상황을 미리 알기 위해서이다. 만약 볼트가 제자리에 없다면 그건 사다리를 움직였다는 이야기고, 그때부터는 조심해서 운신해야 할 것이다.

예전부터 생각해 왔던 방식이지만, 지금까지는 복지 센터에 한 사람도 남겨두지 않고 이동했던 적이 없었으므로 실행에 옮긴 건 오늘이 처음이다. 돌아왔을 때 부디 볼트와 사다리가 제자리에 있기를 바라며, 다섯 사람은 번화가를 향해 걷기 시작했다.

"제가 오늘 계획을 말해볼게요. 먼저 옷을 쇼핑한다. 그다음에 슈퍼에 들러서 재료를 가져다가 2층 커피 전문점에 올라가서 밥도 해 먹고 커피도 마시고. 에, 또… 저는 화장품 가게에도 가 볼 거예요."

벌판을 가로질러 걸어가던 중 제니가 조그만 쪽지를 하나 꺼내 들고 보며 읽는다. 안전하다고 생각하면서도 여전히 해머를 어깨에 걸쳐 멘 보안관이 웃는다.

"하하, 뭐야? 계획표까지 있어? 언제 그런 걸 다 써놨어?"

"아침 먹고 나서요. 제 계획 괜찮아요?"

"좋지. 전형적인 데이트 코스네. 근데 이 동네에는 고급 메이커는 없을 거야."

"그런 건 괜찮아요. 그냥 오빠들 옷이 너무 낡아서 새 옷을 입었으면 좋겠어요."

"우리 옷?"

보안관은 자신의 위아래를 새삼 훑어보았다. 다 찢어진 청바지에 온갖 더러운 얼룩들이 묻어 있는 면 티. 그나마 면 티는 제니가 한번 세탁을 해준 것이지만, 청바지는 이 더운 여름에 목욕도 하지 못하고 일주일이 넘도록 계속 입어왔다. 익숙해져서 미처 모르고 있었지만, 아마 장난 아니게 지독한 땀 냄새가 날 것이다.

"새 옷 입기 전에 생수로라도 목욕을 해야겠다⋯⋯."

갑자기 부끄러워진 보안관이 중얼거린다. 유빈과 신입도 그 말에 뜨끔해서 자기 겨드랑이 냄새를 맡아보고는 진저리를 쳤다.

정신이 번쩍 들 만큼 강렬한 남자의 향기다. 그때, 하늘 저편에서 오랜만에 들어보는 소리가 귀를 울리며 다가왔다. 헬리콥터의 프로펠러였다. 다섯 사람은 당황해서 서로의 얼굴을 마주 봤다.

헬리콥터! 군인! 구조! 안전 지역! 생존자들과의 만남!

서로의 눈빛은 그런 메시지들을 주고받으며 빠르게 반짝인다. 유빈은 소리가 나는 방향을 향해 돌아섰다. 저 멀리, 꽤나 높은 위치에서 헬리콥터 두 대가 다가온다.

"여기요! 사람 있어요! 여기요!"

유빈은 두 팔을 크게 휘저으며 하늘을 향해 소리를 질렀다. 보안관도, 제니도, 신입도 펄쩍펄쩍 뛰며 외친다. 삼식이는 웃옷을 벗어 흔들면서 가장 적극적으로 구조를 요청했다.

투투투투— 위이잉—

하지만 헬리콥터는 북쪽을 향해 속도를 유지하며 날아가 버렸다. 열심히 구조를 요청하던 다섯 사람은 어깨를 축 늘어뜨리고 잠시 허망하게 멈춰 서 있었다.

작업반장님이 사라진 그날 질리도록 봤던 이후, 일주일이 넘어서야 처음 보는 헬리콥터여서 아쉬움이 더욱 컸다.

"아, 젠장… 안 보였나 봐. 하긴 보였대도 일부러 구조하려고 와주는 건 또 다른 문제지."

유빈이 한숨을 내쉬며 말했다.

"여기 제니가 있는 걸 알았으면 군바리 놈들 무슨 일이 있어도 기를 쓰고 내렸을 텐데……. 흥, 바보들."

그렇게 말한 삼식이가 입맛을 다지며 담배에 불을 붙였다. 흥분해서 무거운 것도 잊고 해머를 흔들어 대던 보안관은 숨을 헐떡였다.

"하아… 하아… 또 와줄까? 하아……."

"헥, 헥, 그럴 리가 없지. 씨발, 인생에 세 번 온다는 기회 중에 하나였을 텐데… 아, 썅, 그걸 놓쳤네……."

신입이 욕설을 퍼부으며 헐떡인다. 쇼핑과 피크닉을 겸해서 떠나온 들뜬 나들이 길의 분위기는 순식간에 상실감으로 무겁게 가라앉아 버렸다. 잠시 이어지던 어두운 침묵을 깬 것은 제니의 맑은 목소리였다.

"근데요……."

제니가 낙담한 네 남자를 돌아보며 웃는 얼굴로 말한다.

"생각해 보니까 굳이 구조해 달라고 할 필요가 없었나 봐요. 어제부터 음식도 마음껏 먹을 수 있고, 어엿하게 집도 있고……. 전 벌써 필요한 건 다 있는데요."

"정말? 진심이야?"

보안관이 감격스럽게 물었다.

음… 천천히 고개를 돌려 번화가 쪽과 복지 센터, 보안관, 삼식이, 신입을 차례로 훑어보던 제니는 유빈의 얼굴에 이르러 시선을 멈추며 대답했다.

"네, 그렇다고 생각해요."

ㅁ

번화가는 정말로 텅 비어 있었다. 어제 이미 그 광경을 한 번

보았던 보안관 일행은 덤덤하게 걸어갔지만, 유빈에게는 적잖이 감격스러운 장면이다.

"우와… 이거, 진짜……."

뭐라 표현할 말을 찾지 못한 유빈이 감탄사만 내뱉어놓고 멍하니 서 있자, 제니가 뒤로 돌아와 팔을 잡아끌며 잘난 척을 한다.

"그것 봐요. 여기까지 올 가치가 있죠?"

"으, 응."

유빈은 고개를 끄덕일 수밖에 없었다. 일주일 내내 살아 움직이는 시체들의 것이었던 이 거리가 이제 그들에게 허락된 것이다. 그 이상한 기분은 직접 경험하지 않으면 모른다.

"저 가게가 괜찮을 것 같아요."

몇 군데의 옷 가게를 지나친 뒤, 제니가 가리킨 것은 등산 의류 브랜드 대리점이었다. 어차피 움직이기 편하라고 만든 옷들일 테고, 배낭도 지금 메고 다니는 것보다는 조금 더 나은 물건이었으면 하는 바람을 가지고 있던 터여서 모두들 찬성했다.

"잠시 대기."

가게 앞에 일행을 멈춰 세운 보안관이 해머를 가슴 높이로 들어 올린 채 안으로 걸어 들어갔다. 옷들이 가득 걸린 진열대나, 카운터, 탈의실, 그 모든 것들이 잠재적인 위험 요소이다. 보안관이 위를 살피고 걸어가는 동안, 유빈은 바닥에 엎드려 발 아래쪽을 살폈다.

"이제 들어와도 돼. 안전하다."

두 개의 탈의실을 모두 활짝 열어본 후, 보안관이 뒤를 돌아보며 손짓을 한다. 쇼핑이 시작되는 순간이다. 제니가 가볍게 환호하면서 분위기를 띄운다. 유빈은 망보기를 맡았다. 나머지는 다들 옷을 집어 몸에 대보고 거울에 비추기도 하면서 바쁘게 매장 안을 돌아다녔다.

"오빠, 이거 입어요. 이거 어울린다."

제니가 옷을 들고 와서 그의 어깨에 대봐 주는 동안, 보안관은 헤벌쭉 입을 벌렸다. 비록 평소의 그라면 절대로 입을 것 같지 않은 알록달록한 컬러의 티셔츠였지만, 그런 게 무슨 상관인가. 제니가 나를 위해 옷을 골라주는데. 보안관은 연신 빙글거리며 그저 좋아했다.

"보안관, 그거 너한테 별로 안 어울려. 이왕이면 검은색을 사. 근데 여기 너무 비싸다. 우리 다른 데 갈까? 티셔츠 하나에 5만 원이 넘어."

가격 태그를 주물럭거리기만 하고 옷은 하나도 고르지 않은 삼식이가 끼어들며 데이트 분위기를 깬다. 보안관은 발끈해서 삼식이에게 짜증을 냈다.

"더워 죽겠는데 무슨 검은색이야, 이 멍충아! 그리고 돈 받는 사람 없으니까 그냥 아무거나 집어. 비싸네 어쩌네 하는 소리 하지 말고. 그런 놈이 지금까지 음식은 어떻게 막 훔쳐 먹었는데?"

"에이, 그래도 찝찝하단 말이야. 혹시라도 나중에 다 갚으라고 하면 갚을 수 있는 만큼만 쓰고 싶어. 내가 먹은 음료수랑 음식 값이라야 얼마나 하겠어?"

"그래, 알았으니까 싫으면 관둬. 넌 내가 입던 거 벗어서 줄게. 공짜로 준다, 우정을 생각해서."

보안관과 삼식이가 바보 같은 주제로 티격태격하자 제니가 웃으면서 끼어들었다.

"삼식이 오빠, 걱정하지 마요. 만약에 정말로 그런 날이 오면 핑크 펀치의 제니가 다 계산해 드릴게요. 설마 우리 사이에 그 정도도 못한다는 말은 안 할 거죠?"

"정말? 하… 여자애들은 자꾸 이렇게 옷을 사 주려고 하더라. 그래도 부담 주긴 싫은데……."

"하하하, 부담 하나도 안 돼요. 저 엄청 벌었거든요. 그 돈들, 지금은 휴지랑 별로 다를 것 같지도 않지만."

결국 납득한 삼식이가 옷을 고르기 위해 순순히 물러났다. 보안관은 다시 제니와의 데이트 분위기에 빠져들었다. 티셔츠와 바지 몇 벌을 더 고르고 비가 내릴 때를 대비해서 돌돌 말면 조그만 백 속에 쏙 들어가는 바람막이도 챙겼다.

"이렇게 많이 가져갈 수 있을까?"

"배낭에 담아 가요. 이 정도는 있어야 번갈아가며 입고 빨래도 하죠."

이미 그렇게 하는 놈이 있었다. 신입은 고가의 옷들만 닥치는 대로 커다란 배낭 속에 쑤셔 넣으며 매장을 바쁘게 돌아다녔다. 제니의 옷을 고르고 있을 때, 뒤에서 삼식이의 목소리가 들려왔다.

"나 이거 사 줘."

보안관과 제니가 돌아보자, 플래시가 켜지며 그늘 속에 있던 두 사람의 눈을 따갑게 비춘다. 하하하, 둘이 반응을 보이자 머리에 헤드 랜턴을 쓰고 있던 삼식이가 신이 나서 웃으며 산신령 흉내를 낸다.

"네 이노옴~ 보안과안! 너는 사람을 너무 많이 때렸다아~!"

"야, 그거 어디서 났냐?"

싸구려 개그에는 반응을 보이지 않으며 보안관이 묻는다.

"저쪽에 진열되어 있던데?"

"좋아 보인다. 그거면 굳이 플래시 안 들어도 되겠는걸? 사람 수만큼 챙기자."

보안관은 배낭을 집어서 골랐던 옷들과 헤드 랜턴을 집어넣었다. 쓸모가 있을 것 같아 램프형 랜턴도 하나 가져가기로 했다.

"유빈 오빠는 바지 사이즈 뭐 입어요?"

제니가 묻자 보안관과 삼식이가 얼굴을 마주 본다. 매일같이 붙어 다니지만 허리둘레 따위는 모른다.

"몰라."

둘이 입을 맞춰 대답하자 제니는 깜짝 놀란다.

"엑! 무슨 친구가 그래?"

"친구 허리 사이즈 같은 걸 어떻게 알아? 여자들은 알아, 그 런 거? 우리 다 가지고 나간 다음 직접 와서 고르라고 하지, 뭐."

그래서 그들은 차례로 탈의실에 들어가 낡은 옷을 배낭에 넣 고, 새 옷으로 갈아입고 나왔다. 비록 걸레와 크게 다르진 않았 지만, 입고 있던 낡은 옷들을 버리지 않은 건 상당 부분 미신이 섞인 이유 때문이다. 이걸 입고 지금까지 무사히 살아남았으니 까 왠지 푸대접을 해서는 안 될 것 같다.

"유빈아, 교대하자."

삼식이가 헤드 랜턴을 껐다 켰다 하며 자랑스러운 표정으로 부른다. 알록달록한 등산 티셔츠를 입고 커다란 배낭을 메고 나 온 보안관을 보며 유빈이 아무 생각 없이 충고한다.

"야, 보안관. 그거 안 어울린다. 검은색 입지?"

보안관은 대꾸하지 않고 유빈의 등을 밀어 가게 안으로 넣었 다. 잠시 후, 유빈은 왜 보안관이 그렇게 평소에 입지 않던 스타 일로 빼입었는지 알게 됐다. 문제는 제니의 취향이었다.

"에이, 이거 입으라니까요. 이게 훨씬 예뻐요."

제니는 고집을 꺾지 않고 빨강과 파랑이 섞인 옷을 자꾸 강권 한다. 물론 둘 다 원색이다. 저런 옷을 입어도 멋있는 사람은 바 르셀로나 축구 선수들 정도밖에는 없을 거다.

유빈이 평범한 회색이나 푸른색을 집으면 제니는 얼른 달려와서 그걸 던져 버리고 자기가 고른 옷을 내민다. 이번에 그녀가 내민 바지는 올리브색이 주를 이루고 노랑과 갈색, 검정까지 네 가지 색이 정신없이 섞인 놈이다.

"제니야, 나… 솔직히 좀 놀랐어. 너 패션 감각이 그런데 어떻게……."

"그렇게 후진 패션 감각으로 어떻게 연예계에서 용케 버텼다고요? 지금 그런 말 하는 거예요?"

"음… 뭐, 대충 비슷해."

"훗, 그거야 간단해요. 알려줄까요?"

제니는 코웃음을 치더니 유빈이 대답도 하기 전에 얼굴을 가까이 대고 귓속말을 한다.

"난 뭘 입어도 예쁘거든요."

입김이 간지러워서 유빈이 어깨와 목을 움츠리며 몸서리를 치자 제니는 또 개구쟁이처럼 깔깔 웃는다. 결국 하얀 면 티를 제외한 모든 옷은 그녀의 취향대로 골라졌다. 유빈까지 현란한 원색 셔츠와 올리브색 바지로 갈아입고 나서 그들 일행은 슈퍼로 향했다.

쇼핑을 마쳤으니 이제 식사를 할 차례다. 유빈이 양초나 건전지, 빨랫줄, 라이터 따위의 생필품을 꼼꼼히 챙기는 동안 보안관과 제니는 장을 봤다. 도란거리는 소리로 미루어 봐서 오늘

메뉴는 즉석 카레인 모양이다.

"보안관! 나 해머 좀 줘봐. 이거 좀 따게."

제니와 나란히 슈퍼에서 나오는 보안관에게 삼식이가 가리킨 것은 슈퍼 입구의 기둥에 자전거를 고정시켜 둔 자물쇠였다.

"자전거네. 비켜봐, 내가 부숴줄게. 근데 뭘 하려고?"

보안관이 카트에서 해머를 들어 올리며 물었다.

"이거 타고 좀 멀리까지 가보고 싶어서. 혹시 중간에 좀비들을 만나도 자전거보다야 안 빠를 테지."

"야, 자동차들이 막고 있는 쪽으로는 안 가는 게 좋을걸? 거기는 위험해."

보안관과 삼식이, 신입이 자전거에 정신이 팔려 있는 동안 유빈의 카트 쪽으로 다가온 제니가 다정히 부른다.

"오빠, 부탁이 있어요."

그 은밀함에 덜컥 걱정부터 든 유빈이 말을 더듬었다.

"뭐, 뭔데……."

"하하하, 뭘 그렇게 겁을 먹어요? 뭐냐면요……."

제니는 목소리를 낮춰 그들이 지나쳐 온 번화가 입구를 가리킨다. 예전에 제니가 숨어 있던 집의 아래층 속옷 가게다. 깨진 유리창 사이로 브래지어만 입은 마네킹이 넘어져 있다.

"저기 좀 같이 가줘요. 아까 들렀어야 하는데 입이 안 떨어지더라고요. 오빠들도 속옷 필요하잖아요."

속옷이라고?

유빈은 잠시 제니의 얼굴을 가만히 들여다보았다. 일부러 놀리려는 것 같지는 않았다. 그들이나 그녀나 벌써 며칠이나 속옷을 계속 못 갈아입었다는 것도 사실이기는 하다. 위생적인 한계점을 이미 넘었을지도 모른다.

하지만… 제니가 브래지어와 팬티를 고르는 모습을 가만히 지켜보고 있으라는 말인가. 내가 무슨 세계 4대성인도 아니고…….

그는 고개를 저었다.

"난 지금 다리가 아파서 여차하면 싸움도 못하는데. 저기… 보안관이랑 같이 가."

"어우씨, 창피하다고요. 속옷 이야기 같은 거 하기 싫어요."

제니가 아랫입술을 내민다.

나한테는 했으면서 뭘 그래…….

유빈은 목구멍까지 올라왔던 말을 삼켰다. 그런 선택은 그녀의 자유니까 거기에 대해 가치판단을 할 필요는 없다. 그러나 더 이상 제니에게 감정적으로 휘둘리기도 싫다. 유빈은 그냥 냉정하게 굴기로 작정했다.

"하여튼 난 못… 아니, 안 갈래. 상처가 욱신거려서 가만히서 있는 것도 힘들어. 미안해."

믿기지 않는 광경이라도 본 것처럼 제니의 눈동자가 잠시 흔들린다. 그러나 그녀는 이내 벌어졌던 입술을 다시 오므리고 표정을 바꾸며 웃었다.

"괜찮아요. 오빠 다친 걸 내가 금방 까먹었네요. 하하, 신경 쓰지 말고 밥 먹으러 가요."

돌아서서 걸어가는 제니의 뒷모습 때문에 마음이 깨지는 것 같았지만, 유빈은 이 결정이 옳다고 믿었다. 그녀와 단둘이 뭔가를 더 하면 할수록, 자꾸 욕심이 생겨서 결국 괴로워지는 건 그 자신이다.

애초에 문제의 싹은 만들 필요가 없어…….

유빈은 마음속으로 중얼거리며 자신을 설득했다.

애초 계획을 세웠던 대로 2층 커피 전문점 발코니에서 점심을 먹었다. 즉석 카레와 햇반을 데운 뒤에 커다란 그릇에 부어 놓고 비볐을 뿐이지만, 다들 오랜만에 맡아보는 향기에 만족스러운 반응을 보였다.

후끈한 한낮의 열기를 식혀주는 바람이 불어오는 점도 좋고, 제대로 된 의자와 테이블에 앉아 밥을 먹는 것도 마음에 들었지만, 거리의 풍경이 온통 짓뭉개진 시체들로 장식되어 있다는 점은 마이너스 요소였다. 카레를 입 안에 떠 넣고 아무 생각 없이 아래쪽으로 시선을 돌렸다가는 곧바로 욕지기가 올라올 수도 있다.

"위를 봐요. 하늘은 예전이랑 똑같아요."

눈 둘 곳을 찾지 못해 불안하게 눈동자를 굴리는 신입에게 제니가 말한다.

"아니, 나는 너만 볼 건데."

보안관이 굳은 의지를 담아 말하자 제니는 어처구니없다는 듯 웃는다.

"오빠가 그렇게 애교를 부려봤자 와이셔츠만 입는 일은 없어요."

"큽! 그, 그거랑은 상관없잖아! 그리고 제발 그 이야기 좀 잊어버리면 안 돼?"

"어머, 어쩌지? 난 기억력이 엄청 좋은데……. 용서하되 잊지는 말라."

보안관을 놀리는 제니의 표정에서 속옷 가게에 함께 가자는 제안을 거절당했을 때의 그 의기소침함은 찾아볼 수 없다. 덕분에 유빈도 자기가 내린 결정에 대해 더 이상 신경 쓰지 않을 수 있었다.

식탁의 분위기가 제니와 보안관 중심으로 흘러가는 것 같아 위기감을 느꼈는지, 신입이 거드름을 피우며 말했다.

"밥 먹고 나서 서점에 좀 갔으면 좋겠는데, 정말 너무 오랫동안 책을 못 읽었어."

책?

이런 상황에서 그게 무슨 배부른 소리인가 싶어 모두가 신입을 향해 고개를 돌린다. 관심이 집중되자 신입은 만족스러운지

밉살스러운 미소를 짓는다. 아하, 이해했다는 표정으로 삼식이가 고개를 끄덕였다.

"신입, 너도 똥 쌀 때 만화책 보는 타입이구나. 그런 애들 꽤 많더라."

"만화책 같은 건 유치해서 안 봐. 칸트를 읽고 싶어. 이럴 때일수록 그런 걸 읽어줘야 마음의 평화가 생기니까."

"칸트? 그건 소설이야?"

누가 봐도 허세인데 삼식이는 진지하게 반응한다. 신입은 고개를 저으며 거드름을 피웠다.

"나참, 책 제목이 아니라 철학자 이름이다. 세계적인 철학자 칸트를 모르냐? 크크크, 하여간… 야! 겉으로 보이는 몸뚱이만 멀쩡하면 뭐해, 여기가 비었는데."

집게손가락으로 머리를 가리키고 있는 신입에게 발끈한 보안관이 쏘아붙였다.

"아, 그 새끼, 진짜 말도 어지간히 밉살맞게 하네. 그래서 네가 읽으려는 책 제목이 뭔데?"

"응?"

예상치 못한 질문이었는지 신입이 갑자기 멈칫한다.

"그렇게 잘난 책 이름이 대체 뭐냐고?"

"카, 칸트는 다 좋아."

후두득.

바람이 유난히 시원하게 분다 싶더니, 곧바로 굵은 빗방울들이 세차게 쏟아져 내린다. 아직 햇살은 그대로인데 갑자기 쏟아져 내린 여름 소나기가 차양을 두드리자, 관심은 금세 칸트에서 여우비로 옮겨갔다.

궁지에 몰려 있던 신입은 몰래 한숨을 내쉬었다. 빗방울이 섞인 바람이 불어 들어와 테이블 위에 쌓아두었던 커피 전문점 냅킨을 사방으로 날린다.

"태풍인가? 바람이 심상치 않네."

유빈이 동쪽 하늘에서 밀려드는 먹구름을 보며 걱정스럽게 중얼거렸다. 일기예보를 들을 수 없으니 당장 내일 큰 규모의 태풍이 몰아치더라도 대비할 수조차 없을 것이다.

"우와, 저기 저것 좀 봐."

삼식이가 대단한 걸 발견하기라도 한 사람처럼 손가락질을 한다. 모두의 눈동자가 그곳으로 쏠렸다.

"저거, 카레 색깔이랑 완전히 똑같아. 밥알도 보인다."

터진 좀비의 머리통에서 썩어 탁해진 뇌수가 빗물에 쓸려 흘러나온다. 움직이는 놈들과 달리 죽어버린 좀비의 시체에서는 구더기가 들끓고 있었다.

탁, 삼식이를 제외한 네 사람이 동시에 수저를 내려놓았다. 이제 한동안 카레는 먹을 수 없을 것이다.

4장
시가전

1

"소위님, 저희 탄약 부족합니다. K−3도 탄약통 두 개 다 비웠습니다."

작전이 시작되기 전, 이 병장은 빈 탄창을 모아 내밀며 소위에게 보급을 요청했다. 다른 분대의 병사들은 자신들이 투입될 경로를 확인하느라 웅성거린다.

특임대는 레펠로 인근 건물 옥상들에 저격조를 배치하고 홈플러스 옥상으로 진입할 계획이다. 우회로에서 일어난 일에 대해 모르는 소위가 이해할 수 없다는 표정을 지었다.

"1분대, 너희인가? 왜? 뭘 하느라 150발이나 되는 실탄을 벌써 다 썼다는 거야?"

"갈림길에서 규모 둘이 넘는 좀비들을 만나 섬멸했습니다. 적어도 100여 마리는 됩니다."

"빈 탄창이 이것뿐이야?"

"나머지는 좀비 시체 더미랑 섞여 있습니다. 그것까지 챙길 여유가 없었습니다."

당당하게 말하는 이 병장을 보면서 진우는 뒤가 켕겨 가슴이 콩닥거렸다. 그의 배낭 안에는 아직도 김 상병이 훔쳐 낸 예비 탄창들이 들어 있다.

"후후후, 아군 피해 없이 100마리를 잡았다고? 너희 분대 단독으로? 그런 화기만 가지고? 아하하, 이 새끼들."

헬기를 향해 이동하던 중 둘의 대화를 들은 특임대 장교가 어처구니없다는 듯 웃으며 지나친다. 웃음소리를 내지는 않았지만, 다른 특임대원들의 어깨도 들썩인다.

그런 화기라고? 국방부에서 전시에 싸우라고 지급한 무기가 이건데?

무시당하는 것 같아 기분이 상한 이 병장은 경례를 하면서도 소령의 고글 낀 얼굴을 빤히 노려보았다.

"발포하는 소리도 못 들으셨습니까?"

이 병장의 도발에 소령이 걸음을 멈췄다.

"총소리는 방아쇠만 당기면 나는 거야. 그렇다고 해서 명중시킨 건 아니지. 그래, 정말로 규모 삼짜리 좀비들을 처리했다고? 100마리 확실한가? 혹시 열 마리 잡는 데 1,000발을 쏟아부은 건 아니고? 세어봤어? 대답해 봐."

소령은 이 병장의 얼굴에 바짝 대고 위압적으로 말했다. 이병장이 특유의 뻔뻔한 얼굴을 그대로 유지하며 대답했다.

"저희 부대는 죽은 좀비 머릿수 같은 건 안 셉니다."

"왜? 현실을 똑바로 보는 게 무서운가?"

"그딴 걸 셀 시간에 움직이는 놈들 잡는 게 낫습니다. 천 마리 넘게 죽여보면 아시게 됩니다."

"뭐, 이 새끼야?"

소령이 잡아먹을 듯 이 병장에게 달려들어 정강이를 세게 걷어찼다. 이 병장은 뒤로 밀려 주춤거리면서도 다시 얼굴을 들어 소령의 얼굴을 빤히 쳐다봤다.

"차렷! 똑바로 서, 이 새끼야."

자세와 복장을 가지고 갈구기 시작할 모양이다. 분위기가 필요 이상으로 가열된다. 소령과 이 병장을 중심으로 둘러선 특임대와 육군들은 서로를 노려보며 눈을 부라렸다.

"소령님."

소위가 아주 적절한 톤과 크기로 목소리를 유지하며 끼어들었다.

"제 부하들입니다. 부족한 점이 있으면 제가 교육시키겠습니다.”

“늦었어, 소위! 평소에 똑바로 가르쳤어야지!”

“저희 대대장님의 교육 방침은 늘 확실히 주입하고 있습니다.”

대대장인 중령을 은근히 개입시키자 계급 놀이가 복잡해졌다.

“병사들 관리 똑바로 해. 발목 잡으면 그냥 넘어가지 않겠다.”

죽일 것처럼 소위를 노려보던 소령은 그 말만 남긴 채 부하들을 거느리고 사라졌다. 고개를 빳빳이 들고 무표정하게 서 있던 소위는 특임대 전체가 코너를 돌아 나가자 이 병장을 향해 입을 열었다.

“조금 전 장교를 대하는 자네의 태도는 용납될 수 없는 거였다.”

“부대 전체가 무시당하는 것 같아서 참을 수가 없었습니다.”

이 병장의 말에 소위가 살짝 입꼬리를 올리자, 부러진 콧대를 감싼 쇠 보호대가 같이 씰룩거린다.

“그런 건 말이 아니라 몸으로 증명하는 거다. 예비 탄약 지급해 줄 테니, 이번 작전에서 실적으로 기를 확 꺾어버려.”

보급병에게 트럭에서 탄약을 가져다주라고 지시한 소위는 은근히 물었다.

"많이 아파?"

"못 알아들었습니다."

"소령님에게 채인 곳 말이야."

"맞은 줄도 몰랐습니다!"

"복귀할 때 사유서를 써주겠다. 점호 때 무슨 상처냐고 물으면 보여 드려."

이 병장이 허세를 부리자, 기분이 좋아진 소위는 장갑차에 오르며 웃었다. 이 병장은 분대원들을 향해 돌아서며 이마를 찌푸렸다.

"아야야, 씨발. 아우, 존나 제대로 맞았다."

"어후, 그렇게 왜 그렇게 도발을 하십니까? 걔들 아까 노려보는데, 전 아군끼리 싸움 나는 줄 알았습니다."

얼른 쪼그려 앉아서 이 병장의 정강이를 문질러 주며 김 상병이 한숨을 내쉰다.

"열 받으니까 그렇지. 특임대 소령이라고 끼어들어서 깐족거려도 된다는 법 있냐? 우리가 걔네보다 덜 뺑이 치는 것도 아니고. 오늘만 해도 우리가 죽인 놈들이 더 많았어."

"탄약도 제가 훔쳐 온 게 있었으니까 꼭 달라고 하지 않아도 됐지 말입니다."

"그건 이미 우리 거야. 요즘 같아서는 꼬불쳐 둘 필요도 있을 것 같아……. 야, 좀 살살 문질러라, 이 새끼야. 네가 누르는 게 더 아프다. 일부러 그러냐?"

타박을 당하면서도 김 상병은 열심히 입김을 불어준다. 이 병장은 고개를 들고 분대원들에게 말했다.

"혹시라도 이 일 때문에 괜히 특임대 애들 기죽여 보겠다고 설치는 놈 있을까 봐 하는 말인데, 오버하지 마. 좀비 한 마리 더 죽인다고 아무도 알아주는 사람 없어. 우리 목표는 전역할 때까지 분대 전원이 더 이상 다치지 않는 거다. 손실은 김 일병 하나로 족해. 알았지?"

김 일병은 분대가 새로 꾸려진 첫날 장갑차 안에서 아군의 유탄에 관통상을 입고 후송된 녀석이다. 넷! 분대원들은 한목소리로 대답했다. 이 병장은 고개를 끄덕인 뒤, 말을 이었다.

"저 사거리를 지나면 홈플러스까지 600미터 정도다. 짧다면 짧고, 길다면 존나게 긴 거리야. 자동차가 서 있어서 시야도 불량해. 모두 정신 바짝 차리고 따라와. 정 상병, 김 상병, 너희는 강 일병 안경 챙겨주고, 그리고 박 이병."

"네."

진우가 대답했다. 관등성명을 대는 허식 따위는 벌써 예전에 사라졌다.

"네가 제일 잘해야 돼. 너한테 탄창 몰아주는 이유 알지? 분대원들 엄호 확실히 해라."

"네, 병장님."

진우는 분대원들의 얼굴 하나하나를 돌아보며 대답했다. 그러는 동안 탄약이 도착했고, 머리 위로 헬기가 지나간다. 요란한 무한궤도 소리와 함께 전진하는 장갑차들의 뒤를 밟으며 보병들이 이동을 시작한다.

"좋아, 우리도 움직이자!"

이 병장의 명령과 함께 탄창을 나눈 분대원들은 두려움과 결의가 반반씩 섞인 표정으로 중앙로 6차선을 향해 발을 내디뎠다. 헬기가 지나면서 좀비들이 위치한 곳에 발사해 둔 신호탄에서 붉은 연기가 피어오른다. 연기 기둥이 적어도 예닐곱 개는 되었다.

"으, 더워."

이글거리는 여름 한낮의 아스팔트에 장갑차에서 뿜어져 나오는 열기가 더해지며 강 일병을 보호하기 위해 바짝 붙어 걷던 김 상병의 입에서는 앓는 소리가 나온다. 다른 병사들 역시 굳이 말은 하지 않았지만, 숨이 턱턱 막히는 것 같았다.

교동로와 만나는 사거리에서 병력을 둘로 나누었다. 원래부터 삼척에 주둔하고 있던 소대의 잔여 병력이 홈플러스의 측면을 타격하기 위해 우회해서 이동하는 동안, 12시 방향에서는 사람의 낌새를 느낀 좀비들이 괴성을 지르며 몰려오고 있다.

ㄹ

쾅쾅쾅쾅~! 쾅쾅—!

K21 장갑차의 40㎜ 기관포가 요란한 소음과 함께 복합 기능탄을 잇달아 발사한다. 도로를 막고 있던 자동차들이 폭발하면서 불길이 치솟아 오르고, 기능탄들이 순차적으로 공중폭발하며 달려들던 좀비들을 산산조각 냈다.

꾸우웅—

구부러진 교차로의 신호등이 짐승의 신음 같은 소리를 내면서 넘어지며 뒤이어 달려오던 좀비들을 덮친다.

"우리 소대장도 특임대 애들한테 잘난 척 좀 하고 싶은 것 같은데?"

늘 7.62㎜ 동축 기관총만 쏘아대던 장갑차가 유래 없이 화려한 화력 쇼를 퍼붓자, 김 상병이 히죽거린다.

퍼어엉~! 퍼어엉!

세워져 있던 차량들 사이로 불길이 번지며 연쇄 폭발이 일어났다. 순식간에 6차선 전체에 걸쳐 연기가 뿜어져 나오는 통에 전방의 시야가 흐려졌다. 불이 붙은 채 달려오던 좀비들이 폭발의 여파를 이기지 못하고 날아가 상가 유리창에 꽂힌다.

타앙— 탕— 탕—

홈플러스에 인접한 산림 조합 건물과 길 건너편의 하이마트 옥상에 헬리콥터 레펠로 자리를 잡은 특임대 저격수들이 아래쪽 도로를 향해 발사를 시작했다.

"아홉 시 좀비!"

쿠르르르—

사거리의 왼편에서 몰아쳐 오는 놈들을 저지하기 위해 2호 장갑차가 뒤로 빠진다. 덕분에 열을 맞춰 뒤를 따르던 보병들의 진영은 사방으로 흩어졌다.

콰장창!

2층 건물들마다 창문을 깨고 거리로 뛰어내리는 좀비들이 더해지자 놈들의 무리는 점점 더 불어난다. 골목마다 다만 몇 마리씩이라도 좀비들이 쏟아져 나오고 있었다. 이쯤 되면 규모 삼이라던 애초의 보고가 잘못되었다고밖에는 생각할 수 없다.

"뒤로 빠져! 멍하니 서 있다가 깔린다! 박 이병! 길 터!"

이 병장이 분대원들을 이끌고 세 시 방향의 골목으로 뛰어들었다. 선봉에 선 채 달려들던 좀비들의 머리통을 날려 버린 진우가 물었다.

"직진합니까?"

"좌회전한다!"

타타타—

뒤를 돌아본 짧은 순간에도 좀비들은 한두 마리씩 계속 뛰어든다. 진우가 코너를 살피는 동안 전방은 정 상병이 K—3를 훑으며 커버했다.

크롸아악—!

가정집 옥상에서 뛰어내린 좀비 네 마리가 그로테스크한 자세로 몸을 일으키며 울부짖는다. 엉망으로 뼈가 부러져 버린 탓에 뛰지는 못하지만, 어그적거리면서도 꾸준히 기어온다. 목표는 김 상병과 강 일병이었다.

좀비들이 한 걸음씩을 뗄 때마다 부러진 뼈가 살을 뚫고 나왔다. 모두 알록달록한 속옷만 입고 있는 여자들이었고, 머리카락 길이나 색깔로 미루어 보아 좀비로 변하기 전에 꽤나 젊었을 것 같다.

"아으~ 이 계집애들아, 한 열흘 전에 이렇게 달려들어 줬으면 얼마나 좋았냐?"

김 상병이 눈살을 찌푸린 채 물러나다가 결국 방아쇠를 당겼다.

투투투투—

제아무리 김 상병이라고 해도 쉽게 빗맞히기 어려울 만큼 가까이 접근해 있던 터라, 좀비들은 엉망으로 터져 나갔다. 이 병장이 거들어서 머리통을 쏘아 정리했다.

"하아, 하아… 속옷인 줄 알았는데, 비키니네."

혐오스러운 표정으로 시체를 살피던 김 상병이 중얼거렸다.

"이 새끼, 이상한 취향이야? 지금 이 상황에 그런 걸 왜 따져?"

중국집 후문 사이로 고개를 내미는 놈들을 향해 사격하면서 이 병장이 타박했다. 김 상병이 고개를 저었다.

　"그런 거 아닙니다. 수영복 입은 좀비는 처음 보는 거라 신기해서 그럽니다."

　"7월에 동해 바다니까 당연히 수영복 입은 사람 많지!"

　"그렇구나… 휴가철이었지. 그런데 이 병장님, 이상하지 말입니……."

　콰아앙!

　누군가의 총알에 맞아 LPG 가스통이 폭발하는 바람에 놀란 김 상병은 말을 끊었다.

　"쓸데없는 소리 작작하고 열심히 싸워!"

　유리 조각 비가 한차례 쏟아지고 난 뒤, 진우를 따라 앞쪽으로 뛰어나가며 이 병장이 소리를 질렀다. 순식간에 머릿속에서 생각을 놓친 덕에 무엇 때문에 잠시 고민했는지를 잊어버린 김 상병도 큰 소리로 대답하며 방아쇠를 당겼다.

　"알겠습니다! 병장님! 저만 믿으십쇼!"

　사방에서 좀비들이 튀어나와 한데 뭉쳐 달려온다. 정 상병의 K-3는 여섯 시 방향을 청소하는 데만도 벅차서 전방 지원사격 같은 건 꿈도 꿀 수 없다.

　투투투투투둑— 투투투투둑—

　놈들은 불과 3, 40미터 뒤의 코너 양쪽에서 뛰쳐나오고 있다.

이쪽에 닿기까지의 시간은 불과 4초 내외. 잠시라도 방심하거나 시야에서 놓치면 그걸로 끝이다.

"머뭇거리지 마! 빨리 전진해!"

정 상병이 진땀을 흘리며 K─3의 방아쇠를 당겼다.

끄아아악─ 옆 블록에서 요란한 총소리를 뚫고 사람의 비명이 들려오자 모두들 등골이 오싹해진다.

투두둑! 투앙! 투두둑!

진우가 전방을 훑을 때마다 뛰어오던 좀비들이 뇌수를 뿌리며 고꾸라졌고, 그렇게 해서 생긴 공간을 향해 분대원들이 돌진했다. 코너의 우유 대리점 앞에 세워진 조그마한 트럭을 진지로 삼아서 달려드는 좀비들을 처리하고 잠시 숨 돌릴 틈을 얻은 김 상병이 욕설을 내뱉었다.

"이런 씨발! 어떤 개새끼가 규모 삼이라고 한 거야? 천 마리도 훨씬 넘겠구만!"

"원래 여기 방어하던 새끼들이겠지."

정 상병의 대답을 듣고 나자 더 화가 난다는 듯 김 상병이 목소리를 높인다.

"하여간 별 등신 같은 새끼들! 만나기만 하면 아주 아작을 내줘야지!"

"…그런데 저희가 그렇게 보고한 게 아니지 말입니다."

다 죽어가는 기세로 등 뒤에서 속삭이는 낯선 목소리 때문에 분대원들은 일제히 뒤를 돌아보았다. 바짝 마른 이병 하나가 당황한 얼굴로 그들을 마주 보고 쪼그려 앉아 있다. 바로 곁에서 여섯 시를 감시하던 정 상병도 놀란 표정이다.

"어! 너 뭐야?"

생전 처음 보는 다른 부대 병사를 향해 김 상병이 물었다.

"네, 이병 성낙수!"

"아니, 이름 말고, 이 어리바리한 새끼야. 뭐하는 새끼냐고?"

"시청 방어 중대 소속입니다."

"조난 신청했던 부대?"

"예, 그렇습니다."

"그런데 왜 우리 뒤를 따라왔어? 너희 부대는 주유소 사거리에서 아홉 시로 갔는데?"

"저… 저는 그냥 계속 앞사람 뒤통수만 보고 뛰었는데…….."

"정신 차리고 보니까 여기다, 그런 이야기야?"

"그렇습니다."

불안함이 가득한 눈동자를 굴리며 이병이 대답한다. 김 상병은 불쌍하다는 듯 혀를 찼다.

"쯧쯧, 그래, 규모 삼이라는 보고를 안 했다고?"

"어제 아침까지는 분명히 규모 삼이 가장 큰 무리였고, 그렇게 보고했었습니다. 그런데 갑자기 어디에서 왔는지 생전 보이지도 않던 넷짜리가 나타나서…….."

"전방 확보! 이동합니까?"

김 상병이 총성 속에서 낙오병과 대화를 나누는 동안 탄창 두 개를 비우며 좀비들을 작살낸 진우가 고개를 돌리며 외친다. 머리를 내밀어 좌우를 살피던 이 병장이 인상을 쓴다.

"젠장, 지금 우리가 어디 있는 거냐? 하도 뱅글뱅글 돌았더니 홈플러스가 어딘지도 모르겠어!"

"좌측으로 가면 대로! 직진하면 배후입니다!"

"그래. 박 이병, 네가 그렇다면 그런 거겠지! 좋아! 직진해! 야! 너도 움직여!"

이 병장은 낙오병의 등을 잡아끌며 전진했다. 머뭇거리는 사이에도 두 시 방향의 골목에서는 어디선가 꾸역꾸역 몰려온 좀비들이 날카로운 괴성을 내지르며 미친 듯이 몸을 날린다.

진우의 총성을 시작으로, 분대원 전체의 탄약이 일제히 한 방향을 향해 쏟아졌다. 유리창이 깨지고 살덩이가 터져 날아간다.

"저기! 저기!"

다급해진 낙오병이 정확한 방향이 아니라 '저기'라는 막연한 어휘만 되풀이하며 손짓을 한다. 진우와 김 상병은 낙오병의 손가락이 가리키는 아홉 시 쪽으로 총구를 돌렸다.

3미터 폭의 넓지 않은 골목을 가득 메우고 대량의 좀비들이 몰려온다. 정 상병은 후방을 맡는 중이어서 이쪽에 신경을 써줄 여유가 없어 보였다.

드르르르르륵! 드르르륵!

하늘 위로 기세 좋게 연사를 퍼부은 김 상병은 진우가 여섯 마리를 쓰러뜨리는 동안 곧바로 탄창을 갈아 끼우고 다시 방아쇠를 당긴다.

콰장창!

주변 건물 2, 3층의 유리창들이 비처럼 쏟아져 내리며 좀비들의 몸에 박혔다.

"김 상병님!"

진우는 이를 악물고 좀비들의 머리를 날리며 김 상병을 불렀다. '제발 그렇게 하지 말고 다리를 쏘십쇼!' 라고 간청할 참이었다. 놈들은 동료의 박살 난 머리통을 밀어 치고 계속 달려든다.

얼핏 보아도 남은 놈들이 20마리는 넘는다. 낙오병의 사격 실력도 의지할 만한 것은 아니었고, 이렇게 하다가는 탄창을 갈아 끼울 시간이 없어서 당한다.

우지지직!

끼우웅—

3층 건물에 매달려 있던 커다란 당구장 간판이 앞으로 기울며 둔한 소리를 낸다. 그러더니 곧 가속도가 붙어 빠르게 떨어져 내렸다. 김 상병이 하늘로 쏘아올린 총알에 의해 지지대가 박살 나버린 것이다. 간판은 맞은편 건물의 에어컨 실외기를 때리면서 반으로 잘린 채 아래로 꽂혔다.

쾌자작!

세차게 추락한 간판의 첫 번째 조각은 좀비들의 목을 때리면서 길을 막았고, 그 위로 다시 에어컨 실외기와 간판의 다른 조각이 덮쳐졌다.

쾌아앙—!

육중한 쇳덩이와 간판들이 좀비들의 뼈를 엉망으로 꺾고 바닥에 널브러지자, 좀비들의 수효와 진격 속도 모두가 눈에 띄게 줄어들었다. 이제는 장애물을 뛰어넘어 달려드는 놈들만 정리하면 된다.

"허어—!"

자신의 성과를 가장 믿을 수 없던 것은 물론 김 상병이었다. 그는 방아쇠를 당기는 것도 잠시 잊은 채 깔려 버린 좀비들을 바라보며 탄성이 섞인 한숨을 내쉬었다.

김 상병과 낙오병이 그 예기치 못한 놀라운 전과에 감탄하는 동안 진우는 아직 움직이는 놈들의 대갈통에 총알 한 방씩을 박아 넣었다.

"전방, 안경 가게!"

앞쪽에서 누군가 외친다. 안경이 그려진 간판을 확인한 분대원들은 모두 일사불란하게 코너를 돌아 그쪽을 향해 뛰어간다. 다만, 낙오병은 난데없이 안경 가게로 몰려가는 영문을 몰라 그들을 따라 열심히 달리면서도 좌우의 눈치를 살폈다.

"박 이병! 엄호해!"

이 병장이 김 상병을 대동하고 소방도로를 가로질러 가게 안으로 뛰어들면서 외쳤다. 시간을 끌 여유는 없다.

투투툭! 투투둑!

진우는 두 선임을 덮치려던 좀비들을 정리하고 길을 터줬다. 고개를 디밀어 카운터 안쪽이 안전한지를 확인한 김 상병이 서랍을 열고 안쪽에 있던 안경집들을 닥치는 대로 쓸어 담는다. 모두 영수증이 붙은 것들이다.

"이 집, 돈깨나 벌었던 모양입니다!"

김 상병이 배낭을 여미며 실없는 소리를 한다. 운 좋게도 예상했던 것보다 제작되어 있던 안경이 많았다.

"훔치는 거 아니야! 무기로 쓰는 거다, 무기! 아까 지형지물로 좀비 잡는 거 봤지?"

눈을 똥그랗게 뜨고 있는 낙오병을 지나치며 김 상병이 묻지도 않은 것에 대한 변명을 늘어놓는다.

그런가? 하긴 간판을 날려서 좀비도 잡았으니까. 그런데 안경은 또 무슨 기능을 하는 걸까?

열심히 계산을 하고 있다는 것이 낙오병의 얼굴에 고스란히 드러났다.

"안경이 대체 무슨 무기……."

아무리 생각을 해봐도 알 수 없었는지 낙오병이 머뭇거리며 물었다. 김 상병은 손바닥으로 녀석의 하이바를 탁, 치고 나서 얼굴빛 하나 변하지 않고 태연하게 말했다.

"잊어버려! 상병 달면 배우는 기술이니까! 너 이 새끼야, 호기심 많으면 일찍 죽는다!"

"다시 전진!"

진우, 정 상병과 함께 앞쪽의 좀비들을 정리한 이 병장이 목소리를 높였다.

"하아, 하아……."

시체를 밟고 미끄러졌다가 다시 일어난 강 일병이 소매를 들어 땀을 닦아낸다. 앞이 제대로 보이지 않아 정 상병의 뒤에 바짝 붙어 이동하는 것만으로도 굉장히 지쳐 있었는데, 이제는 발목까지 삐끗했다. 뒤처진 강 일병을 돌아본 이 병장이 명령했다.

"오 일병! 김 상병! 너희가 강 일병 챙겨! 뛰어야 돼!"

김 상병은 얼른 몸을 돌려 강 일병에게 뛰어간 뒤 팔을 잡아 어깨에 둘렀다. 정 상병과 역할을 바꾼 진우가 후방을 경계하며 놈들이 모습을 드러낼 때마다 차례로 쓰러트렸다.

제아무리 김 상병이 애를 써도 2인 3각처럼 달리는 것은 느려질 수밖에 없고, 좀비들이 달려드는 전장에서 속도가 줄어드는 것은 치명적이다. 분대와의 간격이 벌어지자 강 일병이 분한 목소리로 울먹인다.

"죄송합니다. 저 때문에……."

"새꺄, 그딴 소리 하지 마! 내가 다치면 넌 안 끌어줄 거야?"

김 상병이 단호하게 말하며 자신의 배낭 어깨끈을 두드렸다.

"너 줄 거 여기 잔뜩 있다! 작전 끝나자마자 이 중에서 골라!"

대로 쪽에서는 여전히 바쁘게 울리는 총성, 폭발음과 함께 비명이 섞여 들려온다.

끄아악— 안 돼!

좀비 떼를 열심히 헤쳐 나가다가도 그런 소리가 고막을 울릴 때마다 모골이 송연해져서 자연히 멈칫거리게 된다.

타아앙— 타아아앙— 타아앙—!

건물 옥상에서 특임대의 저격 지원이 쉴 새 없이 이어지고는 있지만, 대로의 상황은 어지간히 심각한 모양이다.

"다른 데 신경 쓰지 마! 움직여! 계속 쏴! 정신 똑바로 안 차리면 우리가 죽는다! 정 상병, 세 시!"

투투투투투투둑—

이 병장의 지시를 받은 정 상병이 K—3의 방향을 돌려 오른편 갈림길을 훑었다.

팅팅티디딩—

길 한쪽에 일렬로 세워진 자동차들이 자연 엄폐물이 되어버려서 총알의 절반 이상이 차체를 맞고 튀었다.

투르르르륵—

다시 한 번 갈겨봐도 쓰러지는 놈들의 수는 손에 꼽을 정도
다.

펑— 퍼엉—

쨍강!

애꿎은 자동차 창문과 타이어만 잇달아 터져 나가는 동안 좀
비들은 훨씬 가까워졌다. 나머지 병사들도 모두 열심히 전방의
놈들을 상대하고 있어서 화력의 여유는 없었다. 하지만 이제는
너무 위험한 지경이 되어버렸다.

"박 이병! 세 시!"

급박해진 정 상병이 지원을 요청했다. 진우가 막 몸을 돌리는
순간, 연료통을 맞은 소형차가 폭발하며 들썩인다. 그 사이로
달려오던 좀비들의 머리와 옷에 곧바로 불이 옮겨붙었다.

쏟아지는 유리조각들을 피하기 위해 숙였던 고개를 다시 들
었을 때, 놈들과의 거리는 10미터 남짓. 끔찍한 형상으로 달려
드는 놈들을 향해 진우는 필사적으로 총알을 꽂아 넣었다.

이빨을 드러내며 달려드는 좀비도 무섭지만, 온몸이 불덩어
리인 녀석들과 근접전을 벌이는 것에는 비할 바가 못 된다.

파앙— 파파방— 파파팍—

진우의 총구가 머물렀던 방향에는 불덩어리가 된 시체들만이
남아 검은 연기를 피워 올린다. 오징어 타는 냄새가 연기와 함

께 거리를 가득 메웠다.

"차 뒤에 가려진 새끼들! 그 새끼들 잡아! 넘어오는 놈들은 내가 정리할게!"

자동차를 넘어 달려드는 놈들을 박살 내면서 정 상병이 다급하게 외쳤다.

어떻게?

명령을 받은 후 잠시 멈칫하던 진우는 근거리에 남은 두 마리를 모두 사살하고 나서 탄창을 갈아 끼우며 납작 엎드렸다. 자동차 타이어 사이로 뛰어다니는 발이 보인다. 가장 앞의 놈부터 다리를 날렸다.

타앙—

그런 후, 바로 그 자리를 내딛는 또 다른 좀비의 발에도 진우의 총알이 꽂힌다.

크라악—!

발목이 잘려 나간 좀비들은 제자리에 호되게 고꾸라진다. 넘어진 머리통 높이가 자신의 시선과 일치하는 그 순간, 진우는 방아쇠를 당겼다.

퍼억— 퍼억—!

놈들의 머리에 커다란 구멍 하나씩이 뚫리는 것을 곁눈질로 확인하면서 진우는 곧바로 총구를 돌려 차례로 등장하는 또 다른 녀석들의 발을 겨눴다.

빨간색 하이힐.

타앙!

묵직해 보이는 등산화.

타앙!

먼지가 뽀얗게 낀 검정 구두, 98년형 에어조던, 뼈가 드러난 맨발.

타앙! 타앙!

보이는 발마다 두 쪽 모두 날려 버렸고, 그 지점에서 별로 떨어지지 않은 도로에는 발목이 날아가서 제대로 몸을 일으키지 못하고 비틀거리는 좀비들의 무더기가 쌓였다. 기동력을 상실한 놈들 정리는 정 상병이 맡았다.

계속해서 발목을 날리던 진우가 일순간 멈칫한다. 잠시 사이를 두고 자동차 바닥과 도로의 틈에 나타난 것은 워커였다. 검은색 군용 워커가 계속해서 들이닥친다. 하마터면 아군을 쏠 뻔했다는 생각이 들자 식은땀이 등줄기를 타고 흐른다. 진우는 한숨을 내쉬면서 외쳤다.

"몇 분대야? 신호를 하고 들어와야지! 쏠 뻔했잖아!"

대답이 없다. 진우가 몸을 일으키는 동안에도 저쪽에서는 워커 소리만 울릴 뿐, 아무런 말이 들려오지 않는다.

싸사사삭―

자동차 지붕 위로 위장 무늬 하이바들이 이쪽을 향해 바쁘게

다가온다. 정 상병과 서로 마주 본 진우는 심상치 않은 기운을 느끼고 뻐근한 어깨에 총구를 바짝 붙였다.

첫 번째 녀석이 모습을 완전히 드러냈다. 아군이 맞네, 라고 생각한 순간, 무언가 낯설다. 총을 들고 있지 않았다.

"이… 이런 씨발."

정 상병이 힘없이 욕설을 내뱉었다. 손에서 총을 놓은 채 어깨를 늘어뜨리고 달려오는 병사들, 군복에 가득 튀어 있는 핏자국, 떨어져 나간 팔목과 살점들……. 얼룩무늬 군복을 입은 좀비들이 자동차 엄폐물을 지나쳐서 진우의 분대를 향해 똑바로 돌진해 오고 있다.

어느새 이렇게 당해 버린 것일까? 우리도 여기에서 곧 이런 꼴이 되어버리는 걸까?

사복 입은 좀비들을 대할 때와는 그 기분이 완전히 달라서 남의 일이 아니라는 게 절실하게 와 닿는다. 그 흉측한 모습을 보는 것만으로도 머리가 아득해지는 것 같다. 전방을 정리하느라 뒤늦게 측면의 사태를 파악한 분대원들이 일제히 얼굴을 일그러뜨렸다.

"젠장!"

겨우 정신을 추스른 정 상병이 K−3의 방아쇠를 당긴다.

투루루루루루룩─

사나운 기세로 날아간 5.56㎜ 총알들이 군복 좀비들의 내장을 후방으로 날려 보내고 뼈를 부러뜨린다. 그러나 하이바가 지켜주는 머리통만은 단번에 뚫리지 않았다. 머리통이 박살 나지 않은 좀비들은 충격에 의해 뒤로 날아갔다가도 곧바로 몸을 일으켜 뼛조각들을 덜렁거리며 다시 달려들었다.

그롸아아악!

가장 앞선 놈이 아가리를 쩍 벌리고 쉰 목소리로 울부짖으며 몸을 던졌을 때, 진우의 K-2가 불을 뿜었다.

투투둑—

얼굴이 박살 난 좀비가 앞으로 고꾸라지고, 놈이 쓰고 있던 하이바는 뇌수와 함께 뒤쪽 하늘로 튀어 오른다.

투두둑— 투둑— 투두둑—

진우는 무표정한 얼굴로 바쁘게 총구를 움직여 정확하게 삼점사를 퍼부어 놈들을 순서대로 쓰러뜨렸다. 예전에 민간인이었든 군인이었든 달라진 건 없다.

다만, 표적의 크기가 절반 이하로 줄어들었을 뿐이다. 이놈들을 쓰러뜨리고 살아남기 위해서는 하이바가 보호해 주지 않는 얼굴을 관통시켜 뇌를 날려야 한다.

문제는 좀비들이 늘 그렇듯, 이 녀석들도 고개를 비스듬히 숙인 채 아가리를 벌리고 달려든다는 것이다.

"쏴! 아무 데라도 계속 쏴!"

놈들이 가까워지면서 이 병장의 목소리도 점점 다급해진다.

파파파파파바—!

정 상병과 분대원들이 거친 난사로 좀비들의 몸통을 날릴 때마다 아직 온전히 굳지 않은 피가 터져 나오며 검붉은 안개를 만들어냈다. 진우는 날아간 놈들이 다시 몸을 일으키기를 기다렸다가 둥근 가늠쇠 안에 얼굴이 들어오는 순간, 눈 주위를 겨냥해 쏘았다. 군복 입은 좀비들은 그렇게 해야만 겨우 정리가 가능하다.

"하아, 하아… 제기랄."

달려들던 놈들을 가까스로 정리한 뒤, 분대원들은 거친 숨을 몰아쉬며 저마다 한마디씩 욕설을 뱉었다. 그들의 것과 완전히 똑같은 군복을 입고 있는 좀비들의 시체. 산산조각이 나버린 그들의 팔과 다리, 내장이 사방에 어지러이 흩어져 있다.

"대로 쪽 상황이 이렇게 안 좋아? 우리 애들이 이렇게나 많이 물려 버렸어? 이런 썅……."

이 병장이 괴로운 표정을 지으며 대로 쪽으로 고개를 돌린다.

쾨쾅! 타타타타타—

건물 벽에 막혀 보이지는 않지만, 여전히 총성과 울부짖음, 비명이 섞여 들려오고 있다.

"…이 병장님, 얘들… 우리 부대 아닙니다."

시체들의 전술 조끼에서 혹시 멀쩡한 탄창이라도 찾을 수 있을까 싶어 몸을 숙이고 있던 김 상병이 말했다. 그가 가리키는 왼쪽 팔뚝에는 뒤집어놓은 종 모양 바탕에 23이라는 숫자가 세로로 새겨져 있다.

원래부터 삼척에 주둔하던 23사단 마크였다. 분대원들의 시선은 자연스레 그들과 함께 이동 중인 낙오병을 향해 쏠렸다. 낙오병의 팔에도 같은 마크가 있다. 이 병장이 이마를 쓸어 땀을 닦아내며 낙오병을 불렀다.

"야!"

"네, 이병 성낙수!"

"우리가 지금 죽인 애네들이 홈플러스에 고립됐다던 그 부대냐?"

"네? 못 알아들었습니다."

"지금 이 좀비들이 어제까지 너랑 같이 시청 방어하고 있다가 식량 조달하러 나갔던 부대원들이냐고. 확인해 봐."

성 이병은 신원을 확인하기 위해 주춤거리며 시체들의 곁으로 다가갔다. 하지만 죽어버린 좀비들의 얼굴이 모두 총탄에 맞아 엉망으로 박살이 나 있는 상태였기 때문에 얼굴을 보고 파악한다는 건 어려워 보였다.

끔찍한 몰골에 인상을 쓰면서 부대원들의 시체 사이를 걷던 성 이병이 힘없이 혼잣말을 내뱉었다.

"기영아……."

"아는 사람이야? 기영이가 누군데?"

"제 친굽니다……. 제일 친한 친굽니다."

"그래? 여기서 같이 근무했어?"

이 병장이 확인하기 위해 곁으로 다가갔다. 하지만 도대체 어떻게 알아본 것인지 신기할 정도로 그 군인 좀비의 상태는 심각하게 훼손되어 있었다.

흉부 위쪽을 난사당해서 얼굴도, 명찰도, 심지어 군번줄도 남아 있지 않다. 이 병장은 망연자실하고 있는 성 이병에게 물었다.

"이 자식, 대체 뭘 보고 그러는 거야? 다 날아가 버려서 엄마가 와도 못 알아보겠구만."

"이겁니다."

성 이병이 가리키는 건 좀비의 왼 팔목에 채워진 큼직한 지샥전자시계였다. 주인은 박살이 나서 죽어 있는데, 시계는 아직도 멀쩡하다.

"시계가 뭐? 이런 시계는 흔한 거 아니야?"

"안 흔합니다……. 후우, 스카이포스라고, 94년 모델을 제가… 겨우 찾아서 선물해 준 겁니다. 지샥 모델 중에 최초로 고도계가 달린… 같은 부대라서 저를 엄청 챙겨줬었는데……."

충격이 어지간히 컸는지 성 이병은 한숨과 눈물을 삼키면서 알아들을 수 없는 오타쿠적인 소리들을 늘어놓았다. 이 병장은 필요 없는 말들을 걸러내고 중요한 것만 다시 확인했다.

"알았어. 이 친구가 너랑 시청 방어를 같이했었던 건 맞지?"

"흐윽, 네… 그렇습니다."

"젠장, 너희도 수류탄 하나가 없냐? 씨발, 그러니 고립되지."

좀비 군인들의 시체를 살피던 김 상병이 건져 낸 탄창 세 개를 진우에게 건네며 툴툴댄다.

"있었는데 며칠 전 상자 하나를 확보한 다음에 갑자기 전부 회수를 당했습니다."

아직도 멍해져 있는 성 이병을 내버려 두고 이 병장은 분대원들을 돌아보았다.

"아, 젠장. 짜증난다. 여기까지 나와서 돌아다닐 정도면 홈플러스에 갇혔던 부대는 벌써 다 변해 버린 것 같은데, 지금 우리가 목숨 걸고 가야 할 필요가 있나? 어쩌지?"

"하아… 하아……."

다들 말없이 한숨만 몰아쉰다. 굳이 소리로 만들어 입 밖에 내지 않더라도 그들이 정말로 하고 싶은 말은 모두 하나다.

불필요한 위험이라면 감수하고 싶지 않다.

이미 다 당해 버렸다면 굳이 이렇게 힘들게 한 발, 한 발을 내디딜 이유가 없을 것이다.

게다가 저 많은 병력들이 당해내지 못할 만큼 커다란 규모들의 좀비들과 마주치고 싶지 않다는 두려움도 크게 작용했다.

이대로 버티면서 뒤에 빠져 있다가 돌아가 버리면 안 될까.

분대원들의 퀭해진 눈은 그런 이야기를 절실히 뱉어내고 있었다.

"그런데 말입니다……."

김 상병이 범벅이 된 코와 땀을 훔치며 힘겹게 입을 연다.

"입장을 바꿔서 제가 고립된 상황이라고 생각해 보면 정말 간절하게 전우들을 기다리기는 할 것 같습니다. 만약 단 한 사람이라도 생존해 있다면 말입니다."

"…역시 그렇겠지?"

이 병장이 한숨을 쉬면서 총을 고쳐 쥐었다.

"그래! 다들 불안하고 힘들겠지만, 저 안에 갇힌 게 우리들 중에 하나라고 생각하고 가자!"

다들 고개를 끄덕이며 다음 블록을 향해 구보를 시작했다. 모두들 입을 꾹 다물고 있는 걸 보면 마음속으로 홈플러스 안에 고립되어 있는 병사들이 자신의 가장 소중한 사람이라는 이미지 트레이닝을 하는 게 틀림없다.

진우도 상상해 봤다. 저 안에 갇혀 있는 게 내 가족이라고 생각하자. 아니, 가족들은 군대에 올 사람이 없으니까 내 친구들이라면… 유빈이, 삼식이, 보안관 같은 내 친구들. 그렇다면 목숨을 걸고 싸울 가치가 충분히 있다. 이 두렵기만 한 전진을 계속할 용기가 생긴다.

타타당— 타당—!

이 열로 달리는 분대원들 중에서 가장 선봉에 선 진우와 이 병장의 K—2가 동시에 불을 뿜는다.

피융— 퍽!

돌담 사이로 머리를 내밀던 좀비가 빙그르르 돌면서 비명도 지르지 못하고 고꾸라진다. 이 병장이 쏜 탄자는 곁의 돌담을 스치면서 깊숙한 탄흔을 남겼다.

"새끼……."

이 병장이 진우를 흘끗 돌아보며 대견하다는 듯 피식거린다. 달려가며 단 두 발만으로 머리통을 날리다니, 볼 때마다 신기할 따름이다. 이 녀석이 아니었다면 이미 분대원들 중 상당수는 예전에 목숨을 잃었을 것이다.

진우는 여전히 기계처럼 무표정한 얼굴로 크게 원을 그리며 코너를 돌았다. 혹시라도 사각에 가려진 놈들의 기습을 피하기 위한 이동 방식이었다.

6차선 도로 건너에 홈플러스 입구가 보인다. 엉망으로 박살난 도로와 불타고 있는 자동차, 검은 연기 사이로 어지럽게 뛰어다니는 좀비들이 얽혀 있다. 하지만 수효는 많지 않았다.

총소리와 유탄이 폭발하는 소리가 멀리 뒤쪽에서 울리는 걸보면 장갑차와 함께하는 본대가 대로의 중간 부분에서 엄청난 전투를 벌이고 있는 모양이다.

"젠장, 우리가 제일 먼저 온 거야?"

단층 건물들로 둘러싸인, 긴 2차선 도로 위에 서서 김 상병이 중얼거렸다. 저 어두운 건물 내부로 뛰어 들어가는 것은 또 다른 종류의 용기가 필요한 일이었다.

쒸이이이이잉― 파파파파파바바―

특임대의 헬기가 한차례 지원사격을 가해주고 지나간다. 그리고 4거리 위에 홈플러스로 이어지는 길이 열렸다. 건물 내부에서도 더 이상 쏟아져 나오는 좀비들이 보이지 않는다.

언제 또 올지 모르는 기회. 장갑차에 정신이 팔린 좀비들이 아직 이쪽을 눈치채지 못하고 있는 지금이 돌진을 하기 위한 최적의 시간인 것만은 틀림없다.

진우와 이 병장은 서로 눈을 마주쳤다. 어차피 이 작전은 저 빌어먹을 건물 내부에 들어가서 생존자를 확인하고 구출해야 끝이 난다. 이 병장은 고개를 끄덕인 뒤, 분대를 향해 명령했다.

"김 상병, 강 일병! 그리고 정 상병, 여기에서 엄호해! 나머지는 따라와! 진입한다! 박 이병! 네가 선봉이다!"

세 명이 이 병장이 지목한 카센터 지붕 위로 올라가고 K―3가 남아 있는 몇 마리를 정리하는 동안 진우를 앞세운 1분대는 자세를 낮추고 시체들이 즐비한 도로를 내달려 홈플러스를 향해 뛰어갔다.

피빙— 핑— 핑—

공기를 가르고 날아가는 총알 소리가 머리 뒤에서 울린다. 진우는 앞을 가로막는 놈들의 머리를 차례로 터뜨리며 길을 텄다. 그리고 마침내 지긋지긋하던 여정이 끝나고, 그들은 홈플러스 문 안에 들어설 수 있었다. 진우는 손을 들어 멈추라는 신호를 등 뒤에 보냈다.

"천천히!"

이 병장의 명령이 없더라도 누구나 주춤할 수밖에 없다. 건물 내부는 짙은 그늘이 드리워져 있고, 화창한 여름의 태양빛에 익숙해져 있던 동공이 건물 내부의 어두움에 적응하기까지가 가장 위험하다. 속도를 줄인 진우는 이마를 찌푸리고 플래시를 켠 채 조심스럽게 걸음을 내디뎠다.

좌악, 플래시의 불빛들이 모아지자 엉망으로 망가진 매장의 모습이 들어온다. 코가 아니라 머릿속 어딘가로 전해지는 것 같은 비릿함과 냉기가 진우의 팔에 소름이 돋게 만든다. 그런 기분이 의미하는 바를 잘 알고 있는 진우는 K—2의 방아쇠에 손가락을 걸었다. 이 커다란 어둠 속 저편 어딘가에는 놈들이 있는 것이다.

"어디부터 가야 하지?"

이 병장이 사방을 두리번거린다.

"식품 매장은 지하에 있답니다."

진우는 조금 전 플래시 불빛 사이로 스쳐 보았던 안내판의 정보를 전달해 주었다. 먹을 것을 구하러 여기까지 왔던 부대니까 당연히 식품 매장부터 찾았을 것이다. 문제는 아래로 무작정 내려가는 것이 고립으로 이어지지 않을까 하는 두려움이었다.

옥상으로라도 피신할 수 있는 위층과 달리, 지하 매장은 끝이 막힌 공간이다. 이 병장은 지하로 이어지는 무빙워크를 향해 플래시를 비췄다. 컴컴한 무빙워크가 마치 아가리를 벌린 채 먹잇감을 기다리고 있는 악마처럼 섬뜩하게 느껴진다. 놈들의 울음소리가 아래에서부터 메아리치며 울려온다.

파앙! 파앙!

투투두두두—

분대원들 전부는 낯선 총소리가 들린 위층을 향해 고개를 들었다. 잠시 후, 저벅거리는 워커 소리. 무빙워크를 통해 누군가 내려온다. 헬기에서 레펠로 내려와 옥상부터 위의 층들을 차례로 훑은 특임대였다.

"허어, 벌써 육로로 뚫고 들어온 녀석들이 있어?"

플래시 불빛으로 아군 병력의 존재를 확인한 소령은 조금 감탄한 듯 말하며 가까이 다가왔고, 나머지 특임대원들은 주변을 경계했다. 소령은 경례하는 이 병장의 얼굴을 확인하고 나서 코웃음을 쳤다.

"너, 이 자식… 아까 그놈이잖아? 하하, 나 이 새끼."

또 시비를 걸면 어떡하지…….

이 병장은 곤란한 표정으로 머뭇거렸다. 난감한 것은 분대원 전체가 한마음이었다. 하필 이런 곳에서 딱 마주치다니, 운도 어지간히 없다는 생각이 든다. 소령이 이 병장의 얼굴을 꼬집고 흔들더니, 씨익 웃으며 놔준다.

"천 마리 넘게 잡아봤다 어쩐다 떠들더니, 아주 허풍은 아니었나 보구만. 꽤나 빨리 돌파했는데? 이번에도 병력 손실 없었나?"

"그렇습니다."

"이가 좀 빠진 게 아니고?"

분대원의 머릿수를 보고 소령이 말한다.

"후방 지원을 위해서 셋을 남겨두고 왔습니다."

"흐음, 운인지 정말 실력인지 모르겠군. 일단은 인상적이라고 해두지. 하지만 이제부터는 더 정신을 바짝 차리는 게 좋을 거다. 저 아래는 아주 좀비 밭인 것 같으니까 말이야. 따라올 배짱 있나?"

소령이 도발적으로 물었다. 자존심이 이 병장의 내부에서 발끈하며 이성보다 먼저 반응한다.

"저희가 선봉에 섭니까?"

정말로 그렇게 하라고 할까 봐 말을 해놓고 곧바로 아차 싶었지만, 소령은 그런 태도가 싫지 않았는지 입술을 뒤틀어 웃으며 이 병장의 볼을 두드린다.

"후후, 새끼, 실력이 그 배짱의 반이라도 되는지 한 번 보자. 후방 경계하면서 따라와."

소령은 무선으로 헬기에 건물 입구를 봉쇄하라는 지시를 내린 후, 특임대원들을 앞세워 걷기 시작했다.

정말 가는 건가, 저 컴컴한 아가리 속으로……

얼굴을 쓸어내린 이 병장은 분대원들을 돌아보았다. 모두들 오기와 두려움이 섞인 표정으로 지하층으로 이어진 무빙워크를 노려보고 있다.

"가자."

이 병장은 담담한 목소리를 유지하기 위해 최대한의 용기를 끌어내야 했다. 모두가 안전하게 돌아가는 게 가장 중요한 목표라고 자신의 입으로 말했지만, 혹시 있을지도 모를 생존자를 구하기 위해 이 컴컴한 건물 내부로 돌진해 온 순간 이미 그 원칙은 깨져 버렸다. 그리고 엘리트 특유의 권위주의가 뚝뚝 흘러넘치는 저 특임대 소령 앞에서는 특히 약한 모습을 보이고 싶지 않았다.

"막혀 있습니다. 저걸 쌓아서 저지해 보려 한 것 같습니다."

방패를 앞세우고 전진하던 특임대원이 뒤를 돌아보며 보고한다. 특임대 개인화기 레일에 장착된 플래시 불빛이 그곳을 비추자, 무빙워크 2/3쯤의 지점부터 그 아래까지 복잡하게 얽힌 채 쌓여 있는 쇼핑용 카트와 진열대들이 눈에 들어온다.

음식을 구하려고 저곳까지 내려갔다가 갑자기 들이닥친 대규모의 좀비들에 놀란 군인들이 쌓은 것들이다. 하지만 간간이 울려오는 좀비들의 울음소리를 들어보면 대단한 실효는 거두지 못한 게 분명하다.

지하층의 좀비들이 아직도 이곳에 머물러 있는 이유는 바로 이 장애물 때문이었다. 난간으로 뛰어내린 좀비들조차 다시 올라오기 어려울 만큼 바리게이트는 단단하고 넓었다. 세 명의 특임대원이 달려들어 밀어보았지만 철컹거리기만 할 뿐, 열릴 기미가 없자 이내 철수한다.

"날려 버려."

소령이 명령했다. M32 유탄발사기를 허리 뒤쪽에 차고 있던 특임대원이 앞으로 나서며 세 방의 40㎜ 유탄을 발사했다.

쾅쾅! 쾅! 쾅아앙!

카트를 뚫고 들어간 유탄이 폭발하자, 사방으로 불꽃과 쇳조각이 튀고 건물 전체가 울릴 만큼 커다란 소리가 난다.

티팅, 몇 개의 파편은 무빙워크 위에 서 있는 특임대의 방패에까지 날아와 맞았다.

"가자."

바리게이트가 제거된 것을 확인한 뒤, 특임대와 진우의 1분대는 무빙워크를 내려가 지하층에 들어섰다. 1층에서 느꼈던 것과는 비교할 수 없을 만큼 짙은 어둠이 사방에서 그들을 감싼다.

플래시의 광원이 닿지 않는 곳은 온통 칠흑같이 검고 몇 센티 앞조차 보이지 않는다. 미처 경험해 보지 못한 그 압박감에 진우는 가볍게 몸을 떨었다.

"후우우~ 후우우~"

자신의 숨소리가 귀를 울릴 만큼 사방이 고요하다. 모두들 입을 꾹 다물고 보는 일에만 온 신경을 집중하고 있었기 때문이다. 시야가 좁혀지는 것만으로 온몸에 피로감이 몰려온다.

대부분의 사람들은 평소 막연히 앞을 본다고 생각하며 살지만, 눈동자가 정면을 향해 있을 때조차 180도에 달하는 넓은 시야각의 정보들이 전달된다. 바로 옆의 사물을 느낄 수 있는 것은 모두 그 시야각 덕분이고, 뛰어난 운동선수들은 그 이상까지도 볼 수 있다.

상하로는 90도, 좌우로는 180도의 가로가 긴 타원이 인간이 볼 수 있는 범위이지만, 조명이 완전히 제거된 홈플러스 매장 지하에서 그들의 시야는 총구 바로 뒤 레일에 달린 플래시의 광원 안으로 제한되어 버렸다. 정면의 먼 쪽은 보이지만, 바로 옆에서 일어나는 일들은 전혀 감지할 수 없는 상황이다.

게다가 이 넓은 매장에는 사람 키보다 더 높은 진열대들이 길게 늘어서 있기 때문에 가뜩이나 좁게 느껴지는 라이트의 범위를 차단하는 데 탁월한 방해물로 기능하고 있다.

"전진."

그들은 매장 입구를 통과해서 썩은 야채들과 세일 물품들이 양쪽으로 세워진 좁은 통로를 따라 걸었다.

그르르……

이곳에 내려와 만나는 첫 번째 좀비가 플래시 광원 내로 들어와서 그르렁거린다. 이놈들이 어둠 속에 음흉하게 숨지 않고 제 발로 달려와 준다는 게 고마울 지경이다.

철컥, 샷건을 든 특임대가 앞으로 한 발을 내디디며 겨냥을 하는 순간, 대여섯 마리의 좀비들이 한꺼번에 시야 안으로 달려들어온다.

그라아악!

퍼버버벙— 퍼벙— 파바바박—

네 대의 샷건이 일제히 불을 뿜고, 할로우 포인트보다 더 명중률이 높은 RIP탄을 장착한 MP5가 거들자, 좀비들은 걸레처럼 박살이 나서 바닥에 뒹굴었다.

퍼버벙—!

좀비들 뒤에 쌓여 있던 시리얼 박스가 터져 나가며 살덩어리와 섞인 콘푸로스트들이 눈처럼 날린다. 측면을 경계하면서 곁눈질로 돌아본 진우는 조금 감탄했다.

K—2 단일 화기로만 무장한 진우의 분대와 비교해 볼 때 확실히 이들의 전투는 편리하게 느껴진다. 하지만 하나의 점이 아니라 범위를 파괴하는 샷건의 약점이 이내 드러났다.

그롸아아악!

매장의 끝까지 걸어간 그들이 오른쪽으로 코너를 돌아 세 개의 열을 지나쳤을 때, 계절 상품 진열대 사이에서 또 다른 무리들이 달려들었다.

군복을 입은 좀비와 민간인 복장의 좀비들이 반반씩 섞인 놈들이었고, 거리는 불과 10미터. 다시 샷건의 방아쇠가 당겨지려 한다. 좀비의 전투 조끼에 달린 둥근 통을 본 진우가 다급하게 이 병장을 뒤로 당기며 외쳤다.

"연막탄! 연막탄!"

진우의 목소리는 묵살당하고, 네 정의 샷건은 일제히 발사되었다. 민간인 좀비들의 상체가 벌집처럼 뚫린다. 그리고 아군 좀비의 전투 조끼에 부착되어 있던 연막탄의 뇌관이 샷건에 맞아 폭발했다.

푸슈슉—!

점차 빠르게 뿜어져 나오는 흰 연기와 함께 군복을 입은 좀비의 시체가 덮쳐든다. 가뜩이나 좁은 플래시 광원에 의존하고 있던 시야는 금세 뿌연 연기로 완전히 덮어 버렸고, 장막의 안쪽에서는 울부짖는 소리와 함께 좀비들이 뛰어오고 있다.

"이런 젠장!"

당황한 특임대원들이 무작정 난사하며 후퇴한다.

파방— 파방— 타바바바—

뒤로 물러나는 시간을 벌기 위해 조준 없이 쏴대는 총알에 맞아 진열되어 있던 살충제 스프레이들이 불꽃을 일으키며 폭발했다.

퍼퍼펑—!

불꽃과 함께 뿜어져 나온 매캐한 검은 연기들이 연막탄의 흰 연기구름과 겹쳐지며 시야는 더욱 가려졌다. 당황한 특임대원들의 총구가 흔들릴 때마다 플래시가 사방으로 춤을 춘다.

"뒤로 빠져!"

누군가의 다급한 목소리.

그라아아악!

빠르게 가까워지는 괴성.

특임대 선두의 방패에 좀비가 몸을 날리며 부딪쳐 온다. 방패 위로 총구를 내밀어 쏴았다. 관통력이 부족한 RIP 파편탄이라서 좀비가 쓰고 있는 하이바를 뚫지 못한다고는 해도 다른 뼈들은 박살 낼 수 있다.

우드득! 어깨가 뭉개진 좀비가 바닥에 나뒹굴었다가 다시 몸을 일으킨다. 진열대 사이는 금방 뿌연 연막으로 가득 차올라서 아무것도 보이지 않게 돼버렸다.

파바바바방— 투두둑—!

방향을 뒤로 돌린 진우의 분대는 혹시 모를 위협을 처리하기 위해 일단 총격을 가하면서 달렸다.

취이익—!

캔 사이로 터져 나온 청량음료 줄기가 죽어라 달리는 그들의 얼굴 위로 쏟아진다. 오렌지 맛이 난다.

4

"좌회전! 좌회전!"

이 병장과 진우가 한목소리로 외쳤다. 한 번 지나쳐 왔던 쪽으로 가는 편이 아무래도 안전할 것이다. 분대원들은 코너에서 재빨리 방향을 틀었다.

퍼엉!

눈먼 샷건에 얻어걸린 좀비의 몸뚱이가 날아가며 진열장을 흔든다.

와장창창!

뭐가 들었었는지는 모르겠지만, 유리병들이 엉망으로 박살나며 떨어졌다.

그롸아악!

어느새 뒤를 밟았던 것인지, 왼쪽에서 달려드는 좀비들. 정신없이 흔들리는 플래시 불빛 속에서 놈들의 모습이 나타났다 사라지기를 반복한다. 이대로라면 두 개의 분대가 반으로 갈라지게 될 것이다.

진우는 걸음을 멈추고 상체를 돌렸다. 그러고는 가슴에 고정된 플래시가 놈들을 정면으로 비추었을 때, 방아쇠를 당겼다.

투투― 투두둑! 투두둑! 투둑!

눈에 들어오는 네 마리는 모두 정리했는데, 아직도 울부짖는 놈이 남아 있다.

어디지? 어디?

3시와 9시, 두 사각을 향해 필사적으로 몸을 돌려봐도 소리의 주인은 보이지 않는다. 왠지 불안함이 위쪽으로부터 엄습해 왔지만, 가능성이 없으므로 애써 무시했다.

"뭐해, 박 이병! 이 새끼야! 뛰어!"

이 병장이 진우의 어깨를 잡아 당겼을 때, 와지끈! 요란한 소리와 함께 선반이 무너지고 위에서 군복 입은 좀비가 떨어져 내린다. 진열장 위로 달아났다가 그곳에서 변해 버린 모양이다.

"으갸아!"

뒤따라 달리던 특임대의 얼굴 위로 두 마리가 한꺼번에 덮쳐졌다.

파바바바바―

좀비에 물려 쓰러지면서 난사한 MP5 탄환이 사방으로 날린다.

"고개 숙여!"

소령이 진우와 이 병장의 뒤통수를 누른다.

퍼퍽! 으아악!

총알이 뚫고 들어가는 둔중한 소리와 고통스러운 비명이 거의 동시에 울려 퍼졌다. 누군가의 방탄조끼나 몸통을 관통한 것이다. 돌아볼 여유도 없고, 정확한 방향을 모른다면 볼 수도 없다.

세 사람은 자세를 낮춘 채 어둠 속을 쉬지 않고 달렸다. 길을 가로막는 좀비들은 진우가 정리했다.

"하아~ 하아~ 안전핀도 안 뽑았는데 왜 터지고 지랄이야! 씨발."

악취가 진동하는 정육 진열장 코너에 몸을 기댄 세 사람은 한숨을 몰아쉬면서 전열을 재정비하기 위해 전방을 살폈다.

뛰어다니는 사람들 사이로 어지럽게 춤추는 플래시의 불빛, 그리고 어둠 속에서 희끗희끗 아주 조금씩만 모습을 드러내는 좀비들, 불이 옮겨 붙어 타오르고 있는 진열장만이 그들이 가진 유일한 전체 조명이었다.

퍼버엉!

몇 초에 한 번씩 살충제 통이 폭발하면서 튀어 오른다. 병사들은 사방으로 산개하여 달아나는 중이었다. 근거리에서 터진 작은 연막탄 한 개 때문에 앞서서 걷던 정예부대는 대위기를 맞게 된 것이다.

"이 병장님! 3시 경계 부탁드립니다!"

이 병장은 정신을 추스르고 몸을 돌려 그들이 들어온 입구 쪽을 비췄다. 사각을 맡긴 진우는 곧바로 사격 자세를 취했다. 좀비들에게 쫓기는 자신의 분대원들이 보인다. 아군들이 좀비와 섞여 있는 상황이어서 그들은 마음대로 몸을 돌려 방아쇠를 당기지도 못하고 있었다.

"최 일병님! 숙여!"

목소리를 알아들은 그들이 자세를 낮추자 진우는 망설이지 않고 곧바로 사격을 시작했다.

파바박— 파바박— 파박—

플래시의 광원이 중심을 이동시킬 때마다 달리던 좀비의 머리통이 뒤로 터져 나가면서 고꾸라진다. 예광탄이 날아갈 때마다 마치 레이저로 조준된 것처럼 정확하게 좀비들의 머리와 진우의 총구 사이에 정확한 선이 그려진다.

"이쪽이야! 이쪽!"

전방과 3시를 번갈아 살피며 이 병장이 다급하게 손짓을 했다.

퍼엉!

진우의 바로 옆에서 썩은 고기 팩이 터지면서 튀어 오른다.

누군가 이 방향을 향해 발사한 총알이 좀비의 몸에 박히지 못하고 여기까지 날아온 것이다. 사선에 마주 서 있는 것은 서로에게 위험한 일이다. 진우는 옆걸음으로 뛰면서 다시 좀비들을 향해 방아쇠를 당기기 시작했다.

"으아아, 감사합니다!"

합류한 병사들이 몸을 돌린다. 하나, 둘, 셋, 넷……. 모두 무사히 돌아왔다. 심지어 낙오병인 성 일병까지도. 이 병장은 안도의 한숨을 내쉬었다.

"정비하고 따라와!"

인원을 확인한 이 병장이 진우의 뒤를 따라 달려 나가며 명령했다. 정면에서 상대하는 것이라면 이젠 그다지 무서울 것도 없다. 병사들은 반쯤 벗겨진 하이바를 고쳐 쓰고, 다시 방향을 돌려 뛰었다.

타타타타타다— 파방! 파방!

진열장 두 개 너머에서 기관단총과 샷건, K—2의 소리가 정신없이 울린다. 더 이상 비명 소리가 울리지 않는 걸 보니 특임대원들도 재정비를 어느 정도 마친 모양이다. 진열대에 뚫린 여러 개의 총알구멍을 통해 플래시 불빛이 비쳐 든다.

그롸아아악!

갑자기 과일 진열대 위에서 군복 입은 좀비 하나가 몸을 날려 덮쳐 온다. 부패한 수박이 정신없이 굴러 떨어져 내리는 순간,

파바박— 진우와 소령의 총알이 거의 동시에 놈의 얼굴과 다리를 꿰뚫어 뒤로 날려 보냈다.

끄라아아—

놈이 다시 일어나 보려고 발광한다. 그 지경이 되고도 뇌가 파괴되지 않은 것이다. 그러나 두 다리가 날아가 버린 터라 쉽게 몸을 뒤집지 못했다. 흔들리는 조명 사이로 발광하는 좀비의 장교 계급장이 얼핏 스쳐 보인다.

"멈춰! 멈춰! 쏘지 마! 훼손하지 마!"

끝장을 내주기 위해 들어 올린 진우의 총구를 돌리며 소령이 좀비에게 다가간다. 무슨 일인지 이해하지 못한 진우가 긴장된 얼굴로 서 있는 동안 소령은 좀비의 얼굴에 대고 방아쇠를 당겼다.

파바박—

MP5에서 발사된 RIP탄이 안구를 뚫고 들어가 터지며 놈의 머리통을 엉망으로 박살 낸다. 몸부림을 치던 좀비는 마침내 축 늘어져 버렸다.

"후우~"

숨이 완전히 끊어진 것을 확인한 소령은 손을 뻗어 좀비의 목덜미를 더듬었다.

뭘 하려는 거지?

그 기괴한 광경이 이해가 되지 않아 진우가 갸웃거리고 있는 동안 소령은 마침내 자신이 찾던 것을 얻었다. 상자를 열기 위한 열쇠다.

투두둑—

좀비의 목에서 원기둥 모양의 금속제 열쇠를 뜯어낸 소령은 그것을 전투 조끼 주머니에 넣은 뒤 탁탁, 두들겼다.

뭔지는 모르겠지만, 엄청나게 소중한 물건인가 보군.

진우는 그제야 조금 전 저놈을 처리하려고 했을 때 왜 그렇게 소령이 적극적으로 나섰는지, 그리고 왜 이 지하 던전에서조차 폭발물 하나를 제대로 사용하지 않았는지 알 것 같았다.

"새끼, 똘똘한데?"

진우를 지나쳐 걸어가며 소령이 씨익, 웃었다. 그러고는 뒤따라온 이 병장의 하이바를 탁, 치면서 한마디를 보탰다.

"이 자식, 다 믿는 구석이 있었구만."

"아직 이병이라 한창 가르치는 중입니다."

끝까지 말을 받아치는 꼴이 곱게 보일 리 없을 텐데, 목표를 무사히 완수한 것 때문에 기분이 좋았던 소령은 웃으며 넘어갔다.

"피해 상황 보고해!"

얼추 상황을 정리하고 돌아온 특임대에게 소령이 물었다.

"유탄에 부상을 당한 게 한 명, 그리고 두 명이 물리는 걸 봤습니다."

다른 대원들에게 부축을 받고 있는 부상병의 허벅지에서는 천으로 꽉 졸라 묶었는데도 피가 꿀럭꿀럭 솟아오르고 있다. 소령은 다시 보고자에게 시선을 돌렸다.

"물린 게 두 명이라고? 그래, 지금 어디 있어?"

"하나는 목을 뜯겨 죽어 있기에 처리했고, 다른 하나는 전투가 벌어지는 동안 저쪽으로 달아나 버렸습니다."

보고자가 매장 안쪽의 깊고 짙은 어둠 속을 가리킨다. 알 만한 이야기다. 좀비에게 물린 걸 다른 대원들이 봤으니, 사살당하기 전에 피신한 것이다.

어차피 곧 끔찍한 고통을 거쳐 좀비로 변하게 될 테지만, 어떤 인간들은 최후의 순간까지 아주 작고 작은 희망의 끈이라도 놓지 않으려 발버둥을 친다. 소령은 어둠을 향해 플래시를 비추며 목소리를 높여 외쳤다.

"우리 쉽게 가자! 깨끗하게 처리해 줄 테니 나와! 어차피 너도 힘만 든다!"

대답은 돌아오지 않는다. 소령은 그럴 줄 알았다는 듯 코웃음을 치며 말했다.

"유탄 발사해!"

M32를 든 대원이 나서서 네 발을 발사했다.

토옹— 통—

멍청해 보이는 발사음과 달리 40㎜ 유탄은 매장 건너편까지 날아가 진열장들을 박살 내버렸다.

그롸아아—

좀비들이 깔리며 내지르는 소리가 울려온다.

"작전 종료한다. 목표물 회수했다."

특임대원들은 별다른 반응을 보이지 않고 후방을 경계하며
퇴각할 채비를 했지만, 이 병장과 1분대원들은 도무지 이해할
수가 없었다. 이 병장이 불이 붙은 매장 저 너머 끝의 창고를 가
리키며 더듬거렸다.

"저, 소령님! 저 안에 혹시 생존자가……."

"없어. 무전에도 응답이 없었고, 있다고 해도 리스크가 너무
크다."

"하지만 그러면 대체 여기까지는 왜?"

소령이 날카로운 눈으로 쏘아보는 바람에 이 병장은 말을 맺
지 못하고 입을 다물었다. 한 마디라도 더 내뱉었다가는 곧바로
주먹보다 더한 것이 날아올 기세였다. 지금까지 말장난을 할 때
와는 사뭇 다른 카리스마가 느껴진다.

"전원 철수한다!"

소령이 특임대를 앞세우고 출발하자, 불만이 가득한 얼굴로
고개를 숙인 채 따라 걷던 이 병장이 목소리를 낮춰 투덜거렸
다.

"…사람을 구할 게 아니라면 뭐하러 여기까지 목숨 걸고 왔

던 거야?"

아까 열쇠를 챙기는 소령의 모습을 목격했던 진우만 빼고 분대원들 전원이 비슷한 생각을 하고 있었다.

허탈하다. 무의미하다. 하지만 그래도 이제 드디어 작전이 끝났다. 돌아갈 수 있다.

5

육만배는 바보가 아니다. 이런 어수선한 상황 속에서 보호소에 수용되기 위해 이동하면서 스무 명이 넘는 덩치들의 우두머리 노릇을 하면 안 된다는 걸 그는 잘 알고 있었다.

만약 그런 짓을 했다가는 가뜩이나 긴장해 있는 군인들은 그를 요주의 인물로 점찍을 테고, 조그만 말썽만 일어나도 모든 혐의가 그에게 돌려질 게 분명하다.

그래서 그는 스물두 명의 일행을 네 그룹으로 나눴다. 먼저 연예인 계집애 둘과 조직원 세 명을 한 팀으로 만들었다. 조직원들에게는 프로덕션 매니저와 이사라는 직함을 주었다.

두 번째 팀은 기동이와 요리사 둘, 조직원들 여섯 명을 묶어 구성한 뒤, 이탈리아 레스토랑을 운영하던 사람들처럼 굴라고 일렀다. 요리사들이 실제로 솜씨가 있으므로 의심 받을 상황이 되면 요리를 해 무고함을 증명하면 된다.

그리고 자신과 조직원 셋은 무역 업체 사장과 직원으로 소개했다. 마지막으로 어떻게 봐도 일반인이라고 우기기는 어려운 나머지 커다란 덩치들은 경호업체 직원이라고 하라는 명령을 내렸다. 이렇게 나눠 두면 주목도 덜 받을 것이고, 운신의 폭도 넓어진다.

"너희는 서로 잘 모르는 사이이고, 나랑도 그저 여기 함께 숨어 지냈던 관계인 거다. 괜히 허리 숙이고 인사해서 눈길 끌지 말라는 말이다. 알아들었지?"

구조 헬기를 기다리는 동안 육만배는 몇 번이나 신신당부를 했다. 두 명의 연예인 계집애에게는 매니저 역할을 맡은 녀석들이 따로 교육을 시켰다.

"회장님, 그럼 그 안에서는 인사를 드리면 안 됩니까?"

그건 도저히 있을 수 없는 불경이라는 듯 조직원 녀석 하나가 눈을 똥그랗게 뜨며 물었다. 육만배는 담담하게 대답해 줬다.

"모르는 아저씨 보고 인사하겠나? 그저 소 닭 보듯 하고 지나가. 그리고 그곳에 가게 되면 괜히 시비 붙거나 말썽 피울 생각하지 말고."

"레스토랑에서 일한다고 할 거면 정장 바지에 흰 와이셔츠만 입고 갈까요, 회장님?"

기동이가 진지한 얼굴로 물었을 때, 육만배는 단호하게 말했다.

"옷장에서 제일 깨끗한 슈트로 갈아입고 오너라. 그러면 너무 눈에 띄지 않을까 싶겠지만, 이 나라에서는 입성이 멀쩡해야 사람대우를 받으니까. 그리고……."

육만배가 기동이의 팔을 가리켰다.

"행여라도 그림 내보이지 마. 그림 보이는 놈은 내 손에 죽는다."

그렇게 당부에 당부를 거듭했던 것이 이틀 전의 일이다. 그의 생각대로 수용소에서 접수를 받는 군인들은 별 의심 없이 그들을 별도의 네 그룹으로 간주했고, 개별 격리 시설에 24시간 동안 가둘 때에도 그룹끼리 근처에 있도록 배려까지 해주었다.

중간에 육만배 같은 노인이나 여자가 섞여 있다는 점 때문에 덩치 큰 젊은 남자들의 부정적인 이미지가 어느 정도 희석되었을 것이다. 이후에도 그들은 서로 멀리 떨어진 곳에 자리를 잡고 가능한 한 한곳에 모이지 않기 위해 노력했다.

육만배는 무역 회사 사장의 연기를 잘 수행하기 위해서 조용히 움직였다. 그가 부하들을 만나는 것은 담배를 피우러 외야석 쪽으로 걸어가거나, 화장실을 갈 때뿐이다.

"큼, 큼."

육만배가 기동이의 자리 앞을 지나며 헛기침을 하자, 일부러 먼 곳을 보고 있던 기동이가 잠시 후 허리를 붙잡고 일어서서 기지개를 켜는 척하다가 거리를 두고 그를 따라 걷는다. 두 사람이 나란히 마주 선 것은 외야석의 흡연 구역에 이르러서다.

"담배 불 좀 빌립시다."

육만배가 기동이에게 웃는 낯으로 말을 건넸다.

"아, 예. 회… 예."

기동이는 나름 연기를 해보려 하지만, 속옷처럼 몸에 달라붙어버린 버릇을 갑자기 떼어내기란 영 어색했다. 육만배는 기동이가 불을 붙여준 담배를 천천히 빨고 연기를 내뿜으며 주변을 둘러보았다.

둘이 나누는 말소리가 들릴 만큼 가까운 위치에 있던 사람들이 꽁초까지 아껴 피우고 나서 자리를 뜨자, 그제야 육만배는 평소의 낮은 어조로 돌아가 명령했다.

"너도 한 대 피워라. 그래야 남들이 이상하게 안 보지. 매번 담배도 안 피우면서 여기 멀뚱거리고 서서 뭐할래?"

"하지만 제가 어떻게 감히……."

"귀찮게 하지 말고 빨리 불붙여."

"네, 넵."

기동이가 고개를 돌린 채 억지로 담배를 물자, 육만배가 말했다.

"저기 좀 봐라. 이런 와중에도 살아보겠다고 버둥거리는 인간들 말이다. 기동이, 너는 저 바글대는 사람들 속에서 뭐가 보이나?"

육만배가 말하는 것은 이 수용소의 시장에 모여서 흥정을 하는 사람들이다. 여전히 건빵과 콘돔, 담배와 옷가지, 보석 따위를 서로 바꾸기 위해서 바쁘게 움직이고들 있다.

"잘 모르겠습니다."

"저런 게 바로 기회다. 건빵 부스러기에 홀린 인간들 눈에야 안 보이겠지만, 기회라는 거는 혼란 속에서 생기는 거거든. 혼란이 크면 기회도 커지지. 나는 말이다, 내가 나이가 한 스무 살만 많았으면 하고 바라왔다. 왜 그런지 아나?"

"저 같은 둔한 놈이 회장님 생각하시는 걸 어떻게……."

"그랬으면 해방되고 육이오 겪는 난리 통 속에서 내가 크게 한몫 잡을 수 있었을 테니 그렇다. 지금 태양 그룹 못지않게 높이 올라갔을지도 모르지. 그때는 사방이 다 기회였으니까……. 때를 잘못 만나서 이보다 더 크지를 못하는 게 평생 한이었는데, 이제 그 기회가 온 건가 하는 생각이 든다. 세상이 뒤집어졌으니 말이야."

"아, 예……."

자신의 말을 녀석이 온전히 이해하지 못하는 것 같아 육만배는 화제를 바꿨다.

"계집애들은?"

물론 두 명의 연자 연예인을 일컫는 말이다. 그 둘은 이 수용소를 장악하고 손아귀에 넣고 싶은 육만배의 계획에서 굉장히 중요한 역할을 차지하는 수단들이다.

지휘부의 장교들을 후리고 다니면서 조금씩 특혜를 받고, 그 것을 바탕으로 점차 더 큰 무언가를 쟁취할 수 있으리라고 보았다.

"예, 열심히 웃고 다니기는 하는데……."

"그런데 군인 애들이 왜 그 근처에 몰려 있지를 않아?"

그 부분이 조금 이상했다. 애초부터 굶주려 있던 군인 놈들이 이런 삭막한 시절에 연예인을 실제로 보면 좋아서 간이고 쓸개고 다 빼 줄 줄 알았는데 말이다.

연예인 계집애들이 윙크를 하고 웃어줄 때에는 몇몇 젊은 군인들이 잠시 움찔하기는 했지만, 그래도 예상했던 것보다 반향은 훨씬 약했다. 그것은 육만배의 예상과 어긋나는 일이었다.

"그게… 여기 놈들이 애초부터 다른 계집애한테 홀딱 빠져 있어서, 생각보다 관심을 덜 받고 있습니다. 물론 시간문제인 건 확실합니다."

"허허, 처음부터 싹수가 노란 일은 암만 이쪽에서 지랄을 해도 안 되는 거다. 그년들 뜯어고쳐 주느라 들어간 돈이 얼만데, 그 정도도 못해? 그래, 그 군인들이 홀딱 빠진 다른 계집애라는 게 누구야?"

"테라라고… 톱클래스 연예인이었는데, 그게 하필이면 여기와 있었습니다."

육만배는 TV를 볼 정도로 한가한 사람은 아니지만, 그래도 들어본 적도 있는 이름 같기는 했다. 어쨌든 그런 건 아무래도 상관없었다. 육만배는 여자 따위에게는 크게 애정을 두지 않는다. 대상이 누구든 간에 중요한 것은 육만배 자신에게 이득이 되는 일을 해줄 수 있는가 하는 문제뿐이다.

"그래, 그 테란지 하는 게 실제로도 예쁘던가? 우리 애들이 몸부림을 치고 지랄을 해봐도 영 안 될 정도야?"

"그게 좀 스타일이 달라서요……. 얘는 뭐랄까… 육덕진 건 아닌데, 사내놈들이 자꾸 돌봐주고 싶어 하는, 그런 타입입니다, 회장님. 아! 저기 마침 지나갑니다. 저겁니다."

육만배는 기동이가 가리킨 방향으로 시선을 돌렸다. 외야석 근처에서 여자 두 명이 나란히 걸어가며 마주치는 군인들마다 일일이 고개를 숙여 인사를 하고 있다.

"저기 두 년 중에 짧은 원피스를 입고 있는 년이……."

육만배는 손을 들어 설명하려는 기동이의 입을 막았다. 굳이 구차한 이야기를 들을 필요도 없었다. 딱 보자마자 알 수 있는 주인공의 모습이었기 때문이다.

자신이 거느리고 왔던 연예인 계집애들이 상대가 안 된다는 것쯤은 먼발치에서도 확연히 드러난다. 애초에 태생 자체가 달랐다. 가늘고 흰 팔다리가 까맣게 윤기가 흐르는 머리와 어우러져 신비롭기까지 하다. 물론 얼굴은 말할 것도 없다.

"으음……."

탄식과 감탄이 섞인 육만배의 신음을 듣고 기동이가 재빨리 주워섬겼다.

"며칠만 주시면 제가 저년을 반드시 저희 식구로 만들어서 회장님께 인사드릴 수 있도록 하겠습니다. 겁을 주든가, 아니면 돈이라도 듬뿍 쥐어 준다고 약속을 해서……."

"기동이, 너 돌았어?"

육만배의 질책에 기동이는 말을 끊고 머뭇거린다. 육만배는 기동이의 눈을 잠시 가만히 들여다보았다. 이놈은 멍청한 머리통에 비해 야망이 너무 크다. 싸움 실력은 봐줄 만하지만, 그게 전부였다.

"저렇게 군인 놈들이 전부 하나같이 저 계집애만 쳐다보고 있는데, 그걸 빤히 보고 나서도 뭘 어떻게 하겠다고? 겁을 줘? 네가 우리 조직을 여기서 다 쫓아낼 생각이냐?"

"아니, 그런 말씀이 아니라……."

"정신 나간 소리 지껄이지 말고, 저 계집애에게서 멀리 떨어져 있어. 혹여 껍쭉거린다는 소문만 들려와도 내가 가만히 안 있을 거야. 알아먹었지?"

"네, 회장님! 명심하겠습니다."

기동이가 허리를 깊이 숙이려다가 멈칫한다. 육만배는 혀를 끌끌, 찼다.

"저런 물건을 손에 넣고 싶으면 가만히 기회가 오기를 기다려야지, 네가 먼저 지랄병이 나면 아무것도 안 돼. 그건 그렇고, 강 실장이 영 늦는구만."

"혹시 난리 통에 무슨 일이라도 당하신 건……."

"하하하, 민구가? 기동이, 너는 강 실장이 그렇게 만만하게 보였나? 하하하."

확신에 찬 표정으로 기동이의 말을 비웃은 육만배가 다시 정색을 하며 물었다.

"여기로 온다는 편지, 확실히 써뒀지?"

"물론입니다, 회장님. 여부가 있겠습니까? 확실히 써서 강 실장님 방에 뒀습니다."

기동이는 황송하다는 듯 대답했다. 편지를 써서 그 방 어딘가에 뒀다는 것만은 분명한 사실이다.

6

그롸아악―!

계단 아래로 몸을 날려 덮치려는 괴물을 피하면서 민구는 팔을 휘둘러 놈의 오금을 끊었다. 힘줄이 끊긴 괴물은 제대로 발을 내딛지 못하고 관절이 꺾인 채 계단 아래로 굴러 떨어진다.

우드득!

요란한 소리와 함께 녀석의 목뼈가 부러졌다. 민구는 무표정한 얼굴로 평지에서 달려드는 두 번째 놈을 상대했다. 목에 칼을 가로로 박아 넣은 후, 잠시 손잡이를 놓았다가 놈의 뒤로 돌아가서 다시 반대 방향으로 손잡이를 잡았다. 그러고는 미처 방향을 바꾸지 못한 놈의 등짝을 있는 힘껏 걷어찼다.

몸뚱이가 붕 떠오르면서 중력에 의해 녀석의 목에 박힌 칼이 뼈와 근육을 자른다. 놈이 머리와 몸통이 따로따로 계단 아래로 둘러 떨어진다.

민구는 왼손에 든 플래시를 비춰 더 이상 움직이지 못하는 괴물들의 모습을 잠시 지켜보다가 다음 층을 향해 오르기 시작했다. 빼앗은 나이프는 꽤나 요긴하게 버텨주고 있다. 계단 벽에 적힌 23이라는 숫자가 눈에 들어온다.

"젠장, 이렇게나 올라왔는데 아직도 또 남은 건가?"

민구는 뒤를 돌아보며 입을 비틀어 웃었다. 펜트하우스라는 게 이렇게나 불편한 것인지 몰랐다. 25층이나 되는 건물을 오로지 걸어서만 올라야 하는 것도 귀찮은데, 거기에 간간이 괴물들이 덮쳐들면서 힘을 뺀다. 이틀 동안 제대로 챙겨 먹지 못하고 먼 길을 돌아와야 했던 그에게는 어지간히 지치는 일이었다.

처음 오토바이를 타고 달리기 시작했을 때에는 세상을 다 가진 것 같았지만, 막상 거리로 나오자 피해야 할 것들이 너무 많았다. 상상할 수 없을 만큼 많은 좀비들의 무리가 거리를 누비고 다니는 꼴을 보면 뒤로 달아나야 했고, 대로를 막고 벽을 쌓아둔 군인들 때문에 가까운 거리를 빙글빙글 돌아왔다.

게다가 그 검은 헬기가 하늘에 떠 있을 때면 건물 틈에 들어가 가만히 숨어 지내야 했다. 덕분에 이 멀지 않은 만배파 건물까지 오는 데도 꼬박 이틀이 걸렸다.

"근데 어째, 아무도 없는 느낌이군."

24층에 이르러 민구는 너무 조용하다는 걸 깨달았다. 괴물들이 활개를 치고 다니니까 로비를 비워놓을 수는 있지만, 펜트하우스 바로 아래층에까지도 경비 병력이 배치되어 있지 않다는 건 있을 수 없는 일이었다. 로비와 2, 3층에 엉망으로 널려 있던 시체들을 보면 전쟁이 없던 것 같지는 않다.

끼이익—!

25층의 방화 문을 열고 펜트하우스로 진입한 민구는 푹신한 카펫이 깔려 있는 복도를 성큼성큼 걸어가며 보이는 문마다 열어젖혔다. 식당이고, 주방이고, 게스트 룸이고 간에 모두 텅텅 비어 있었다.

코너를 돌아 자신의 방까지 가보았지만, 역시 사람이라고는 보이지 않는다. 몇몇 방들이 정신없이 어지럽혀져 있는 것을 보면 분명히 누군가 최근까지 여기를 썼다는 것만은 확실했다. 문제는 그게 누구였고, 언제까지 머물렀냐 하는 사실이다.

"야! 아무도 없어?"

파티 룸 문을 열면서 민구는 언성을 높여봤다. 식량들이 박스째 쌓여 있는 파티 룸 역시 고요할 뿐이다. 민구는 고개를 설레설레 저은 뒤 자신의 방으로 돌아갔다.

눈에 익은 널찍한 책상과 소파들이 그를 반긴다. 이 방은 사람의 손길이 닿은 흔적이 별로 눈에 띄지 않을 만큼 말끔하게 청소가 되어 있다.

"뭐하는 놈들이야? 어디로 가면 간다는 표시라도 할 것이지."

민구는 먼지투성이 웃옷을 벗어 가방과 함께 바닥에 팽개친 후, 장식장에서 양주를 꺼내 입을 헹궜다. 지난 며칠 동안 싸구려 맥주만 마셨던 터라 그 향기가 더 각별하다.

민구는 안락의자에 기대앉은 뒤, 책상 위로 다리를 올렸다. 책상 위의 담배 케이스에서 담배를 꺼내 문 뒤, 양주를 마시며 생각에 잠겼다.

이제 이 25층에서 열어보지 않은 문은 하나뿐이다. 담배를 재떨이에 비벼 끈 그는 복도를 가로질러 회장실로 걸어갔다.

똑똑.

굳게 닫혀 있는 호두나무 문을 두드린 뒤, 민구는 잠시 기다렸다가 손잡이를 돌렸다. 역시 사람이라곤 없다. 하지만 텅 비어 있지는 않았다.

"후후, 나 혼자만은 아니었군. 큭."

육만배가 사용하던 방의 벽에는 사지가 끊긴 괴물 한 마리가 못에 박힌 채 고개를 두리번거리고 있었다. 눈도, 코도, 귀도, 심지어는 아래턱과 혀, 목의 일부분도 없는 놈이지만, 여전히 살아 있고 민구의 낌새를 알아챘는지 그의 움직임을 따라 고개를 돌린다.

모두 칼로 도려내진 것으로, 어지간히 끔찍한 몰골이었다. 이런 짓을 태연하게 할 수 있는 인간은 단 한 사람밖에 없다.

"참~ 노인네, 장난질은 여전하구만."

잠시 더 방을 둘러보던 민구는 문을 닫고 회장실을 나왔다. 육만배는 괴물을 통해 그가 그곳에 머물렀다는 메시지를 민구에게 분명하게 전달해 준 것이다.

"흐음, 저 짓을 할 시간은 있었는데 쪽지 한 장 남길 시간은 없었다는 거야? 후후후."

생각할수록 어처구니가 없어서 민구는 쓰게 웃었다. 주방에서 몇 가지 간단한 먹을거리를 챙긴 그는 자신의 방으로 돌아왔다. 음식들을 책상 위에 던져 둔 민구는 벽장을 열었다. 고급 양복들이 걸린 랙 아래의 서랍을 열자 그가 사서 모아둔 날카로운 쇠붙이들이 모습을 드러낸다.

민구가 골라 든 것은 길이가 80센티미터쯤 되는 묵직한 마세티였다. 바로 곁에 있던 쿠크리 마세티보다 날이 곧고 더 길다. 마세티를 든 민구는 서랍을 닫고 방에 붙어 있는 전용 욕실로 들어갔다.

조명이 들어오지 않아 대낮인데도 어둑하기는 하지만, 여전히 물은 나온다. 민구는 옷을 모두 벗고 샤워 부스에 들어가 미지근해진 물을 온몸에 맞았다. 샤워 부스는 열어둔 채였고, 깔개 옆에는 조금 전 집어 온 마세티를 놓아두었다.

"어쨌든 집에 오니까 좋군."

비누칠을 하면서 민구는 혼잣말을 중얼거렸다. 배를 채우고 나서 천천히 찾아보면 분명히 어딘가에는 육만배가 남겨둔 메시지가 더 있을 것이다.

느긋하게 샤워를 마치고 나온 민구는 벽장 안에서 새 옷을 꺼내 입고 구두도 갈아 신었다. 그러고는 소파 위에 앉아 몇 가지 간단한 음식을 먹고, 물을 마시고 양주로 입가심을 했다.

비록 장기 보존식이기는 해도 모두 고급 재료들이어서 언제나 고급을 지향하는 육만배다운 음식들이다. 짐승처럼 몸을 던져 이권을 취하고 나면, 그는 거기에서 발생하는 부를 고급 소비재로 바꾸어 소유한 후, 그 일부를 부하들에게 나누어 주며 생색을 냈다.

이 빌딩의 마감재나 지금 민구가 손에 쥐고 있는 최고급 양주 따위들이 그렇게 제공되었다.

"네 자신이 너를 푸대접하는데 누가 너를 제대로 대우해 주겠나?"

언젠가 왜 꼭 마음에 들지도 않는 비싼 시계와 양복을 억지로 사야만 하느냐고 민구가 물었을 때, 육만배는 그렇게 대답했었다.

그럴듯하게 들리는 말이어서 이후부터 민구는 굳이 따지지 않고 육만배가 지시하는 브랜드로 자신의 옷장들을 채워 나갔고, 어느 순간이 지난 시점부터는 그 역시 그런 것들에 익숙해져 버렸다.

훈제 고기와 크래커, 말린 과일 등으로 어느 정도 허기를 채운 민구는 창가로 가서 내려져 있던 블라인드를 걷어냈다. 환한 여름의 햇살이 비쳐 들자 순식간에 방 안의 온도가 약간은 올라가는 것 같다. 아래쪽 거리에서는 좀비 몇 마리가 바퀴벌레처럼 꼬물거리며 돌아다니고 있다.

커다란 무리에서 떨어져 나와 따로 배회하는 놈들의 모습이 꼭 자신과 닮은 것 같다는 생각이 들어서 민구는 잠시 킥킥거리다가 몸을 돌렸다. 그는 다시 펜트하우스 전체를 한 바퀴 돌아보기로 했다.

달칵.

문을 열고 복도로 나서자 익숙한 공간이 주는 환청이 들려오는 것 같다. '형님—!' 하고 일제히 고개를 숙이는 부하들의 인사, 애교를 피우는 칠성이 녀석의 목소리, 최성호의 짜증나는 빈정거림, 육만배의 조용하고 낮은 명령이 전부 이 장소를 채웠었다. 하지만 지금 25층은 텅 비어 있고, 실제로 고막을 울리는 것은 자신이 가볍게 돌리는 마세타가 공기를 가르는 소리뿐이다.

부웅.

차례로 방문들을 열고 안쪽을 살펴보는 동안 민구는 멈추지 않고 계속 마세타를 놀려 댔다. 앞으로 이놈과 아주 많은 일을 해야 할 테니 충분히 길을 들일 필요가 있다.

ㄱ

매섭게 쏟아지던 비는 구름과 함께 지나가 버렸고, 아스팔트의 물기도 걷히는 중이었다.

"무리하지 마. 알았지? 자전거 하나만 믿고 너무 멀리가면 안돼. 자동차 막혀 있는 쪽으로는 아예 가지 말고."

유빈이 걱정스러운 얼굴로 충고하자, 삼식이는 지금껏 수백 명의 여자들을 홀린 그 미소를 지으면서 머리칼을 넘긴다.

"네, 엄마!"

"농담 아냐, 인마."

"야, 잔소리 그만해. 내가 같이 가니까 괜찮다고."

신입이 나불거리며 자전거 핸들 위에 달린 종을 때르릉, 울린다. 녀석은 두 개밖에 없는 자전거가 어지간히 차지하고 싶었는지 평소답지 않게 삼식이를 따라 정찰을 가겠다고 나섰다.

보안관이 못마땅한 얼굴로 신입을 노려본다. '네가 같이 가서 더 불안해, 이 새끼야'라는 말을 꾹 참고 있는 표정이다. 어쨌든 정찰을 다녀오는 건 중요하긴 했다.

"30분만 기다려 줄 거니까 너무 늑장 부리지 마, 걱정하게 만들지 말라고. 알았지!"

보안관의 당부에 삼식이와 신입은 동시에 팔목에 찬 시계로 눈을 돌렸다. 조금 전, 나이키 대리점에서 하나씩 집어 온 스포츠 시계다.

"알았어. 지금 아예 타이머로 정해둘게."

삼식이가 시계를 조몰락거리고 나서 기운차게 페달을 밟았고, 신입이 그 뒤를 따랐다. 좌우로 흔들리며 출발한 자전거는 이내 스피드를 내면서 빠르게 멀어져 갔다.

"확실히 빠르기는 하구나, 뛰는 것보다."

보안관이 가볍게 한숨을 내쉬면서 중얼거렸다.

"제니야, 이따가 쟤들 돌아오면 나랑 자전거 타고 산책로 한 바퀴 돌래?"

웃으며 고개를 돌렸지만, 제니가 보이지 않는다. 조금 놀란 표정의 보안관이 유빈에게 묻는다.

"제니는… 어디 갔어?"

"제니? 몰라……."

유빈은 고개를 저었다. 조금 전까지 보안관과 함께 삼식이에게 신신당부를 하던 중이었으니 알 수 없기는 그도 마찬가지이다.

아니, 잠깐…….

유빈의 머릿속에 조금 전의 일이 떠올랐다.

"아! 어쩌면 소, 속옷 가게에……."

"뭐? 혼자?"

유빈의 시선을 따라 골목 입구를 바라보던 보안관이 해머를 내던지고 곧바로 달리기 시작했다. 유빈도 그 뒤를 따라 뛰었다. 그러나 숨 쉬는 것도 뒤로 미루어둔 채 힘차게 허벅지를 끌어 올리는 보안관이 훨씬 빠르다.

"제니야!"

유빈은 목소리를 높여 제니의 이름을 불렀다. 제발 그녀가 평소처럼 장난기 가득한 미소를 지으며 내다봐 주기를 간절하게 빌었다. 하지만 대답이 없다.

"제니야!"

유빈이 한 번 더 외치는 동안 보안관은 40여 미터를 더 내달려 속옷 가게에 거의 도착해 있었다.

까아악—! 가장 듣고 싶지 않았던 비명 소리가 들려오자 유빈은 가슴이 찢어지는 것 같았다.

콰장창!

문으로 돌아 들어가는 시간을 줄이기 위해 보안관은 깨져 있던 유리를 뚫고 몸을 날렸다.

찌이익—

날카로운 유리의 단면에 찢긴 팔에서 피가 흐른다. 하지만 보안관은 그 상처들을 인식하지 못했다. 그의 오감 중 유일하게 작동하고 있는 시각에, 가게 밖을 향해 필사적으로 기는 제니의 모습이 들어왔다. 그녀의 발목을 낚아채기 위해 팔을 뻗는 좀비도 보인다.

"으아아아!"

보안관은 야수처럼 포효하면서 좀비를 향해 몸을 날렸다. 놈의 팔과 어깨를 꽉 잡아 벽을 향해 집어 던졌다.

와장창!

벽에 꽂힌 녀석은 비틀거리면서도 다시 몸을 뒤집어 달려들 채비를 한다.

그라아아악—

뒤쪽에서 또 다른 좀비가 제니를 향해 달려든다. 보안관은 곁에 세워져 있던 토르소 마네킹을 집어 들고 놈의 머리통을 후려 갈겼다.

우드득!

마네킹과 좀비의 목뼈가 함께 부서져 나간다. 보안관은 첫 번째 놈을 향해 몸을 돌리고 마네킹을 사정없이 휘둘렀다.

"이! 씨발! 놈이! 감히! 어디서! 어디서!"

한마디를 내뱉을 때마다 한 방씩을 후려갈겼다. 내동댕이쳐
지면서도 곧바로 몸을 일으키던 좀비지만, 다섯 방을 맞은 이후
로는 더 이상 움직이지 못했다. 엉망으로 박살 나 철심이 드러
난 마네킹의 날카로운 조각이 녀석의 부러진 목에 박혀 버렸다.
보안관은 마네킹을 놓고 녀석의 가슴팍을 세게 걷어찼다.

콰드득.

갈비뼈가 부서지는 소리와 함께 이미 죽은 좀비는 벽에 내동
댕이쳐졌다.

그롸아악!

뒤늦게 유빈이 도착했다. 두 마리가 더 남았고, 무기는 없다.
그리고 보안관은 화가 머리끝까지 나 있었다. 보안관은 왼발을
내디디며 풀 파워의 스트레이트를 앞선 놈의 턱에 날렸다.

투둑.

좀비의 턱이 돌아가며 탈골되는 소리가 울린다. 아래턱이 빠
져 버린 좀비가 사선으로 날아가 나동그라지자, 보안관은 마지
막 놈에게 달려들어 머리칼을 움켜쥐고 벽에 얼굴을 짓찧었다.

콰득! 빠가각!

벽에 튀어나와 있던 철제 팬티 걸이가 놈의 안구를 뚫고 들어
갔다.

우두둑! 우두두둑!

보안관은 놈의 뒤통수를 꽉 밀어 돌리면서 뇌가 전부 뭉개질 때까지 깊이 박아 넣었다. 이제 움직이는 놈은 하나뿐이다.

귀신같은 얼굴의 보안관은 아래턱이 날아간 좀비를 향해 뛰어올라 드롭킥을 날렸다.

뚜둑!

목뼈가 뒤로 꺾인 녀석이 카운터에 걸려 넘어가면서 먼지를 일으킨다. 몸을 일으킨 보안관은 손가락 사이에 끼어 있는 좀비의 머리카락을 털어버리고 곁에 걸려 있던 레이스 팬티를 집어 더럽혀진 손바닥을 닦았다.

"후우우……."

한숨을 몰아쉰 보안관은 제니를 향해 몸을 돌렸다.

"괜찮아?"

괜찮을 리가 없다. 부들거리고만 있던 제니는 울음을 터뜨리며 얼굴을 가렸고, 그 눈물 때문에 화를 더 참지 못한 보안관은 소리를 버럭 질렀다.

"왜? 왜? 왜 혼자 움직여? 왜!"

"으! 흐으아~ 미안해요, 오빠……. 미안해요……."

"말만 하면 됐는데! 왜?"

"미안…해요."

두 손에 얼굴을 묻은 제니는 울먹이며 미안하다는 말만 반복했다. 보안관은 멍해진 눈으로 가게를 바라봤다. 창고로 향하는 쪽문이 열려 있고, 그 앞에 한 무더기의 속옷들이 떨어져 있다.

저곳에서 나왔던 건가…….

하긴, 하필이면 여기에만 좀비가 숨어 있을 줄은 아무도 몰랐다. 무슨 말인가를 더 하려던 보안관은 제니의 어깨를 꽉 끌어안았다. 훌쩍일 때마다 가녀린 그녀의 어깨가 떨리며 들썩거린다.

"…울지 마. 이제 괜찮아. 이제……."

"말하기 싫었어요, 창피해서……. 흐으으… 미안해요. 잘못했어요. 피… 어떡해……. 으허엉."

보안관의 굵은 팔뚝에서 흘러내린 뜨끈한 피에 놀라서 제니의 울음소리는 더 커졌다.

"울지 마. 이런 건 정말 아무것도 아니야. 괜찮아."

엉망이 된 두 사람의 모습을 보면서 유빈은 이루 말할 수 없는 죄책감을 느꼈다.

"으으으~ 아, 따거! 하지 마! 그만! 제니야, 왜 자꾸 벌려? 가뜩이나 따가운데. 아야야야!"

아무리 엄살을 부리고 사정을 해봐도 제니는 눈살을 찌푸린 채 보안관의 팔뚝에 난 긴 상처를 단호하게 벌리고 알코올을 부어 댄다.

유빈이 약국에 가서 가져온 상처 치료용 약들이 그녀의 옆에 놓여 있다. 보안관의 팔에는 여러 개의 베인 자국이 남았고, 마네킹이 깨져라 꽉 쥐었던 손바닥은 피멍이 들고 찢겨져 있었다.

"아후! 오빠, 가만히 좀 있어요. 유리 가루가 상처에 들어갔을까 봐 그러는 거예요."

"좀 들어가면 어때서 그래?"

"혈관을 타고 흐를까 봐 그렇죠. 어으, 이거 어떡해?"

유리 가루가 혈관을 타고 흐른다는 말에 보안관의 표정이 굳는다.

"정말? 확실한 거야? 유, 유리 가루가 그렇게 돼?"

"저도 몰라요. 그냥⋯ 어디서 그런 말을 들은 것 같아서⋯⋯."

제니가 다시 상처를 벌리고 알코올을 붓는다. 으윽! 찢어진 상처에 불이 붙는 것 같았지만, 보안관은 이를 악물고 참았다. 사람 크기의 좀비는 안 무섭지만, 핏줄을 타고 흘러 다니며 여기저기를 찢는 유리 가루는 무섭다. 주먹질을 해서 눕힐 수 없는 상대니까.

"아야야야!"

"따가워요? 아, 어떡해? 미안해요, 오빠."

제니 역시 울상을 지으면서 보안관의 상처에 입술을 가까이 대고 후, 후, 불어준다. 그러고 있는 동안 졸지에 죄인이 되어버린 유빈은 뒤치다꺼리를 했다.

제니가 골랐다가 바닥에 떨어뜨린 속옷들을 집어 먼지를 털고 쇼핑백에 담아 제니의 배낭 속에 넣어준 뒤, 유빈이 힘없이 입을 열었다.

"그놈들, 속옷 가게 2층에 숨어 있었던 네 명이야."

"제비 아저씨한테 라면 십만 원에 팔던 새끼들 말이야?"

"응. 얼굴 알아보겠더라."

"흥, 그랬나? 여러 번 속 썩이네, 새끼들. 하필이면 왜 거기에 기어 들어가 있었지?"

"창고 안에 식칼 같은 무기들도 떨어져 있더라고. 아마 먹을 걸 구하러 나왔다가 물려서 그리로 도망갔던 거겠지. 그리고……."

유빈은 말하고 싶지 않은 이야기를 털어놓았다.

"미안해. 사실 나더러 가자고 했었는데, 내가 싫다고 했어. 다 내 탓이야."

"그래? 정말?"

보안관이 깜짝 놀라며 제니를 돌아본다. 제니는 잠시 유빈을 쳐다보고 나서 고개를 끄덕였다.

"응… 네."

"아휴~ 제니야."

보안관이 답답하다는 듯 말한다.

"부탁할 상대를 잘못 골랐어. 쟤는 너랑 똑같아. 완전 약골이야. 나한테 이야기를 했어야지. 이거 봐, 이 알통! 아야야!"

근육에 힘을 주어 부풀리자 상처에서 또 피가 찌익, 숏는다. 보안관은 얼른 팔을 움츠리며 엄살을 떨었다.

"그냥… 미안해요, 오빠. 유빈이 오빠한테도 미안하구요."

제니는 쓸쓸하게 말하면서 보안관의 상처를 닦고 습윤 반창고를 붙여주었다. 보안관의 팔은 온통 희고 두툼한 의료용 반창고로 뒤덮여 버렸다.

"어후~ 얼굴에도 상처가 났네요. 이거, 흉터 남으면 어떡하지?"

"괜찮아. 나는 어차피 너한테만 잘 보이면 되는데."

보안관이 아무렇지도 않게 민망한 소리를 지껄이자, 제니가 피식 웃음을 터뜨렸다. 그러더니 곧바로 다시 우울해져서 고개를 숙인다. 보안관은 제니의 어깨를 꼭 쥐면서 말했다.

"그렇게 기죽어 있지 마. 나한테는 이 일이 평생 자랑스러운 기억으로 남을 테니까. 너를 구할 수 있어서 영광인 거야. 그러니까 나한테 미안해할 필요도 없는 거고. 그냥… 조심하겠다고 약속만 해줘. 네가 너무 중요해서 휙 사라질까 봐 그게 제일 두려워. 알았지?"

"…네."

그렇게 대답을 하면서도 제니는 여전히 고개를 들지 못했다.

제니의 어깨에서 손을 떼지 않은 보안관이 유빈을 향해 고개를 돌리더니 획— 획— 머리를 챈다.

지금 내가 엄청 멋진 말을 해서 분위기 좋아지고 있으니까 자리 좀 피해줘! 뽀뽀 한 번 해보자, 쫌!

보안관의 찡그린 한쪽 눈이 전하는 의미를 알아챈 유빈은 조용히 뒷걸음질을 쳐줬다. 유빈이 멀어진 것을 확인한 보안관이 목소리를 큼큼, 가다듬고 제니를 은근하게 불렀다.

"제, 제, 제니야."

제니가 고개를 든다. 울었던 탓에 눈과 입술이 조금 부어 있는데, 그게 또 얼마나 사람의 애를 태우는 매력이 있는지! 저기에 내 입술을 포개도 되지 않을까? 분위기도 어느 정도 무르익었는데?

'아이, 오빠. 유빈이 오빠 보잖아요', '아니야, 제니야. 유빈이 지금 없어. 아마 다른 볼일이 있었나 봐', '어머, 몰라. 그러면 한 번 해 보든가……'.

망상에 빠진 보안관은 입술을 뻐끔거리며 거친 숨을 내뿜었다. 제니의 눈이 보안관을 본다. 그녀 역시 보안관이 하고 싶은 게 뭔지 알아챘는지 가볍게 얼굴을 붉혔다.

하지만 제니는 눈길을 피하지도, 꽉 잡힌 어깨를 빼려 들지도 않았다.

그린 라이트인 건가!

보안관의 가슴이 터지기 직전이다. 보안관은 고개를 약간 돌려 다가갔다. 제니는 미동도 않고 기다린다. 그때…….

"보아안과안! 보아아안관! 좀비다! 좀비야!"

삼식이의 방정맞은 목소리가 번화가 전체를 쩌렁쩌렁 울리며 빠르게 가까워진다. 어느새 바로 등 뒤에 와 있던 모양이다.

이, 이런 개새끼. 하필이면 이런 때에…….

보안관은 원망스러운 눈으로 삼식이를 노려보았다. 하지만 그런 보안관의 마음을 알 리가 없는 삼식이는 마음껏 혼신의 연기를 계속했다.

"좀비야! 좀비! 빨리 도망가야 돼! 신입, 내 말 맞지?"

뒤를 따라오는 신입은 어정쩡하게 고개를 끄덕인다. 분명 이 유치한 장난에 끼어들고 싶지 않은 것이다.

"지랄하지 마, 이 새끼야! 담배나 빼버리고 급한 척을 해!"

"하하하, 왜 안 속지? 아! 보안관, 눈치 빠른데?"

"그렇게 국어책을 읽고 앉아 있는데 누가 속아? 아, 아, 따가워."

버럭 화를 내던 보안관이 등을 움츠린다. 제니가 살피더니 베인 곳이 있다며 소독을 하고 입김을 쐬어준다.

오호, 따가운 곳에는 입김을 불어주는 거지?

보안관은 이미 소독약이 발라져 있는 자신의 입술 주변을 가리키며 엄살을 떨었다.

"여, 여기도 호~ 해줘, 제니야."

"후우욱~"

말이 다 끝나기도 전에 입술을 가까이 대며 재빨리 입김을 불어준다, 삼식이 개새끼가. 담배 연기를 고스란히 뒤집어쓴 보안관은 얼굴을 찌푸리며 버럭 화를 냈다.

"우웩! 캑! 아우, 담배 냄새! 이 개새끼야!"

"하하하! 불어달라고 했잖아. 왜 짜증을 부려? 너 얼굴은 왜 그래? 제니한테 맞았어?"

"닥쳐! 이 미친놈아!"

"훗, 보안관. 잘난 척할 수 있는 것도 지금뿐이다. 이게 뭔지 알면 나한테 그런 식으로 굴지 못할걸?"

삼식이는 배낭에서 페트병을 꺼내 자랑스럽게 내밀더니, 뚜껑을 열고 흔들었다. 맑고 투명한 액체가 찰랑인다.

"그게 뭔데요?"

제니가 묻자 삼식이는 1초의 딜레이도 없이 곧바로 대답했다.

"세녹스!"

삼식이는 자랑스러워하며 가슴을 쫙 폈지만, 제니는 전혀 모르겠다는 표정이다.

"세…녹스가 뭐예요?"

보안관이 끼어들어 알려준다.

"자동차용 기름이랑 비슷한 건데, 조금 싼 거 있어⋯⋯. 정확히 말하자면 진짜 세녹스도 아니야. 그냥 유사 휘발유지. 그런데 이건 어디서 났어?"

"흠흠, 그 트럭을 발견한 건 큰길 건너 고가도로 밑 안전지대였지. 연료 첨가제라는 포스터가 붙어 있더라고. 그래서 혹시나 하고 트럭 짐칸을 열어봤더니⋯ 크아! 내가 무슨 말하고 싶은지 알지? 플라스틱 말통이 가득 쌓여 있는 거야. 뚜껑 따니까 냄새가 확 올라오더라고! 그래서 얼른 물통을 비우고 이렇게 담아 왔지."

삼식이가 페트병 뚜껑을 따고 냄새 맡는 시늉을 한다. 한 손에는 여전히 담배를 쥐고서⋯⋯.

보안관은 황급히 손을 뻗어 병을 빼앗았다. 워낙 뜨거운 날이어서 그런지, 열려 있는 입구 위로 아지랑이처럼 휘발되는 것이 눈에 보인다.

"야! 큰일 나, 인마. 이거 만질 때에는 담배 좀 꺼. 불붙으면 얼굴 다 날아가."

"아, 그렇구나. 미안, 미안."

삼식이는 담배를 비벼 끄고 득의만면한 미소를 지었다.

"자아, 이제 우리는 발전기를 마음껏 돌릴 수 있게 됐다!"

"발전기? 발전기 돌려서 뭘 하려고?"

"보안관, 너 진짜 바보구나⋯⋯. 이제 우리는 냉장고로 얼음을 얼릴 수 있어. 팥빙수를 생각해 봐."

"냉장고가 어디 있어요?"

"사방에 널린 게 냉장고지. 아무 집에라도 들어가서 하나만 집어 오면 되는걸, 뭐. 어, 그런데 참, 유빈이는?"

"나 여기 있어."

뒤쪽에서 유빈이 긴 코팅 종이를 둘둘 말아 들고 걸어온다. 삼식이가 물었다.

"넌 어디 갔다가 와? 그건 뭐야?"

"아, 부동산 대리점 벽에 걸려 있던 지도 가지고 오는 거야. 이 부근 자세한 지도가 있으면 좋을 것 같아서. 그보다 세눅스를 찾았다고?"

"응. 이거야, 이거!"

"도로는 어때? 어디까지 나가봤어? 좀비들은?"

"음, 동일로가 보이는 데까지 갔다가 돌아왔는데, 일단 좀비는 못 봤어. 와, 그런데 거기는 정말 차들로 꽉 막혀 있더라. 이 주변보다 훨씬 심해."

"그러면 기름이 있어봐야 차를 타고 이동하지는 못하겠네."

"차? 우리 차 없는데?"

"차도 냉장고랑 똑같아. 열쇠가 걸려 있으면 아무거라도 타면 돼."

"오호, 그렇구나!"

유레카를 외치는 표정으로 보안관이 큰 소리를 내며 손바닥을 쫙! 쳤다.

"우리 오늘 당장 복지 센터 앞 도로로 내려가서 차 한 대 끌고 오자."

"무슨 소리야, 보안관? 길이 막혀서 차는 쓸모가 없다니까."

유빈의 말에 보안관이 답답하다는 듯 손을 내젓는다.

"복지 센터 앞 벌판부터 여기 구름다리까지는 마음대로 타고 다닐 수 있잖아. 그러면 쇼핑하고 돌아갈 때도 훨씬 편할 테고, 무거운 것도 힘 안 들이고 가져갈 수 있어. 드, 드라이브도 재미 삼아 할 수 있고."

이유를 거창하게 댔지만, 보안관의 머릿속에 든 생각이라야 어차피 제니와 한적하게 드라이브를 즐길 수 있지 않을까 하는 기대가 거의 전부일 터였다. 아파트를 세우기 위해 닦아놓은 평평한 공터니까 차가 다니기에 불편함은 없을 것이다.

드라이브라…….

유빈은 가볍게 한숨을 쉬었다.

예전에 보안관이 산에서 주웠던 찌라시에는 건대 부근에 생존자용 보호소가 있다고 적혀 있었다. 자동차로 이동할 수만 있다면 30분 안에 닿을 수 있는 거리다.

공사용 트럭이 아니라 번듯한 내 차에 미래의 여자 친구를 태우고 싶었는데, 막상 눈에 보이는 모든 물건의 주인이 된 지금은 달릴 도로가 없어서 차를 몰지 못한다니…….

"세녹스 얼마나 가져왔는데?"

"지금 당장은 이게 다야. 더 가져와?"

삼식이와 신입이 페트병 하나씩을 들어 보인다. 그 정도면 당장 발전기에 부어서 쓸 양은 충분할 것 같다. 물론 이 귀한 연료로 냉장고를 돌릴 생각은 없고, 혹시 자동차를 움직인다고 해도 연료가 남아 있는 차를 고르면 되니까 당장 휘발유가 필요하지는 않을 것이다.

※　♥　※

없다.

만배파가 자신에게 남긴 단서가 단 하나도 없다. 한 줄의 편지도, 간단한 약도 한 장도…….

몇 시간이나 걸려서 펜트하우스 전체를 뒤져 보고 난 민구는 어처구니가 없어서 허탈한 웃음을 지었다.

"내가 이 정도밖에 안 되는 존재였나? 큭큭큭."

자신의 방으로 돌아와 소파에 걸터앉은 민구는 따놓은 양주를 병째로 기울이며 담배에 불을 붙였다. 해가 진 이후, 실내는 급격하게 어두워졌고, 그는 초를 하나 가져와 탁자 위에 켜두었다. 흔들거리는 촛불이 술기운과 제법 잘 어울려서 사람을 감상적으로 만든다.

후우우~ 담배 연기를 길게 뿜어낸 민구는 고개를 뒤로 젖힌 채 잠시 생각에 잠겼다.

열일곱 살 때부터였나……

육만배가 원하는 모든 싸움에서 가장 앞장을 섰고, 또 승리를 이끌어냈다. 보통 사람들은 상상할 수도 없을 만큼 많은 놈들을 담그고, 그중에 정말로 향냄새를 맡게 된 놈들이 몇인지는 그조차도 세지 못한다.

그런데… 그런데 고작 이따위 대접이라니. 다른 애송이 자식들이야 어떤 짓거리를 했어도 상관없다. 하지만 육만배와의 관계가 이렇게 끝난다는 건 민구에게 적잖은 충격이었다.

의리… 따위의 말을 쓰는 건 촌스럽지만, 적어도 이보다는 끈적한 무엇인가가 있을 거라고 민구는 기대했었다.

"큭큭큭."

민구는 소파에 몸을 깊숙하게 묻으며 자조적으로 웃었다. 그때, 계단으로 이어져 있는 문이 가볍게 끼익거린다. 민구는 미동도 않고 조용히 양주병만 기울였다.

저벅저벅, 누군가 복도를 걸어오는 아주 작은 소리. 불빛은 어른거리지 않는다. 민구는 자리에 그대로 앉아서 담배를 깊숙이 빨아들였다. 다섯, 아니, 여섯인가. 민구는 고개를 끄덕였다.

자신의 인기척이 길거리에 있던 놈들을 이 높은 곳으로까지 끌어 올렸다고는 생각되지 않는다. 아마도 이 건물 내부 어딘가에서 헤매던 놈들일 테지.

그르윽, 그르르윽!

놈들의 거칠고 낮은 숨소리가 들려온다. 그리고 곧 괴물들이 열어두었던 문 앞으로 달려든다. 그제야 자리에서 일어난 민구는 웃으며 마세티를 거머쥐었다.

"이야~ 어서 와. 날 기다린 새끼들은 너희밖에 없구나."

그롸아아악!

앞선 놈이 아가리를 쫙 벌리고 달려든다. 스커트에 조끼까지. 아마 은행 유니폼인 것 같다. 민구는 마세티를 높이 치켜올렸다가 그대로 내려쳤다.

쩍!

단발머리가 쪼개지며 뇌수가 바닥에 쏟아져 내린다. 손목을 비틀어 날을 빼낸 민구는 곧바로 팔과 허리를 함께 돌리며 두 번째 놈의 목을 쳐냈다.

달려들던 힘과 정확한 타격, 적당한 무게가 모두 맞아떨어지면서 한 번에 잘린 괴물의 머리가 벽을 맞고 튕겨져 나온다.

데구르르~

괴물의 머리가 구르는 동안 두 놈이 더 뛰어들었다.

콰당탕!

민구가 가볍게 방향을 돌리자 놈들은 탁자와 소파를 뒤엎으며 바닥에 나뒹굴었다. 엎어진 촛불이 힘없이 흔들리다가 꺼져 버리자, 이제 블라인드를 통해 비쳐 드는 어두운 초저녁의 달빛 만이 실내를 비춰주는 유일한 조명으로 남았다.

콰작!

엎어져 있는 탁자를 단두대로 삼아 마세티를 휘두르자, 일어 나려던 녀석의 몸과 머리가 분리되어 탁자 아래로 떨어진다. 민 구는 곧바로 네 번째 괴물에게 달려들어 무릎을 걷어찼다.

우득!

무릎이 반대로 꺾인 괴물이 맥없이 쓰러졌다. 퉤, 민구는 물 고 있던 담배를 놈의 뒤통수에 뱉어버렸다. 머리카락에 맞은 담 뱃불이 다시 튀어 오르기도 전에 민구가 휘두른 칼날이 덮쳐든 다.

빠가각!

뒤통수가 산산이 쪼개지는 소리. 민구는 광기 가득한 웃음을 지으면서 놈의 뒤통수를 재차, 삼차 내리갈겼다. 사방으로 뇌수 가 흩뿌려졌다.

그라아악!

등 뒤에서 울리는 포효를 느낀 민구는 빠르게 허리를 숙였다.

콰당탕!

그를 덮치기 위해 몸을 날렸던 괴물은 소파에 머리를 박고 나 동그라졌다. 비스듬히 들렸던 소파가 거꾸로 뒤집히며 놈을 깔아뭉갠다. 민구는 녀석을 내버려 두고 복도로 뛰어나가 마지막 놈을 상대했다.

빠직!

비스듬하게 휘두른 마세티가 괴물의 광대뼈를 부러뜨리고 달려들던 녀석을 주춤거리게 만들었다. 중심을 잃은 괴물이 다시 몸을 추스르려 할 때, 민구의 칼날이 놈의 턱을 날린다.

그리고 콰작! 녀석의 목에 다시 한 번 정반대로 방향을 바꾼 민구의 공격이 꽂혔다.

그롸아아악!

넓적한 칼날을 목에 박은 채 달려드는 괴물의 모습은 실로 기괴했다.

크크크, 미친놈들……

민구는 고개를 저으며 웃었다. 이미 몇 차례나 보아왔지만, 도무지 익숙해질 것 같지 않은 꼴이다. 민구는 왼손을 들어 마세티의 칼등을 잡고 밀며 버텼다. 양쪽에서 미는 힘이 팽팽하게 맞서자, 칼날이 목 안으로 점점 더 박혀 들어간다.

까드득!

목뼈가 으스러지는 소리가 나는 바로 그 순간에도 괴물은 어떻게든 칼날 반대편에 있는 민구의 왼손을 깨물어보려고 이빨을 딱딱거린다.

푸걱!

뼈를 지난 칼날은 꽤나 빠르게 괴물의 목을 잘라내 버렸고, 마지막 순간 민구는 얼른 몸에서 힘을 뺐다. 앞으로 고꾸라지는 좀비의 몸에 깔리고 싶은 생각은 없다.

"후우우~"

마세티의 칼날에 묻은, 찐득하고 검은 피를 털어낸 민구는 다시 방으로 돌아왔다. 소파에 깔렸던 놈은 아직도 빠져나오지 못한 채 버둥거리고 있었다.

"자, 자, 치워준다. 일어나, 이 새끼야."

민구는 소파의 옆을 걷어차서 밀어버리고 괴물이 몸을 일으킬 때까지 잠시 기다렸다.

그롸악!

놈은 자유로워지자마자 민구를 향해 미친 듯이 달려든다. 민구는 뒤로 두어 걸음 물러나면서 놈의 얼굴을 가만히 쳐다봤다. 깨진 안경, 구겨진 넥타이, 목걸이처럼 걸고 있는 사원증. 평소였다면 감히 조폭 냄새가 물씬 나는 민구를 향해 눈도 똑바로 뜨지 못할 샌님이었을 것이다.

"세상이 바뀌었다, 이거냐?"

민구는 갑자기 이를 악물고 샌님을 향해 마세티를 휘둘렀다.

콰작!

살이 터지고 뼈가 부서지는 소리. 하지만 급소를 건드리지는 않았다.

콰작! 빠득! 와드득! 콱!

민구가 스텝을 밟아 몸을 돌리고 팔을 휘두를 때마다 괴물의 신체 이곳저곳은 사정없이 잘려 나갔다.

"하아, 젠장. 내가 지금 이게 무슨 짓이지? 왜 엉뚱한 녀석한 테……."

두 팔과 다리 하나를 잃고 나서도 여전히 적의를 드러내며 포효하는 괴물을 보면서 민구가 중얼거렸다. 놈의 얼굴은 워낙 엉망으로 훼손당해 있어서 그렇게 큰 소리를 낼 수 있다는 게 신기할 지경이었다.

더 이상 놈을 괴롭히는 건 무의미한 일이다. 아니, 아무리 애를 써봐도 놈은 괴롭지도, 고통스럽지도 않다. 그래봐야 힘이 들고 아픈 건 민구 자신의 육체일 뿐.

콰작!

민구는 일격에 샌님 녀석의 뒤통수를 부숴 버렸다. 이런 짓을 해봐도 공허함이 달래지지 않는다. 달칵, 민구는 병원에서부터 가져온 플래시를 켰다. 시체들이 엉망으로 널려 있는 사무실의 꼴을 보니 후회가 밀려든다.

"복도에서 처리해 버릴 걸 그랬나……."

민구는 담배를 꺼내 물고 주머니를 뒤적거렸다.

"이런 젠장, 라이터를 안 챙겼잖아."

탁자 위에 라이터를 놓아둔 채 싸운 모양이다. 민구는 혀를 차면서 플래시로 바닥을 훑었다. 라이터는 거꾸로 엎어진 소파 옆에 떨어져 있었다. 라이터를 집을 때, 민구의 눈에 작은 포스트잇 조각이 들어왔다. 아까 방을 뒤져 볼 때는 분명히 없던 물건이다.

"소파 틈바구니에 박혀 있었던 건가?"

불을 붙인 민구는 혹시나 하는 마음에 종이를 집어 들었다. 아주 짧은 한 문장이 적힌 메모였다.

잠실 쉼터에서 기다립니다, 형님.

쉴 터? 잠실에 그런 데가 있었나?

민구는 고개를 갸웃거렸다. 쓴 사람의 이름도 적혀 있지 않고 필적 따위 알 턱이 없지만, 꼬라지를 보니 상황이 단박에 이해됐다. 쪽지를 구겨 바닥에 던져 버리고서 민구는 큰 소리로 웃기 시작했다.

"아나~ 하하하! 기동이, 이 같잖은 새끼. 크크크크, 아하하하!"

ᚦ

나들이를 나온 지도 벌써 여러 시간. 긴 여름의 해가 기울면서 서쪽 하늘이 조금씩 붉게 물들어가고 있다. 마음이 급해진다. 보안관과 제니도 어지간히 놀랐겠으니까 편안한 곳에서 안정을 취할 필요가 있다. '세녹스, 더 갖고 올까' 하는 삼식의 물음에 유빈은 고개를 저었다.

"아니야. 어차피 누가 훔쳐 갈 것 같지도 않고, 필요하면 그때 가져오면 되겠지. 이제 슬슬 돌아가자."

모두 고개를 끄덕였다. 그들은 각자의 배낭 속에 짐을 꽉꽉 채운 채 지하 통로를 지나 경전철역을 통과했다. 삼식이와 신입은 굳이 자전거를 끌고 가느라 땀을 흘렸다.

"야, 그런데 가만 생각해 보니까 웃기다. 거기에 뭐가 있다고 꼭 돌아가야 하나? 하다못해 문짝 하나도 없는 집에를……. 필요한 물건이 저쪽에 다 있는데, 그냥 아예 저기 자리 잡고 눌러 살까? 아무 집이나 하나 골라잡으면 되는 거잖아?"

구름다리를 건너 길게 뻗은 산책로에 들어섰을 때, 삼식이가 번화가 방향을 되돌아보며 말했다. 신입도 솔깃하게 받아들인다.

"아, 그렇게 해도 되겠구나. 정말이네."

"그래, 생각해 봐. 저런 집들에 들어가서 시체만 치우고 살면 방이랑 이불도 각자 쓸 수 있어. 물탱크에 물만 채우면 샤워도 할 수 있고. 심지어 수세식 변기도! 좋지, 좋지? 응?"

기가 산 삼식이가 목소리를 높인다.

아예 이사를 한다고? 번화가 쪽으로?

막연하게 복지 센터를 집처럼 여기던 유빈과 보안관도 조금 충격을 받아서 곰곰이 생각에 잠겼다. 확실히 이곳에는 제대로 만들어진 집이 있다. 깨끗하게 목욕을 한 다음 이불을 덮고 침대 위에서 잠을 잔다. 스티로폼이 아닌 진짜 침대……. 얼마나 사치스럽고 아늑한 상상인가.

"그렇기는 한데, 단점은 없을까요? 저기로 옮기면……."

"글쎄, 실내니까 불을 피울 수 없겠지만, 그건 가스레인지나 랜턴으로 해결하면 되는 거고, 그 외엔 약수터에 가서 물을 길어 오기가 좀 힘이 들겠지. 생수가 쌓여 있다고는 해도 계속 흐르는 물을 쓸 때처럼 마음이 편하지는 않을 테니까……. 하지만 평지에서 2킬로미터 정도밖에 안 되니까 하자고 하면 못 길어 올 거리도 아니야."

보안관이 머리를 긁적이며 대답했다. 유빈은 입을 다문 채 고개를 숙이고 생각에 빠졌다. 분명히 번화가 쪽의 집들이 더 편안하기는 할 텐데, 왠지 불안하다. 그 이유가 뭘까…….

단순히 약수터와의 거리가 멀다거나 하는 문제가 아니다. 턱을 잡고 고개를 숙이고 있는 그의 눈에 흰 페인트로 바닥에 그려져 있던 화살표와 숫자가 눈에 들어왔다.

"…11,200."

이미 오래전에 페인트칠이 되어 있던 것인지, 조금 닳아 지워져 있다. 그 숫자와 화살표의 의미가 무엇인지는 몰랐지만, 유빈은 더 신경 쓰지 않았다. 그런 것보다는 거처를 옮길지의 문제에 대해 고민하는 게 훨씬 더 중요하다고 생각했기 때문이다.

"이사라……."

잠시의 침묵을 깨고 유빈이 입을 열었다.

"나는 있지, 왠지 불안해. 일단 저기는 한 번 좀비들이 점령했던 지역이기도 하고… 복지 센터는 1층과 2층이 분리되어 있지만, 저기의 집들은 다 계단으로 이어져 있잖아. 좀비들이 떼로 닥치면 달아날 곳이 없어."

"쇠문이 달린 집으로 들어가면 되지."

신입은 별것 아니라는 투다.

"게다가 아무래도 좁아. 음식을 쌓아둔다고 해도 집 안에 두는 양 정도로는 며칠 못 버틸 거야. 백 평이 넘는 복지 센터하고는 물탱크 크기부터가 다르지. 하긴 뭐, 이건 내 생각일 뿐이니까……. 너희는 어때? 이사를 하는 게 낫다고 생각하냐?"

음, 다들 갈등하는 표정이다. 등 뒤의 산 너머에 대규모의 좀비들이 머물고 있는 복지 센터냐, 번화가의 집이냐. 가장 먼저 결정을 내린 건 보안관이었다.

"역시… 익숙한 게 더 나은 것 같기는 해. 나는 그냥 복지 센터에 있는 게 좋아."

"내가 처음 말해놓고 이런 이야기 하면 좀 웃기지만, 저 동네에서 나는 악취가 신경 쓰이긴 해. 길거리 전체에 시체 썩는 냄새가 진동해서 영⋯⋯."

삼식이까지 말한 시점에서 이미 과반수를 넘어섰지만, 다들 제니의 입을 쳐다보고 서 있다. 제니는 멋쩍어하며 말했다.

"흐⋯ 저는 뭐, 오늘도 한 번 까불다가 죽을 뻔했었으니까⋯⋯. 아무래도 저기에서 산다는 건 좀 무섭네요. 하지만 오빠들이 정하는 대로 따를게요."

이걸로 결정이 내려졌다. 쇼핑은 번화가에서, 생활은 복지 센터에서 하는 것으로. 신입이 조금 아쉬워하긴 했지만, 그 결정에 대해 그리 큰 불만은 없어 보인다.

"우리 내일은 호프집에서 플라스틱 의자랑 테이블도 가져오자."

잡초가 무성하게 자란 벌판을 가로질러 걷다가 보안관이 제안을 하자 다들 반겼다. 의자에 앉아 밥도 먹고 커피도 마신다면 훨씬 기분 좋게 매일을 보낼 수 있을 것이다.

플라스틱 의자를 시작으로 해서 다들 자신이 가지고 싶은 걸 떠들어 대기 시작했다. 알루미늄 야구방망이부터 음악을 들을 수 있는 앰프까지, 필수품과 사치품이 정신없이 섞여 나온다.

"덥다. 끈적끈적해."

신입이 목덜미를 쓰다듬으면서 투덜거린다. 며칠 동안 제대로 씻지를 못했고, 하루 종일 7월의 햇빛을 받고 돌아다녔으니 당연한 일이다.

"그… 있잖아, 어린이용 튜브 풀장. 그런 것도 있으면 좋을 텐데. 옥상에 놔두고서 더울 때마다 푹 담그고 싶다. 아휴, 생각만 해도 시원하다."

삼식이가 군침을 삼키면서 말하자, 보안관이 타박을 준다.

"거기에 물이 얼마나 많이 들어가는데, 그 많은 물을 누가 더져서 날라?"

"에이, 한 번만 채워놓으면 되는걸 뭐."

"너 지금 물에 10분만 불려놓으면 아마 때가 둥둥 뜰걸? 그 물에 나도 들어가라고? 싫어."

하지만 삼식이는 기죽지 않았다.

"잠자리채 같은 걸로 건지면 깨끗해. 우리끼리인데 뭐 어때. 유빈아, 너도 그렇게 생각하지?"

"그런 문제는 일단 풀장이 생기고 난 다음에 싸워도 될 것 같은데. 지금 우린 풀장이 없잖아."

"아!"

그렇게 농담을 하고 웃는 동안에 그들은 복지 센터와 마주하고 있는 철책 앞에 다다랐다. 그리고 곧 그것을 보았다.

"젠장!"

철책이 뚫린 곳에 걸쳐 두었던 레이저 와이어에 청바지의 천 조각과 회색빛으로 썩어가는 주먹 크기의 살덩어리가 걸려 있다. 아무 해도 끼칠 수 없는 살덩어리에 불과했지만, 즐겁게 웃고 떠들던 분위기를 단박에 죽이기에는 충분했다. 좀비가 이곳에 왔었다.

모두의 얼굴이 굳는다. 다들 과잉되게 즐거운 척 가장하며 애써 외면해 왔던 공포의 감정이 순식간에 수면 위로 떠올라 버린 것이다.

"움직이지 마. 조용히……."

보안관은 등에 메고 있던 배낭을 내려놓고 두 손으로 해머를 쥐었다. 상처 때문에 반창고투성이가 된 두 팔의 근육이 순식간에 팽팽해진다. 유빈도 삽을 고쳐 쥐면서 어둑해진 주변을 훑었다. 놈들 특유의 포효는 들리지 않는다.

"이게 어디서 온 거지?"

보이는 범위 내에는 움직이는 것이 없다. 보안관과 유빈은 철책을 넘어 발소리를 죽이면서 복지 센터 쪽으로 걸어갔다.

"까짓것 한 마리일 뿐이야. 너무 긴장하지 마."

보안관이 뒤쪽에 선 일행들을 돌아보며 달랬다. 하지만 앞서 걷던 유빈은 절망감에 사로잡혀 삽을 늘어뜨리고 얼굴을 감싸 쥐었다.

"왜 그래, 유빈아?"

"이런 제기랄, 이것 좀 봐."

유빈이 복지 센터 건물 내부의 1층을 가리켰다. 눕혀두었던 나무 사다리가 부서진 채 박살이 나 있다. 허리를 숙이고 사다리의 파편들을 살피던 유빈이 못이 튀어나온 나무 조각 하나를 들어 보인다.

거기에 묻어 있는 찐득한 검은 액체에서는 독특한 악취가 풍겼다. 말라붙어 있지 않은 것으로 보아 못에 찔린 지 그리 오래된 건 아니었다. 그리고 이렇게 지독한 냄새가 나는 건 하나밖에 없다.

"한 번 쓸고 갔나 봐, 여길."

유빈이 쓸쓸하게 중얼거린다. 보안관이 물었다.

"좀비가 사다리를 박살 냈다고? 그런 생각을 해낼 만한 대가리가 되나?"

"그냥 아무 생각 없이 밟고 지나갔겠지. 워낙 수가 많았을 거야. 그랬으니까 나무도 견디지 못하고 부서진 거고. 한두 마리가 밟았다고 해서 이렇게 되지는 않을 테니까."

"어느 방향에서 온 거지? 혹시 뒷산에서?"

황급하게 뒤쪽으로 뛰어갔던 보안관이 고개를 저으며 돌아온다.

"저쪽은 아니야. 트랩이 우리가 걸어놓았던 모양 그대로 남아 있어."

"그래, 산에서 온 건 아닐 거야. 만약 그랬다면 여기가 온통 흙투성이가 되어 있었을 테지. 오늘 비도 왔었잖아."

앞도, 뒤도 아니면 측면밖에 남지 않았다. 유빈은 건물 밖으로 나와 복지 센터 앞을 가로지르는 먼지투성이 도로를 바라보았다. 작업반장이 이 길을 따라 차를 몰고 내려갔다가 다시 돌아오지 못했다.

곁으로 다가온 보안관이 물었다.

"이걸 타고 온 건가? 그런데 여기까지는 길을 따라 잘 걷던 놈들이 왜 하필 우리 사는 건물로 기어 들어온 거지? 이상하잖아."

그건 유빈 역시 알고 싶다. 왼쪽에서 온 것인지, 오른쪽에서 온 것인지, 몇 마리나 몇 시에 왔었는지, 그리고 대체 뭘 찾으려고 복지 센터 건물 내부로 들어와 서성거리다가 갔는지.

알아보고 싶은 건 산더미처럼 많지만, 지금 그것보다 더 중요한 건 이 소름 끼치는 좀비의 루트에서 벗어나는 일이다.

놈들의 움직임은 규칙성을 띤다. 한 번 나타났으니 언제든 또 나타날 수 있고, 그게 언제일지는 그들 중 아무도 모른다. 고민을 하는 동안에도 점점 사방이 어두워지고 있다.

"보안관, 해머랑 연장 몇 가지만 챙겨."

해머와 공구 가방을 집으면서 유빈이 말했다. 보안관은 굳은 표정으로 고개를 끄덕였다. 철책 너머에서 기다리고 있던 일행들에게 다가간 유빈은 최대한 침착하게 설명을 했다.

"좀비들이 한바탕 휩쓸고 갔어. 정확한 규모는 모르지만, 꽤 많았던 것 같아. 언제 또 올지 모르니까 빨리 자리를 피해야 돼."

아, 세 사람의 입에서 가볍게 탄식이 흘러나온다. 삼식이가 물었다.

"어디로 갈 거야?"

"번화가 쪽으로 다시 가야 할 것 같아."

"조금 전에 네 입으로 거기는 위험해서 별로라고 했잖아?"

"지금은 여기보다 안전할 테지. 아니… 안전했으면 좋겠네. 하여간 여기에는 있으면 안 돼. 오늘 밤에 혹시 또 올지도 모르니까."

불안한 표정의 제니가 물었다.

"이제 이곳으로는 다시 돌아오지 않는 거예요?"

"아니, 아니. 어디까지나 일시적인 거야. 지금 우리는 이만큼 많은 놈들이랑 싸울 준비가 안 돼 있으니까."

"빨리 가자! 가면서 말해."

공구들을 다 챙긴 보안관이 유빈과 제니의 어깨를 돌려세운다. 일행은 조금 전 그들이 걸어왔던 길을 그대로 되짚어 걸었다. 아무 소리도 들리지 않는데, 불안한 마음은 자꾸 뒤를 돌아보게 만든다. 거대한 그림자처럼 방치된 복지 센터가 음침하게 느껴져서 그들은 발걸음을 재촉했다.

"전에 철책 올려놨던 거 어디에 있냐?"

한동안 걷다가 유빈이 보안관에게 물었다.

"아, 그거 슈퍼 근처에……."

"그거 나랑 제니가 들어갔던 집 옥상으로 옮겨두자. 오늘 거기에서 자는 게 나을 것 같아. 방범문도 잠겨 있고, 계단이 옥상이랑 이어져 있으니까 여차할 때 시간을 꽤 벌 수 있어."

"하지만 거기에는……."

제니가 말을 맺지 못하고 주저한다. 무슨 말을 하는지 유빈도 잘 안다. 그 집 욕실에는 죽은 여자의 시체가 있다. 지금쯤 아마 냄새도 엄청날 것이다. 나쁜 세균이 생겨났을 수도 있다. 그리고 아무래도 불길하다.

"테이프로 문을 막아두면 돼. 정 찜찜하면 잠은 옥상에서 자도 괜찮고. 일단 하룻밤만 보내면 되는 거니까."

"너희만 아는 소리로 뭐라고 하는 거야? 거기에 뭐가 있는데?"

날카로워진 신입이 언성을 높이며 캐묻는다. 유빈은 별거 아니라는 투로 대답해 줬다.

"그냥… 욕실에 죽은 사람이 하나 있어. 근데 거기에만 들어가지 않으면 돼."

"야, 씨발, 널린 게 집인데 하필이면 그렇게 귀신 나올 것 같은 집을 골라 들어가려고 하냐? 차라리 아까 우리 밥 먹은 데로 가자. 거기 좋더구만. 깨끗하고."

"거기는 안 돼. 유리문이고, 옥상으로 가는 길이 1층에도 개방되어 있어서."

"그럼 다른 집을 골라. 나는 반대야."

이런 일로 말씨름을 하고 싶지는 않다. 유빈은 단호하게 말했다.

"그럴 시간 없어. 사방에 보이는 집들 다 멀쩡해 보여도 실은 그 안에 시체가 몇 구씩 있을 가능성이 반이 넘어. 가만히 죽어 있는 시체면 그나마 다행이고, 좀비가 숨어 있을지도 모르지. 거기보다 더 나은 집을 찾아보고 싶으면 너 혼자 해. 나는 야밤에 낯선 집을 뒤질 만한 용기가 없으니까."

"뭐래, 이 등신새끼가! 제 친구들밖에 없다고 아주 신났네? 야, 그렇게 안전이 중요했으면 낮에 탱자탱자 놀지만 말고 기지가 될 만한 집을 찾았어야지."

"그러니까 잘난 네가 시체도 없고 위험하지도 않은 집을 찾으라고. 안 말린다니까?"

신입이 유빈을 노려본다. 냉랭해진 공기가 압박처럼 느껴질 때, 삼식이가 힘없이 입을 열었다.

"배고프다……."

그 말이 사실인 것을 증명하려는 듯 삼식이의 배에서는 꼬르륵, 소리가 울려 나온다. 그리고 보안관과 유빈의 배에서도 비슷한 소리가 합창처럼 울어 댔다. 삼식이 때문에 카레를 제대로 먹지 못했으니 다들 꽤나 허기가 진 상황인 것이다.

"저두요. 우리 빨리 가서 저녁 먹어요."

제니가 재빨리 신입과 유빈의 사이에 끼어들며 웃는다. 보안 관도 제니를 거들었다.

"그래. 야, 신입. 예전에 생각해 봐. 1층에 좀비 시체를 몇 십 마리나 쌓아두고서 잘만 잤잖아. 게다가 그때는 음료수밖에 먹을 게 없었어. 그거에 비하면 이건 정말 아무것도 아니야."

씩씩거리던 신입도 수긍할 수밖에 없는 이야기다. 그렇게 해서 논쟁은 더 이어지지 않고 억지로 종결됐다. 다섯 명은 다시 입을 다물고 걸음을 서둘렀다. 어깨에 짊어지고 있는 가방의 무게 때문에 모두의 몸은 약간씩 앞으로 굽어 있다.

박모의 어스름이 깔리기 시작하자 어둠 때문에 시야가 급격하게 줄어든다. 삼식이가 헤드 랜턴을 꺼내 쓰고 앞을 밝혔다.

휘이잉—

저녁이 되며 불기 시작한 바람이 잡초들을 이리저리 흔들며 춤추게 한다. 다들 알고 있었다.

짧았던 파티는 이제 끝났다.

〈『좀비묵시록 82-08』 제5권에서 계속〉

www.bbulmedia.com